我們又過了一夜，
同姿態的一夜。
都知道他終會孤寂，
的酒店關門之後。

——戴夫．凡．朗克

酒店關門之後

Lawrance Block

勞倫斯・卜洛克 著
王凌霄 譯

When the Sacred Ginmill Closes

馬修・史卡德系列 06
酒店關門之後 When the Sacred Ginmill Closes
作者——勞倫斯・卜洛克 Lawrence Block
譯者——王凌霄
封面設計—— ONE.10 Society
編輯協力——黃麗玟、劉人鳳
業務——李振東、林佩瑜
行銷企畫——陳彩玉、林詩玟
發行人——涂玉雲

出版——臉譜出版
104台北市中山區民生東路二段141號5樓
電話：(02)2500-7696　傳真：(02)2500-1952
臉譜部落格 facesfaces.pixnet.net/blog

發行——英屬蓋曼群島商家庭傳媒股份有限公司城邦分公司
104台北市中山區民生東路二段141號11樓
客服服務專線：(02)2500-7718；2500-7719
24小時傳真專線：(02)2500-1990；2500-1991
服務時間：週一至週五上午9：30~12：00；下午13：30~17：00
劃撥帳號：19863813
戶名：書虫股份有限公司
讀者服務信箱：service@readingclub.com.tw

香港發行所——城邦(香港)出版集團有限公司
香港灣仔駱克道193號東超商業中心1樓
電話：(852)2877-8606　傳真：(852)2578-9337　E-mail: hkcite@biznetvigator.com

馬新發行所——城邦(馬新)出版集團 Cite(M)Sdn Bhd (458372U)
41, Jalan Radin Anum, Bandar Baru Sri Petaling, 57000 Kuala Lumpur, Malaysia.
電話：(603)9056-3833　傳真：(603)9057-6622　E-mail: services@cite.my

初 版 一 刷　1998年1月
三 版 一 刷　2023年9月
ISBN 978-626-315-197-0
定價380元(本書如有缺頁、破損、倒裝，請寄回本社更換)

國家圖書館出版品預行編目資料

酒店關門之後 / 勞倫斯・卜洛克(Lawrence Block)著；王凌霄譯.
-- 三版. -- 台北市：臉譜出版：家庭傳媒城邦分公司發行，
2023.09
面；公分.--(馬修・史卡德系列；06)
譯自：When the Sacred Ginmill Closes
ISBN 978-626-315-197-0(平裝)
874.57　　111014607

〈新版推薦序〉

關於我的朋友馬修・史卡德

臥斧

有很長一段時間，遇上還沒讀過「馬修・史卡德」系列的友人詢問「該從哪一本開始讀？」或「你最喜歡、最推薦哪一本？」之類問題，我都會回答，「先讀《八百萬種死法》，我最喜歡《酒店關門之後》。」

如此答覆有其原因。

「馬修・史卡德」系列幾乎每一本都可以獨立閱讀——作者勞倫斯・卜洛克認為，即使是系列作品，每部作品都仍該是個完整故事，所以倘若故事裡出現已在系列中其他作品登場過的角色，卜洛克就會簡述來歷，沒讀過其他作品或許不會理解角色之間的詳細關係，不過不會對理解手頭這本的情節造成妨礙。事實上，這系列在二十世紀末首度被引介進入國內書市時，出版社選擇出版的第一本書，就不是系列首作《父之罪》，而是第五部作品《八百萬種死法》。

出版順序自然有編輯和行銷的考量，讀者不見得要照章行事，我的答案與當年的出版順序並無關聯，《八百萬種死法》也不是我第一本讀的本系列作品。建議先讀《八百萬種死法》，是因為我認為這本小說最適合用來當成某種測試，確認讀者是否已經到達「人生中適合認識史卡德」的時期；

倘若喜歡這本，約莫也會喜歡這系列的其他故事，倘若不喜歡這本，那大概就是時候未到——生命中的哪個階段會被哪樣的作品觸動，每個讀者狀況都不相同。

這樣的答覆方式使用多年，一直沒聽過負面回饋，直到某回聽到一名友人坦承，自己初讀《八百萬種死法》時，覺得這故事「很難看」。有意思的是，這名友人後來仍然成為卜洛克的書迷，讀完了整個系列。

概略討論之後，我發現友人覺得難看的主因在於情節——這個故事並未完全依循推理小說作者與讀者之間不言自明的默契，結局之前的轉折雖然合理，但拐彎的角度大得讓人有點猝不及防，有部分讀者會覺得自己沒能被說服接受。可是友人同時指出，史卡德這個主角相當吸引人——這系列故事主線均由史卡德的第一人稱主述敘事，所以這也表示整個故事讀來會相當吸引人。能夠吸引讀者、呼應讀者自身的生命經驗、讓讀者打從心底關切的角色，總會讓讀者想要知道：這角色還會面對哪些事件，又會如何看待他所處的世界？

這是讓友人持續讀完整個系列的動力，也是我認為這本小說適合用來測試的原因——《八百萬種死法》是全系列中結局轉折最大的故事，也是完整奠定史卡德特色的故事。從這個故事開始認識史卡德，就像交了個朋友；而交了史卡德這個朋友，會讓人願意聽他訴說生命裡發生的種種故事。

約莫在友人同我說起這事的前後，我按著卜洛克原初的出版順序，重新閱讀「馬修・史卡德」系列，然後發現：倘若當初我建議朋友從首作《父之罪》開始讀，友人應該還是會成為全系列的忠實讀者，只是對情節和主角的感覺可能不大一樣。

史卡德登場

二十世紀的七〇年代，卜洛克讀了李歐納．薛克特的《論收賄》，這是薛克特與一名收賄的紐約警察一起完成的作品，內容講的就是那個警察的經歷。那是一名盡責任、有效率的警察，偵破不少案子，但同時也貪污收賄、經營某些不法生意。

卜洛克十五、六歲起就想當作家，他讀了很多偉大的經典作品，不過一開始並不確定自己該寫什麼；剛入行時他用筆名寫的是女同志和軟調情色長篇，市場反應不錯，六〇年代開始寫「睡不著覺的密探」系列，銷售成績也不差。七〇年代他與出版社商議要寫犯罪小說時，認為《論收賄》裡的警察或許能夠成為一個有趣的角色，只是他覺得自己比較習慣使用局外人的觀點敘事，沒什麼把握能寫好一個在警務體制裡工作的貪污警員。

於是卜洛克開始想像這麼一個角色：這個人是名經驗老到的刑警，和老婆小孩一起住在市郊，有辦案的實績，也沒放過收賄的機會；某天下班，這人為了阻止一樁酒吧搶案而掏槍射擊，但跳彈意外殺死了一個街邊的女孩。誤殺事件讓這人對自己原來的生活模式產生巨大懷疑，加劇了喝酒的習慣、與妻子分居、獨自住在旅館，偶爾依靠自己過往的技能接點委託維持生計，但沒有申請正式的偵探執照，而且習慣損出固定比例的收入給教堂……

真實人物的遭遇加上小說家的虛構技法，馬修．史卡德這個角色如此成形。

一九七六年，《父之罪》出版。

一名女性在紐約市住處遭人殺害，嫌犯渾身浴血、衣衫不整地衝到街上嚷嚷之後被捕，兩天後在獄中上吊身亡。女孩的父親從紐約州北部的故鄉到紐約市辦理後續事宜，聽了事件經過後找上史卡德——就警方的角度來看這起案件已經偵結，這名父親也不大確定自己還想做什麼，他與女兒幾年來鮮少聯絡，甫知女兒死訊，才想搞清楚女兒這幾年如何生活、為什麼會遇上這種事。警方不會處理這類問題，於是把他轉介給曾經當過警察、現已離職獨居的史卡德。

以情節來看，《父之罪》比較像刻板印象中的推理小說：偵探接受委託，找出凶案的真正因由。這個故事同時確立了系列案件的基調——會找上史卡德的案子可能是警方認為不需要處理的，或者是當事人因故無法、或不願交給警方處理的；而史卡德做的不僅是找出真凶，還會在偵辦過程裡挖掘出隱在角色內裡的某些物事，包括被害者、凶手，甚至其他相關人物。

緊接著出版的《在死亡之中》和《謀殺與創造之時》都仍維持類似的推理氛圍，不同的是卜洛克對史卡德的描寫越來越多。史卡德的背景設定在首作就已經完整說明，卜洛克增加的是史卡德處理事件過程的生活細節——他對罪案的執拗、他與酒精的糾纏、他和其他角色的互動，以及他在紐約憑藉公車、地鐵、偶爾駕車或搭車但大多依靠雙腿四處行走查訪當中的所見所聞，這些細節累疊在原先的背景設定上，逐漸讓史卡德越來越立體，越來越真實。

史卡德曾是手腳不算乾淨的警員，他知道這麼做有違規範，但也認為這麼做沒什麼不對——有缺陷的是制度，他只是和所有人一樣，設法在制度底下找到生存的姿態。這使得史卡德成為一個特殊的冷硬派偵探——這類角色常以譏誚批判的眼光注視社會，史卡德也會，但更多時候這類譏誚會轉為自嘲，因為他明白自己並不比其他人更好，這類角色常面不改色地飲用烈酒，史卡德也會，但酒精因而成為一種將他拽開常軌的誘惑，摧折身體與精神的健康；這類角色心中都會具備一套自己的道德判準，史卡德也會，而且雖然嘴上不說，但他堅持的力道絕不遜於任何一個硬漢。

我私心將一九七六年到一九八一年的四部作品劃歸為系列的「第一階段」。這四部作品的情節不只呈現了偵查經過，也替史卡德建立了鮮明的形象——作家替角色設定的個性與特質會決定角色面對衝突時的反應，而讀者會從這些反應推展出現的情節理解角色的個性與特質。史卡德並非完人，沒有超凡的天才，反倒有不少常人的性格缺陷，對善惡的標準似乎難以解釋，但他面對罪惡的態度會讓讀者清楚地感知那個難以解釋的核心價值。

讀者越來越了解史卡德——他不是擁有某些特殊技能、客觀精準的神探，他就是個試著盡力解決問題的凡人。或許卜洛克也越寫越喜歡透過史卡德去觀察世界——因為他寫了《八百萬種死法》。

反正每個人都會死，所以呢？

《八百萬種死法》一九八二年出版。

打算脫離皮肉生涯的妓女透過關係找上史卡德，請史卡德代她向皮條客說明。皮條客的行為模式與眾不同，尋找時花了點工夫，找上後倒沒遇到什麼麻煩；皮條客很乾脆地答應，但幾天之後，史卡德發現那名妓女出了事。史卡德已經完成委託，後續的事理論上與他無關，可是他無法放手，認為這事八成是言而無信的皮條客幹的；他試著再找皮條客，雖然不確定找上後自己要做什麼，不料皮條客先聯絡他，除了聲明自己與此事毫無關聯，並且要雇用史卡德查明真相。

在妓女出現之前，史卡德做的事不大像一般的推理小說；接下皮條客的委託之後，史卡德的工作方式則與前幾部作品一樣，不是推敲手上的線索就看出應該追查的方向，而是透過皮條客手下的其他妓女以及史卡德過往在黑白兩道建立的人脈，扎扎實實地四處查訪。因此之故，《八百萬種死法》有不少篇幅耗在史卡德從紐約市的這裡到那裡，敲門按電鈴，問問這個問問那個；其他篇幅一部分用來講述史卡德的生活狀況——主要是他日益嚴重的酗酒問題，酒精已經明顯影響他的神智和健康，但他對戒酒無名會那種似乎大家聚在一起取暖的進行方式嗤之以鼻，另一部分則記述了史卡德從媒體或對話裡聽聞的死亡新聞。

《八百萬種死法》的書名源於當時紐約市有八百萬人口，每個人可能都有不同的死亡方式；這些死亡事件與史卡德接受的委託沒有關係，史卡德也沒必要細究每樁死亡背後是否藏有什麼祕密。如此安排容易讓讀者覺得莫名其妙——我要看史卡德怎麼查線索破案子，卜洛克你講這些無關緊要的東西做什麼？不過讀者也會慢慢發現：這些插播進來的死亡新聞，讀起來會勾出某些古怪的反應，有時是深沉的慨嘆，有時是苦澀的笑意。它們大多不是自然死亡，有的根本不該牽扯死亡——例如有人扛回被丟棄的電視機想修好了自己用，結果因電視機爆炸而亡，這幾乎有種荒謬的喜感——讀者認為它們「無關緊要」，是因它們與故事主線互不相涉，但對它們的當事人而言，那是生命的瞬間消逝，可一點都不「無關緊要」。

是故，這些死亡準確地提出一個意在言外的問題：反正每個人都會死，所以呢？每個人如何迎來生命終點都無法預料，甚至不可理喻，沒有善惡終報的定理，只有無以名狀的機運；在這樣的世界裡，執著地追究某個人的死亡，有沒有意義？或者，以史卡德的處境來說，遠離酒精、讓自己清醒地面對痛苦，有沒有意義？

推理故事大多與死亡有關。古典和本格派將死亡案件視為智力遊戲，是偵探與凶手、讀者與作者之間鬥智的謎題；冷硬和社會派利用死亡案件反映社會與人的關係，什麼樣的環境會讓人做出什麼樣的掙扎，什麼樣的時代會讓人犯下什麼樣的罪行。其實，推理故事一直是最適合用來揭示人性的故事，因為要查明一個或數個角色的死因，調查會以死者為圓心向外輻射，觸及與死者有關的其他角色，釐清他們與死者的關係、死亡對他們的影響、拼湊死者與他們的過往，這些調查會顯露角色們的個性，死因與行凶動機往往就埋在這些人性糾葛之中。

《八百萬種死法》不只是推理小說，還是一部討論「人該怎麼活著」的小說。

「馬修．史卡德」是個從建立角色開始的系列，而《八百萬種死法》確立了這個系列的特色，這些故事不僅要破解死亡謎團、查出凶手，也要從罪案去談人性。

我們終將孤獨

在《八百萬種死法》之後，卜洛克有幾年沒寫史卡德。

據聞《八百萬種死法》本來可能是系列的最後一個故事，從故事的結尾也讀得出這種味道——史卡德解決了事件，也終於直視自己的問題，讓系列在劇末那個悸動人心的橋段結束，是個合理的選擇，也是個漂亮的收場——不過從隔了四年、一九八六年出版的《酒店關門之後》來看，卜洛克還想繼續以史卡德的視角看世界，沒有馬上寫他的故事，可能是自己的好奇還沒尋得答案。

因為大家都知道，故事會有該停止的段落，角色做完了該做的事、有了該有的領悟；但在現實生活裡，時間不會停在「全書完」三個字出現的那一頁，就算人生因為某些事件而轉往新方向，等在眼前的也不會是一帆風順「從此幸福快樂」的日子。卜洛克的好奇或許是：在史卡德直視自身問題、做了重要決定之後，他還是原來設定的那個史卡德嗎？那個決定會讓史卡德的生活出現什麼變化？那些變化是否會影響史卡德面對世界的態度？

倘若沒把這些事情想清楚就動手寫續作，大約會出現兩種可能：一是動搖前五部作品建立的系列基調——既然卜洛克喜歡這個角色，那麼就會避免這種情況發生；二是保持了系列基調但破壞了《八百萬種死法》那個完美結局的力道——真是如此的話，不如乾脆結束系列，換另一個主角講故事。

《酒店關門之後》是卜洛克思考之後的第一個答案。

這個故事裡出現三樁不同案件，發生在《八百萬種死法》之前。案件之間乍看並不相干（不過後來發現其中兩起有點關聯），史卡德甚至不算真的在調查案件——第一樁案件是酒吧常客妻子被殺，史卡德被委任去找出兩名落網嫌犯的過往記錄，讓他們看起來更有殺人嫌疑；第二樁事件是另一家起酒吧帳本失竊，史卡德負責的是與竊賊交涉、贖回帳本，而非查出竊賊身分。至於第三樁事件，史卡德完全沒被指派工作，那是一樁搶案，史卡德只是倒楣地身處事發當時的酒吧裡頭，而且也沒被搶。

三樁案件各自包裹了不同題目，這些題目可以用「愛情」、「友誼」之類名詞簡單描述，但真要說明白它們內裡的複雜層次，卻常讓人找不著最合適的語彙。卜洛克擅長用對話表現角色個性和推進情節，因此故事讀來一向流暢直白；流暢直白不表示作家缺乏所謂的文學技法，因為《酒店關門之後》完全展現出這類文字的力量——倘若作家運用得宜，這類看似毫不花巧的文字其實能夠帶領讀者無限貼近這些題目的核心，將難以描述的不同面向透過情節精準展演。

同時，卜洛克也在《酒店關門之後》為自己和讀者重新回顧了史卡德的完整形象，他的私人生活，他的道德判準，以及酒精。《酒店關門之後》的案件都與酒吧有關，故事裡也出現了非常多酒吧——高檔的酒吧、簡陋的酒吧、給觀光客拍照留念的酒吧、熟人才知道的酒吧、正派經營的酒吧、非法營業的酒吧、具有異國風情的酒吧、屬於邊緣族群的酒吧。每個人都找得到自己應該歸屬、宛如個人聖殿的酒吧，每個人也都將在這樣的所在，發現自己的孤獨。

史卡德並非沒有朋友，但每個人都只能依靠自己孤獨地面對人生，不是沒有伴侶或好友的孤獨，而是有了伴侶和好友之後才會發現的孤獨，在酒店關門之後、喧囂靜寂之後，隔著酒精製造出來的矇矓迷霧，看見它切切實實地存在。事實上，喝酒與否，那個孤獨都在那裡，只是少了酒精，有時就會缺乏直視的勇氣；可是理解孤獨，便是理解自己面對人生的樣貌，有沒有酒精，這都是必要的人生課題。

同時，《酒店關門之後》確立了這系列的另一個特色。假若從首作讀起，讀者會知道系列故事按著時序發生，不過與現實時空的連結並不明顯——那是二十世紀七、八〇年代發生的事，至於確切是哪一年則不大要緊。不過《酒店關門之後》開場不久，史卡德便提及事件發生在很久之前、一九七五年，是過去的回憶，而結尾則說到時間已經過了十年，也就是故事裡「現在」的時空應當是一九八五年，約莫就是《酒店關門之後》寫作的時間。史卡德不像某些系列作品的主角那樣，似乎固定停留在某段時空當中，他和作者、讀者一起活在同一個現實裡頭。

再過三年，《刀鋒之先》在一九八九年出版，緊接著是一九九〇年的《到墳場的車票》。卜洛克準備答案所花的數年時間沒有白費，結束了在《酒店關門之後》的回顧，史卡德的時間繼續前進，他用一種與過去不大一樣的方式面對人生，但也維持了原先那些吸引人的個性特質。

從《八百萬種死法》至《到墳場的車票》是我私心分類的「第二階段」，卜洛克在這個階段重新整理了對角色的想法，讓史卡德成為一個更有血有肉、會隨著現實一起慢慢老去、彷若與讀者一同生活在現實的真實人物。而系列當中的重要配角在前兩階段作品中也已全數登場，史卡德的人生即將邁入新的篇章。

我認定的「馬修・史卡德」系列「第三階段」從一九九一年的《屠宰場之舞》開始，到一九九八年的《每個人都死了》為止，卜洛克在八年裡出版了六本系列作品，寫作速度很快，而且每個故事都很精采，人性描寫深刻厚實，情節絞揉著溫柔與殘虐。

雖說先前談到前兩階段共八部作品時一直強調角色塑造，但不表示卜洛克沒有好好安排情節。卜洛克的確認為角色很重要——他在講述小說創作的《小說的八百萬種寫法》中明確寫道：「幾乎所有讀者持續翻閱任何小說的主要原因，就是想知道接下來發生的事，讀者之所以在乎接下來發生的事，則是因為作者描寫人物性格的技巧。小說中的人物若有充分描繪，具有引起讀者共鳴與認同的力量，讀者就會想知道他們下場如何，並深深擔心他們的未來會不會好轉，」「馬修・史卡德」系列可以視為這番言論的實際作業成績。不過，同一本書裡，他也提及寫作之前應該重新閱讀，不是以讀者的眼光閱讀，而是以作者的洞察力閱讀。卜洛克認為這樣的閱讀不是可以學到某種公式，而是能夠培養出一些類似「直覺」的東西，知道創作某類小說時可以用什麼方式。

說得具體一點，「以作者的洞察力閱讀」指的不單是享受故事，而是進一步拆解故事，找出該故事的作者用什麼方法鋪排情節，如何埋設伏筆、讓氣氛懸疑，如何製造轉折、讓發展爆出意外。

開始寫「馬修‧史卡德」系列時，卜洛克已經是很有經驗的寫作者；要寫犯罪小說之前，他已經拆解了不少相關類型的作品。史卡德接受的是檢調體制不想處理、或當事人不願交給體制處理的案件，這些案件不大可能牽涉某種國際機密或驚世陰謀，但往往蘊含隱在社會暗角、體制照料不到之處的幽微人性——而史卡德的角色設定，正適合挖掘這樣的內裡。

從《父之罪》開始，「馬修‧史卡德」系列就是角色與情節的適恰結合，而在寫完前兩個階段、史卡德的形象穩固完熟之後，卜洛克從《屠宰場之舞》開始加重了情節的黑暗層面。《屠宰場之舞》出現性虐待受害者之後將其殺害、並且錄影自娛的殺人者，《行過死蔭之地》出現綁架、性侵，並以切割被害者肢體為樂的凶手，《一長串的死者》裡一個祕密俱樂部驚覺成員有超過正常狀況的死亡機率，《向邪惡追索》中的預告殺人魔似乎永遠都有辦法狙殺目標。

這些故事都有緊張、刺激、驚悚、駭人的橋段，而在經營更重口味情節的同時，卜洛克持續讓史卡德面對自己的人生課題——前女友罹癌、要求史卡德協助她結束生命；原來已經穩固的感情關係，忽然出現了意想不到變化；調查案子的時候，自己也被捲入事件當中，更糟的是，自己的朋友也被捲入事件當中、甚至因此送命——諸如此類從系列首作就存在的麻煩，在第三階段一個都沒少。

史卡德在一九七六年的《父之罪》裡已經是離職警察，可以合理推測年紀可能在三十到四十之間，因此到一九九八年的《每個人都死了》為止，史卡德處於從三十多歲到接近六十歲的中壯年時期。在人生的這段時期當中，大多數人已經成熟、自立，有能力處理生活當中的大小物事，但也必須承受最多生活壓力——年長者的需求、年幼者的照料、日常經濟來源的提供、人際關係的維繫——而總也在這類時刻，一個人會發現自己並沒有因為年紀到了就變得足夠成熟或擁有足夠能力，毋需面對罪案，人生本身就會讓人不斷思索生存的目的，以及生活的意義。

「馬修．史卡德」系列的每一個故事，都在人間與黑暗共舞，用罪案反映人性，都用角色思考生命。

新世紀之後

進入二十一世紀，卜洛克放緩了書寫史卡德的速度。

原因之一不難明白：史卡德年紀大了，卜洛克也是。

卜洛克出生於一九三八年，推算起來史卡德可能比他年輕一點，或者同樣年紀。在歷經種種人生關卡、頻繁與黑暗對峙的九〇年代之後，史卡德的生活狀態終於進入相對穩定的時期，體力與行動力也逐漸不比以往。

原因之二也很明顯：九〇年代中期之後，網際網路日漸普及，犯罪事件利用網路及相關科技的比例也慢慢提高。卜洛克有自己的部落格、發行電子報，會用電腦製作獨立出版的電子書，也有臉書帳號，這表示他是個與時俱進的科技使用者，但不表示他熟悉網路犯罪的背後運作。要讓史卡德接觸這類罪案並無不可——早在一九九二年的《行過死蔭之地》裡，史卡德就結識了兩名年輕駭客，真要寫這類罪案，卜洛克想來也不會吝惜預做研究的功夫；但倘若不讓史卡德四處走動、觀察人間，那就少了這個系列原有的氛圍。

另一個原因則相對沒那麼醒目：卜洛克長年居住在紐約，世貿雙塔就是史卡德獨居的旅店房間窗景，二〇〇一年九月十一日發生在紐約的恐怖攻擊事件，對卜洛克和史卡德這兩個紐約客而言都是巨大的衝擊。卜洛克在二〇〇三年寫了獨立作品《小城》，描述不同紐約人對九一一的反應與後續生活；史卡德沒在系列故事裡特別強調這事，但更深切地思考了死亡——史卡德這角色是因為死亡才成形的，那樁跳彈誤殺街邊女孩的意外，把史卡德從體制內的警職拉扯出來，變成一個體制外孤獨抵抗人性黑暗的存在。過了二十多年，人生似乎步入安穩境地之際，世界的陡然巨變與個人的生理狀態，則提醒每個人：死亡非但從未遠去，還越來越近。而這也符合史卡德與許多系列配角的狀況，他們和史卡德一樣，都隨著時間無可違逆地老去。

「馬修・史卡德」系列的「第四階段」每部作品間隔都較「第三階段」長了許多。第一本是二〇〇一年《死亡的渴望》，這書與二〇〇五年的《繁花將盡》是本系列僅有「應該按順序閱讀」的作品。下一部作品是二〇一一年出版的《烈酒一滴》，不過談的不是二十一世紀的史卡德，而是《八百萬種死法》之後、《刀鋒之先》之前的史卡德——這兩本作品之間的《酒店關門之後》談的是一九七五年發生的往事，以時序來看，讀者並不知道史卡德在那段時間裡的狀況，那是卜洛克正在思索這個角色、史卡德正在經歷人生轉變的時點，《烈酒一滴》補上了這塊空白。

餘下的兩本都不是長篇作品。《蝙蝠俠的幫手》是短篇合集，可以讀到不同時期史卡德遭遇的事件，讀者會發現即使沒有夠長的篇幅，卜洛克一樣能夠巧妙地運用豐富立體的角色說出有趣的故事。二〇一九年的《聚散有時》則是中篇，也是「馬修・史卡德」系列迄今為止的最後一個故事，事件本身相對單純，但對系列讀者、或者卜洛克自己而言，這故事的重點是交代了史卡德以及系列當中重要配角的生活，他們有的長大了，有的離開了，有的年老了，但仍然在死亡尚未到訪之前，在生命裡碰撞出新的火花，發現新的意義。

最美好的閱讀體驗

「馬修・史卡德」系列的起始是犯罪故事，屬於廣義的推理小說類型，每個故事裡也都能讀出推理小說的趣味，縱使主角史卡德並非智力過人的神探，但他踏實地行走尋訪，反倒看到了更多人間光景，接觸了更多人性內裡。同時因為史卡德並不是個完美的人，所以他的頹唐、自毀、困惑，以及堅持良善時迸出的小小光亮，才會顯得格外真實溫暖。

是故，「馬修・史卡德」系列不只是好看的推理小說，還是好看的小說，不只是好看的小說，還是好的小說——不僅有引發好奇、讓人想探究真相的案件，不僅有流暢又充滿轉折的情節，還有深刻描繪的人性。

讀這個系列會讓讀者感覺真的認識了史卡德，甚至和他變成朋友，一起相互扶持著走過人生低谷、看透人心樣貌。這個朋友會讓人用不同視角理解世界、理解人，或者反過來理解自己。

我依然會建議初識這個系列的讀者，從《八百萬種死法》開始試試自己和史卡德合不合拍，不過或許除了《聚散有時》之外，任何一本都會是很好的選擇——不同時期的史卡德作品會有些不同的質地，但都保持了動人的核心。

這些年來我反覆閱讀其中幾本，尤其是《酒店關門之後》，電子書出版之後，我又從《父之罪》開始依序閱讀，每次閱讀，都會獲得一些新的體悟。史卡德觀看世界的視角未曾過時，卜洛克對人性的描寫深入透澈，身為讀者，這是最美好的閱讀體驗。

〈導讀〉

酒店關門我就走——走哪兒去？

唐諾

噢，丹尼男孩，
風笛又聲聲催人了，
笛聲在山谷之間迴盪，
飄落遠遠的山外。
夏日逝去，玫瑰盡皆凋零，
你即將離去，
我黯然神傷。

——蘇格蘭民謠，〈丹尼男孩〉

老去的日本大導演黑澤明，曾拍過一部平平坦坦的電影，取材自老掘掘的李爾王故事，片名叫《亂》，讓習慣於且仍然津津樂道於當年他《七武士》、《羅生門》、《蜘蛛巢城》那樣銳利且閃動明迷電影手法的老影迷，一時悵然若失，但我個人曾讀到一篇報導，其中黑澤明自己談到拍這部電影的真正心志，「我真正想拍的只是，富士山麓那裡的黑色火山土。」

富士山的黑色火山土。那座早已熄滅不活動，但今天日本人猶認定見到它就會帶來一年好運氣的美麗火山；那些當年帶著毀滅意味噴出，但如今冷卻為宜莊稼、宜於人類文明生長的黑色沃土——老實說，我對一個老去導演如此耿耿一念非常非常感動，也對《亂》在電影成就上的不盡成功完完全全釋然。

說真話，不見得必然人家就會相信，真心真志，也不保證因此寫出拍出的就一定是好小說好電影，然而，對一個以創作為志業的人而言，有機會不打折扣捕捉自己的真正心志，其實是很奢侈的。一生不一定能有幾回，因此，明知可能失敗都值得一試。

為什麼好端端講起這個？

因為這部《酒店關門之後》，我相信，就像黑澤明拍《亂》意在富士山的黑色火山土一樣，卜洛克真正要記下的其實正是酒店，紐約那些總隨時光流逝、不會永遠開著門等人的酒店。

一道記憶的繩索

和《亂》稍稍不同的是，這部小說卻是卜洛克到此為止最巔峯的作品之一，甚至有相當大一批偵探作家同業和推理迷直接認定這是卜洛克最好的一部小說。

故事包括三個案件：

一、摩里西酒吧，非法營業，位於五十一街，由擁護愛爾蘭共和軍的摩里西兄弟經營。某夜，被兩名持槍蒙面的傢伙搶了好幾萬元，搶案發生時史卡德正好在場（當時他尚未戒酒），摩里西兄弟懸賞一萬美元找出搶匪是誰。

二、小貓小姐酒吧，合法營業，位於第九大道和五十六街交口附近，由史吉普・戴佛和約翰・卡沙賓經營，他們則因帳本被偷，遭勒索五萬美元，遂以兩千五百美元雇用史卡德料理此事。

三、這回倒不是酒吧本身了，而是酒吧一個名叫湯米・狄樂瑞的常客，他家被搶匪侵入，東西被搬空，老婆也順帶遇害，警方順利逮到搶匪，但搶匪卻反咬他謀害自己老婆，於是，他出了一千五百美元要史卡德為他洗刷冤屈。

三個案件，三條線，加上俗麗的寶莉酒吧、酒保手會顫抖的麥高文酒吧，有大彩色電視機可看棒球的馬丁酒吧、店名結合「酒吧」和「沙龍」的歐尼爾吧龍、以及史卡德最常去的阿姆斯壯酒吧等等，纏繞成一道堅韌的記憶繩索，拉扯住逝去的流光，存留了時間。

你不能帶回家的東西

日本人說，酒店是守護記憶的場所。

這讓我想到一段話，也是產出於紐約這個大蘋果城市，說話的人是七〇年代末紐約洋基棒球隊的教頭鮑勃・雷蒙：「我從不帶球賽回家，我總把它留在某家酒吧裡。」——我個人以為，這話說得實在比單純的「遺忘」要好，或者說要準確要世故。漫漫人生，我們難免碰上某些較沉重、並不宜於帶著上床睡覺的事物（對棒球教練來說便是球打輸了），你得想辦法在臨睡之前趕緊把它忘掉，然而，做為人的永恆悲哀之一是：記憶／遺忘這檔子事不能呼之即來揮即去，因此，我們也只有退而求其次的好好找個地方把它們安放起來。

隨著時光轟轟然向前，這些不好帶回家的記憶愈積愈多，乃至於逐步裝滿這些酒店之後，酒店遂成為記憶本身的象徵，成為浩浩時間長河中的一個航標；而時光仍繼續向前，到頭來連酒店都等不及關門了，我們遂也不免感覺到，我們的某一段生命，好像也就此跟著打烊告別。

人很奇怪的，壞的日子，壞的事，一旦它真跟你揮手告別，那一刻都會有（甚至更有）夕暉晚照的絢麗不捨——

所以我才斷言，卜洛克寫這本書是項莊舞劍，偵探故事是對社會大眾的交代，他假公濟私要紀念的，其實是那些日子和那些酒店。

牧師神父、心理醫生和酒保

酒店是守護記憶的場所。日本人這話的下半段是：酒保便是心事的最後傾吐者。

忘了是在哪裡看過這樣一個故事，就連是童話、寓言或哪個民族的真實習俗都想不起來，只依稀記得：人有不吐不可的心事時，去找棵大樹，挖個樹洞，對著這個樹洞痛痛快快的說，說完再用泥土把洞給封起來。

人的私密心事，依適合傾吐的對象，大致可別為涇渭二分的兩種：一種只告訴自己最親密的人，名單可能包括父母、知友、丈夫妻子和情人云云；另一種卻必須是陌生人。——前一種你要的可能是同情撫慰甚至開導商量，後一種你要的就只是說，說完就好多了。

這兩種都在人類歷史上相沿甚久，絕不自今日始。

不同的只是所謂陌生人的身分問題：挖了洞的大樹當然歸屬於這個陌生人範疇裡，只是不尋常了點，尋常些的，我個人所想到的有三種：牧師神父、心理醫生和酒保。

這三種，有話想說的人可依個人喜好或方便運用，可單選也可複選，但仍有些許差異。

從個人定位角度來看。找牧師神父，你得有承認自己是罪人的心理準備；找心理醫生，則是病人（學名精神症患，俗名不太好聽，叫神經病）：你若不肯示弱，什麼都不承認，那你最好找酒保。

依費用的角度來看。找牧師神父，價格不一，然而一般來說，宗教救贖挺沉重的，你相信在更高處有一雙什麼都看得到的眼睛眨也不眨注視著你，奉獻太少會產生不安，病上加病；找心理醫生，價格稍昂貴：因此，酒保可能是其中較便宜的，可量入為出。

再從關係的久暫來看。找牧師神父，你得有被「持續關懷」的心理預備，就算你不再進教堂，他都可能找上門來要你繼續悔改認錯甚至受洗，一不小心就是一輩子甚至永生；找心理醫生，一般不會這麼久，但通常他會要求一個療程，你不去仍會接到電話：只有找酒保，你們每回的關係都是一次完成，無需預約下一次——只要明天酒店再開門時你忍得住。

便宜，可解除，且無需自貶身價，酒保於是成為最簡單、最素樸的陌生人心事傾吐者。此外，他執業的時間較長，且又在深夜、人往往最虛弱最無助的時刻，那個時間你不好吵醒被神揀選但仍然得睡覺的牧師神父，也一定約不到心理醫生，只有酒店還開著門，還在燈火闌珊之處。

最後的心事傾吐者，所謂的「最後」，不就該是這個意思嗎？

一堆白化症者

丹尼男孩，是史卡德探案系列中一個充滿著象徵趣味的角色。這人是資訊收集中心，是英籍流落於紐約的優雅黑人（可能因此才依那首好聽感人的蘇格蘭民謠命名），更有趣的，此人是白化症者，不能適應日常光線，因此他晝伏夜出，以各個酒館為出沒地點——自然，他也是喝酒人口之一，但他喝伏特加。在《八百萬種死法》中有這麼一景：

丹尼男孩把他那杯俄國伏特加高高擎起，好看光線如何穿映過酒。「純度。亮度。精準度。……最好的伏特加就像刀刃一樣，是技術精湛的外科醫生手裡那把銳利的手術刀，保證切得乾淨俐落。」

這彷彿台灣的小說名家朱天心在〈第凡內早餐〉小說中說鑽石：「惟最佳的鑽石是不含任何顏色的，完全無色的鑽石就像三稜鏡似的讓光線穿透而化成一道彩虹。——把完全無色的鑽石送給女人，就如同把一顆純潔的心交給她——De Beers公司這麼說。」

就像朱天心說的，會讓你不禁想擁有一顆無色鑽石一般，丹尼男孩說的，也讓你起了試試那杯銳利的無色伏特加之念，然而，讓我個人更有感觸、想更多的卻是書中另一段：

他（丹尼男孩）的眼睛和皮膚都沒辦法承受日光……他希望這世界有個特殊開關，可以讓他根據需要隨意調低光線。我記得當時心想：威士忌就有這種功用，它可以叫光線變暗、音量降低、稜角化圓。

如此說來，患白化症無法適應現實世界強光的人還真不少，某種程度，我個人好像也在此列。

然而，我們得正視現實，這些深夜仍殷殷開門的酒店終究會打烊會關門的——就像沙林傑的名小說《麥田捕手》中荷頓的傻問題：「公園的池塘結冰了後，那些野鴨子要到哪裡去？」

紐約的酒店營業到幾點？書中，史卡德告訴我們，合法的依規定只能開到凌晨四點，但沒關係，合法的打烊，我們仍然可轉到非法的去，那裡沒時間限制。

真沒時間限制嗎？不可能的，當晨曦已起，全市的鳥兒彷彿一起醒來，便該是人踉蹌走出酒店、踽踽回家的時刻了——書中，史卡德引用了〈最後的點酒〉這首歌告訴我們可能的應對之道：「於是我們乾掉這最後一杯／敬每個人的歡喜與哀愁／但願這杯酒的勁道／能撐到明天酒店開門。」

再問下去，如果有那麼一天的明天，酒店不會再開門了呢？——像《酒店關門之後》的最後一章，也就是三件刑案發生後的十年，希臘酒吧成了韓國水果攤，寶莉酒吧成了高雅的五十七餐室，麥高文酒吧成了牛排館，小貓小姐酒吧成了同性戀俱樂部，昔日開酒吧混酒吧這些人，有的不知所終，有的死於急症，有的流落太平洋彼岸的舊金山，還有的居然還結了婚……

有一句好用、豪勇且順口的話可用：沒關係，酒店關門我就走——

我們能禮貌的問一句不太禮貌的話嗎？

請問：走哪裡去？

是啊，娜拉出走了哪裡去？池塘結了冰野鴨子哪裡去？

我猜，史卡德的回答還是書中的那首歌吧，「我那天心碎不已／但明天自然又能修補完好／如果我帶著醉意出生／我或許會忘掉所有悲傷。」

那些個日子

我只想起了一樁私事，和另一位台灣的小說名家張大春有關。

幾年前，我在KTV心血來潮點了首有關酒店的歌，叫〈那些日子〉（Those were the days），唱著唱著，這位平日看來似乎無血無淚、被他的學生也是年輕一流小說家駱以軍說為「小說中沒有人稍微認真在悲傷」的四十歲張大春，不曉得想起什麼（基於禮貌我始終沒問），忽然泫然欲泣起來，開始逐字逐句把歌詞翻譯給其實也看得懂英文字幕的女友聽。

不久之後，我看到這些歌詞被放到張大春《沒人寫信給上校》的結局：

熟悉的酒店聲音傳出門外，
我看見你，也聽到你叫我名字，
老友啊，我們只是老了，並沒有更智慧，
但我們心中的夢仍一如當時——

—

摩里西酒吧的窗戶漆成黑色。不遠處轟然爆炸，把窗戶震得嘎嘎作響。巨響截斷了對話，凝住了行進間的侍者，他的酒盤托在肩上，一腳懸在空中，活像尊雕像。震耳欲聾的噪音，灰塵般落定，然而好一陣子，酒吧裡依舊死寂，滿懷敬畏似的。

有人說：「耶穌基督！」大家胸中憋著的那口大氣這才喘了出來。和我們同桌的波比·盧斯藍德取過一支菸，說：「聽起來像是炸彈。」

史吉普·戴佛說：「櫻桃炸彈（譯註：cherry bomb，一種小朋友玩的鞭炮，但有一定的危險性，美國政府一九六六年後禁止生產）。」

「就這樣嗎？」

「夠了，」史吉普說：「櫻桃炸彈的威力可不小。你只要把外面的紙換成金屬片，同樣的火藥可以讓玩具變成武器。如果你點了一枚，忘了及時脫手，那你下半輩子就得靠左手了。」

「這聲音大得不像鞭炮。」波比堅持說：「像炸藥或手榴彈之類的。聽起來像第三次世界大戰爆發了，我是這麼想。」

「瞧這演員，」史吉普語帶情感，「能不佩服這個傢伙嗎？在壕溝裡力戰不懈，在山頭上餐風露宿，深陷泥沼，舉步維艱。波比．盧斯藍德——身經百戰的老兵。」

「你是說身經百醉吧？」有人說。

「去你媽的演員。」史吉普說。他用手撥了撥波比的頭髮，「你聽過那個笑話沒？『哈克，我聽見了大砲的怒吼。』〔譯註：美國笑話。一個落魄的演員得到了個配角，就這麼一句台詞，「哈克，我聽見了大砲的怒吼！」他欣喜若狂，整天把這句話掛在嘴上，結果一登台，炮聲一響，他脫口而出的竟然是：「這他媽的是什麼聲音？」〕」

「那笑話還是我告訴你的。」

「還『哈克，我聽見了大砲的怒吼。』咧。你什麼時候聽過槍聲？上次他們打仗的時候，」他說：「波比從心理醫生那裡弄來一張證明：『親愛的山姆叔叔，請原諒波比臨陣脫逃，子彈會逼他抓狂。』」

「我老爸的主意。」

「你勸阻過他嗎？你是不是還說：『給我一把槍，我要報效國家』？」

波比笑了。他一隻手摟住女伴，另外一隻手拿起酒杯。他說：「我不就是說聽起來像炸彈而已嘛。」

史吉普搖搖頭，「炸彈不一樣。每種都不一樣，爆炸聲不同。炸彈像是一個巨響的音符，聲音比櫻桃炸彈平得多。手榴彈完全不同，比較像和弦。」

「失落的和弦。」有人說。另外一人說：「聽聽，真有詩意啊。」

「我本來想把我的酒店取名叫『馬蹄鐵與手榴彈』〔譯註：Horseshoe & Hand Grenades，軍隊的流行語，運氣不錯的意思，馬蹄鐵象徵好運，手榴彈表示彈藥充足），」史吉普說：「大家不是說除了扔馬蹄鐵與手榴彈之外，準確哪有那麼重要（譯註：這是一句俗語，可以理解為馬馬虎虎也能過日子）？」

「這名字不壞。」比利．奇根說。

「但我的合夥人很討厭這個名字。」史吉普說：「他媽的卡沙賓說這不像酒吧的名字，倒像是沙龍、娘們兒的時裝委託行，或者蘇活區賣玩具給私立學校小朋友的店鋪。我不知道，馬蹄鐵與手榴彈，名字挺響亮的啊。」

「馬屁鐵與手淫彈。」有人接腔。

「也許我的合夥人說得不錯，就是有人會扭曲我的創意。」他對波比說：「你想知道炸彈不同的聲音嗎？那你千萬不能錯過迫擊砲。哪天我叫卡沙賓跟你談談，那故事才叫恐怖。」

「好啊。」

「馬蹄鐵與手榴彈，」史吉普說：「我覺得咱們的酒吧就該叫這名字。」

史吉普跟他的合夥人約翰．卡沙賓給他們的酒吧取名叫「小貓小姐」，很多人以為這名字來自《鐵腕明槍》（譯註：Gunsmoke，連播二十年的美國長青西部影集）裡的女主角，實際上靈感源於西貢一家妓院。我大部分的時間都在吉米．阿姆斯壯那兒喝酒，在第九大道，五十七街跟五十八街之間。小貓小姐則在第九大道跟五十六街交叉口後面，又小又吵，我沒法消受。週末是絕對不去的。不過星期一到五夜裡、酒客散得差不多、噪音明顯降低的時候，那地方還不壞。

那天晚上我挺早就到了。我先在阿姆斯壯廝混到午夜兩點半。那時店裡只有四個人——比利．

奇根在吧台後，我坐在吧台前面，還有兩個喝「黑色俄羅斯」到爛醉的護士。比利打烊之後，兩個護士步履蹣跚的消失在夜色之中，於是我們兩個跑到小貓小姐逍遙一下。四點鐘，史吉普也關上店門，我們一夥人又轉到摩里西酒吧來。

摩里西酒吧不到早上九、十點不會關門。紐約市酒吧營業的時間規定只到清晨四點鐘，星期六還得再提早一個小時。不過，摩里西不甩這套，反正它非法營業。摩里西位於五十一街，在十一跟十二大道之間，一棟四層樓房的二樓。那個區域有三分之一的房子沒人住，窗戶不是破了，就是被木板釘死，有個公寓入口，甚至用水泥封了起來。

這棟四層樓的樓房是摩里西兄弟的。買下這棟樓房沒花他們多少錢，三、四樓是他們兄弟的住處，一樓租給一個業餘的愛爾蘭表演團體，二樓是他們開的夜店，賣啤酒跟威士忌。他們把二樓所有的裝潢拆掉，露出磚塊，在原先的大塊松木地板上，又刮又洗，再用砂紙打磨，敷上亞銨脂（譯註：urethane，一種保護硬木的面漆材料），布置了柔和的燈光，在牆壁掛上愛爾蘭航空公司（Aer Lingus）的海報以及皮爾斯（譯註：Patrick Pears，愛爾蘭獨立運動的領導者之一）一九一六年愛爾蘭共和國宣言影本（「愛爾蘭的兄弟姊妹們，奉上帝與故去的祖先之名……」）。其中一面牆前安放一個吧台，周邊放了二、三十張拼花木頭方桌。

我們把兩張桌子併一起。史吉普‧戴佛坐了下來，還有阿姆斯壯酒吧的晚班酒保比利‧奇根、波比跟他今晚的女友——海倫，一頭紅髮、睡眼惺忪。在西四十街一家義大利餐廳當酒保的艾迪‧葛里羅，外帶一個在哥倫比亞廣播公司不知道是當音效還是幹什麼的傢伙——我們只知道他叫文森的，也在座。

我喝波本威士忌，不是傑克・丹尼爾就是「早年時光」〔譯註：Early Times，美國肯塔基產的波本威士忌〕，因為這是摩里西僅有的兩種波本。他們有三四種蘇格蘭威士忌、加拿大會所〔譯註：Canadian Club，加拿大產的威士忌〕、一種琴酒跟一種伏特加。兩種啤酒——百威和海尼根。另外有一種白蘭地、兩種罕見的利口酒。卡魯哇〔譯註：Kahlúa，墨西哥產的咖啡利口酒，調製黑色俄羅斯的材料之一〕吧，我想，是因為那年頭很流行喝黑色俄羅斯。

店裡還備有三種愛爾蘭威士忌——波希米爾、尊美醇，還有一種叫鮑爾斯——摩里西兄弟偏愛的口味，但通常乏人問津。你可能以為店裡少不了愛爾蘭啤酒，至少也該有健力士。但是提姆・佩特・摩里西有一回告訴我，他討厭瓶裝健力士，味道壞透了。他唯一欣賞的是入口濃洌的生啤酒，而且只有大西洋另一岸生產的才合他胃口。

摩里西兄弟都是大塊頭，額頭又高又闊，還留著一把灰鬍子。他們穿黑色褲子，腳上是擦得雪亮的短靴，白色襯衫捲到手肘，腰間還繫著蓋到膝蓋的白圍裙。他們僱用的侍者很年輕、鬍子刮得乾乾淨淨，相同的裝束在他身上，感覺像制服。大概是他們的表弟吧，在這裡打工，應該有點親戚關係。

摩里西酒吧一個禮拜開七天，從清晨兩點到早上九或十點，一杯酒賣三塊錢，跟一般酒吧比是貴了點，但在營業時間外還開張的地下酒吧裡，價錢算是公道，更何況他們酒的品質很不壞。啤酒便宜點，兩塊錢。一般的酒他們都調得出來，但是普施咖啡〔譯註：pousse-café，這是利用不同比重的酒類跟糖漿，調出來的分層彩色酒，也譯為彩虹酒，調製非常費工）就沒辦法了。

我想警察應該不曾為難過摩里西兄弟。酒吧外雖然沒霓虹燈，但也不是難找。警察顯然知道有家地下酒吧在這裡。那天晚上，我看到兩個來自中城北區的巡邏員警，還有一個我以前在布魯克林認識的刑警。酒吧裡有兩個我認識的黑人：一個是在拳擊場上討生活的拳手，他的同伴則是州參議員。我相當確定摩里西兄弟為了維持店面，一定使了黑錢；但除了錢之外，他們的後台應該也很硬，都搭上地方政治人物了。

他們的酒不摻水，分量給得又足。有了這兩樣好處，一個男人還有什麼好不滿足的？

∞

門外，又有一枚櫻桃炸彈炸開了。這一次遠得多了，大概在一兩條街外，沒震動門窗，也沒打斷屋內的談話。那個在哥倫比亞廣播公司上班的傢伙，在我們桌上不住抱怨說，他們這一季忙得要命。他說：「星期五才是四號不是？（譯註：指美國國慶，很多地方會放煙火慶祝）今天是幾號，一號？」

「二號都已經過了四個小時了。」

「那還有兩天嘛，他們急什麼？」

「他們弄到了爆竹，就忍不住手癢，」波比．盧斯藍德說：「你們知道誰最過分？就是那些死中國鬼子。我跟一個住在中國城附近的女孩交往過一陣子。那裡三更半夜都買得到羅馬蠟燭（譯註：

Roman Candles，一種圓筒型的爆竹）、櫻桃炸彈，什麼都有。不只在七月，任何時間掏錢就有。一講到爆竹，那裡的人就跟小孩子一樣。」

「我的合夥人說我們夜店名字最好叫『小西貢』，」史吉普說：「我就跟他說，天啊，約翰，人家一定以為是中國餐館，雷哥公園（譯註：Rego Park，在紐約皇后區）那邊的家庭，會打來訂蘑菇雞片、兩套B餐。他說，西貢跟中國有什麼關係？我就說了，約翰，這事你知道我知道，但是對雷哥公園那邊的人來說，斜吊眼（譯註：slope，這是對東方人輕蔑的說法，原意是斜坡）就是斜吊眼，反正都等於蘑菇雞片。」

比利接話了，「斜坡公園的人又怎麼啦？」

「斜坡公園那邊的人又怎麼啦？」史吉普皺眉頭，想了一會兒，「去他媽的蛋！幹他媽斜坡公園的人。」

波比的女朋友海倫也說話了，很嚴肅。她說，她有一個嬸嬸就住在斜坡公園那裡。史吉普看了她一眼，我拿起我的玻璃酒杯。酒吧裡空蕩蕩的，好像沒別人了。我想知道那個鬍子刮得特乾淨的侍者或是摩里西兄弟在哪裡。

就在我的眼光瞄到門邊的時候，門打開來了。在樓下把風的摩里西兄弟，踉踉蹌蹌的走進來，撞倒了一張桌子。酒灑了一地，椅子也翻了。

兩個人跟在他身後闖進來。一個大約五呎九吋，另一個比他矮兩吋。兩個人都很瘦，穿著牛仔褲跟球鞋。比較高的那個套了一件棒球外套，比較矮的穿著寶藍色尼龍風衣。兩人頭上都戴了棒球帽，三角形的紅色手帕蒙住嘴巴、臉頰。

兩個人手裡都有槍。一個是短筒手槍，另一個則是長槍管的自動手槍。那個拿長管手槍的朝天花板開了兩槍。聲音不像櫻桃炸彈，也不像手榴彈。

這兩個人來得急，去得也快。一個人衝到吧台後面，翻出提姆．佩特放收入的廉價雪茄盒。吧台上還有一個玻璃罐子，上面貼了張請大家慷慨解囊、援助愛爾蘭共和軍入獄者家屬的手寫告示。那人取走了罐子裡面的鈔票，留下硬幣。

矮個子在櫃檯後忙成一團的同時，高個子一直用槍指著摩里西兄弟，喝令他們把口袋裡的東西全掏出來，掃空皮夾裡的現金，還有提姆．佩特身上藏的一小捆錢。矮個子放下雪茄盒，走到房間後面，移開愛爾蘭航空莫赫斷崖（譯註：Cliffs of Moher，位於愛爾蘭西岸，歐洲最高的懸崖）的鑲框海報，露出一個上鎖的保險櫃。他二話不說敲掉鎖頭，從櫃子裡抽出一個金屬盒，把盒子挾在腋下，再取回雪茄盒子，匆匆退出門外，快步下樓。

高個子還是用槍指著摩里西兄弟，直到同夥逃離現場。他一度把槍口瞄準提姆．佩特的胸膛，我還真以為他會開槍。他手上是一把長管自動手槍，先前朝天花板開了兩槍的也是他，如果他真的扣下扳機，想來沒有失手的可能。

我愛莫能助。

時間一分一秒的過去。那個蒙面搶匪大口喘氣，手帕隨著呼吸上下起伏。他緩步退到門邊，下樓。

沒人敢動。

提姆．佩特跟他剛在樓下看門的弟弟，低聲講了幾句話。過了一會兒，他弟弟點點頭，走到後面把敞開的保險櫃關上，再把愛爾蘭航空的海報掛回原位。

提姆．佩特又跟另一個弟弟說了什麼，隨後清了清喉嚨。「各位先生，」他說，用他奇大的右手理了理鬍子。「各位先生，我想花一點時間解釋剛才發生的情況。兩個好朋友進來跟我們借一點錢，我們很樂意的借了。我們不認識他們，也沒記下他們的長相。我很確定，萬一在座各位不幸再度遇到他們，也認不出他們來。」他的指尖在寬闊的額頭上，輕輕的點了點，又開始理他的鬍子。「各位先生，」他說，「希望我跟我兄弟有榮幸跟大家乾一杯。」

摩里西兄弟替大家斟了一輪酒。我的是一杯波本，比利．奇根是尊美醇，史吉普是威士忌，波比，白蘭地，他的女伴則是一杯蘇格蘭酸飲（譯註：Scotch sour，威士忌加檸檬汁調酒）。在哥倫比亞廣播公司做事的那傢伙點了啤酒，酒保艾迪給自己挑了杯白蘭地。人人都有酒喝，包括警察、黑人政客，還有一屋子的服務生跟夜貓族。沒有人起身離開。沒人會在老闆請客、還有兩個蒙面持槍歹徒在外頭晃蕩的時候踏出店門。

那個鬍子刮得挺乾淨的表弟跟摩里西的兩個兄弟為大家倒酒。提姆．佩特站在一旁，雙手叉在圍裙上，面無表情。替每人添上新酒之後，提姆．佩特的一個弟弟走近他身邊，跟他說了幾句話，還把那個只剩幾枚硬幣的空玻璃罐，在他面前揚了揚，提姆．佩特的臉色沉了下來。

「各位先生，」他說。整個屋子立刻靜了下來。「各位先生，在剛才一團混亂的時候，捐獻給

『北援』的錢被那兩人拿走了。被關在北愛監獄裡的義士家屬，恐怕不免再受飢寒。我們的損失，我們兄弟認了，不說半句廢話；但是，在北方，可能有許多人沒錢買吃的……」他摒住呼吸，聲音轉為低沉。他說：「我們會把這罐子傳下去，各位有意，請樂捐若干，上帝一定會保佑你們。」

∞

我大概又待了半個小時的樣子。我把提姆．佩特請的酒喝乾了，又點了一杯。比利、史吉普跟我一道離開。波比跟他女伴還在酒吧裡鬼混，文森早就走了，艾迪跑到另外一桌去，設法誘拐一個在歐尼爾餐廳工作的高眺女侍。

天邊露出魚肚白，街上仍是一片死寂。史吉普說：「『北援』還是撈回了幾文錢。法蘭克和傑西（譯註：Frank and Jessie James，美國內戰前後，橫行西部、惡名昭彰的江洋大盜）從那罐子裡拿走的，我看也沒多少，大家卻吐出一大堆錢，又把那個罐子給裝滿了。」

「法蘭克跟傑西？」

「天啊，就是那兩個蒙紅手帕的搶匪啦。法蘭克跟傑西．詹姆斯啊。他們從罐子裡拿走的不過一塊、五塊的小鈔，回收的都是十塊、二十塊的，所以說北愛那些老弱婦孺的日子，依舊過得下去。」

比利說：「你猜摩里西兄弟損失了多少？」

「天啊，我哪知道？保險箱裡可能只有一堆保單跟他們精神領袖的照片而已，不過真這樣的話，大概會跌破大家眼鏡吧？我敢打賭，他們帶走的，足以買一大堆軍火，供給德里跟貝爾法斯特那些勇敢的小夥子。」

「你說那兩個搶匪是愛爾蘭共和軍？」

「拜託。」他說，順手把菸屁股扔進水溝。「我是說摩里西兄弟是愛爾蘭共和軍，他們的錢都送到那邊去了。我還覺得……」

「喂，兄弟們，等等我好嗎？」

我們轉過身去。一個叫做湯米．狄樂瑞的人在摩里西酒吧的門口叫住我們。湯米是個壯漢，下顎結實有力，胸部寬厚，挺個大肚子。他穿了一件酒紅色薄夾克，白長褲，打了條領帶。這傢伙幾乎都打領帶。

他身邊有一個瘦小纖細的小姐，一頭褐髮，幾處染成紅色，穿了一條褪色的緊身牛仔褲，粉紅色襯衫，袖子捲起來。她看起來很疲倦，而且有點醉。

他說：「你們還記得凱若琳吧？當然不會忘。」我們跟她打招呼。他說：「我的車停在街角。車上還有空位，送各位一程吧？」

「今天早上很清爽，」比利說：「我想走幾步路，湯米。」

「哦，是嗎？」

史吉普跟我也這麼說。「走走路，醒醒酒，」史吉普說，「吹吹風，好上床睡覺。」

「你們確定嗎？送你們回家一點也不麻煩。」我們說沒問題，「那你們能陪我走到停車的地方嗎？剛才那幕搶劫案難免讓人有點緊張。」

「當然沒問題，湯米。」

「早晨挺舒服的。太陽出來肯定熱死人，但現在卻很清爽。我剛真以為他會開槍打提姆‧佩特。他臉上的神情你看到沒？」

「那是關鍵的一刻，」比利說，「沒打死，也被嚇死了。」

「我那時想說，等會兒少不得一場槍林彈雨，還研究躲在哪張桌子底下比較好？但桌子他媽的有夠小，根本沒法掩護。」

「是沒什麼地方可躲。」

「我又是個『大』目標，對吧？史吉普，你抽什麼？駱駝牌？可不可以來一根？我一般抽有濾嘴的，但經過這晚，都抽不出味道來了。謝了。是我產生幻覺，還是屋裡真有兩個警察？」

「的確是有幾個條子。」

「聽說他們上下班都得帶槍，對不對？」

他這個問題是在問我。我說沒錯，的確是有這規定。

「還以為裡面會有人採取行動咧。」

「你是說，把槍掏出來指著那幾個搶匪嗎？」

「諸如此類的。」

「這會死傷慘重的。」我說，「在人這麼多的屋子裡開火。」

「這會造成流彈誤傷的危險吧？」

「你為什麼要提這個？」

察覺我語音有異，他嚇了一跳，看著我說，「為什麼？可能是因為那些磚牆吧，」他說：「就算是對著錫片鋪成的天花板開槍，都會讓子彈亂跳，造成一些損害，不是嗎？」

「大概吧。」我說。一輛計程車從我們身邊經過，不載客的燈已亮起，司機身邊還有一個乘客。「不管是不是在值勤，除非對方先開槍，就算像剛剛那樣的情況，警方也不會輕舉妄動。今晚是有兩個警官在場，手說不定已經握在槍柄上，鎖定目標了。要是那傢伙真朝提姆．佩特開槍，就得準備躲子彈，落荒而逃了。這當然是指裡面有人能瞄準他的話。」

「還不能醉到兩眼昏花。」史吉普補了一句。

「有道理。」湯米說：「馬修，幾年前你不是破了一宗酒吧搶案嗎？我好像聽別人提過。」

「那有點不同。」我說：「在我展開行動之前，他們已經把酒保殺了。而且我沒有在酒吧裡亂開槍，是追他們到街上才動手的。」我的思緒回到當時情景，錯過幾句對話。等我回過神來，只聽到湯米在說，他以為自己也會被搶。

「今晚屋裡有好些人，」他說，「都是上夜班的。有的人收了店，把一天的營收帶在身上。我還以為他們會傳帽子，要我們把財物放進去咧，對吧？」

「也許他們很急。」

「我身上有幾百塊錢，但是寧可留在自己身上，也不想交給蒙面人。沒被搶，鬆了一口氣，等那個叫什麼『北援』的罐子，傳到手上，就變得大方起來。我一口氣捐了二十塊給那些孤兒寡母，連想都沒有想一下。」

「這可能有鬼。」比利．奇根說，「說不定那兩個蒙面的傢伙是摩里西兄弟的朋友。每隔兩星期，就來演這場戲，刺激『北援』募款。」

「天啊！」湯米被這想法逗得很樂，「正經點，好不好？這是我的車，別克，大得很，人人有位子坐。有沒有人改變主意要我送他回家的？」

我們沒改散步回家的初衷。他的車子是栗色的別克，白色皮革內裝。他請凱若琳先坐，再走到另一邊，打開他的車門。見到凱若琳沒法移過身子，給他開車門，湯米做了個鬼臉。

他們把車開走之後，比利說：「他們在阿姆斯壯混到一點還是一點半。真沒想到今天晚上還能見到他們。希望他不會把車開回布魯克林。」

「他們住在那裡嗎？」

「『他』住在那裡。」他告訴史吉普，「那個女的就住這附近。湯米結婚了，你沒見到他手指上的結婚戒指嗎？」

「我沒注意。」

「來自加羅林（Caroline）的凱若琳（Carolyn），」比利說：「湯米就是這麼介紹她的。今晚她的臉色很難看，對不？他今天晚上不是消失了一陣子嗎？我懷疑他把她帶回家，現在我確定了。今晚稍早的時候，她還穿套裝，對不對，馬修？」

「我不記得了。」

「我記得很清楚。上班服飾，反正不是剛剛她那一身的牛仔褲加襯衫。他把她帶回家，搞了一下，覺得口渴，正經的酒吧都關了，只好跑到這附近的逾時酒吧摩里西來。你覺得怎麼樣，馬修？我做個偵探應該夠格吧？」

「你的確有兩手。」

「湯米穿一樣的衣服，凱若琳卻換了件衣服。現在的問題是：他是會回家找老婆呢？還是睡在凱若琳家，明天再穿同樣的衣服到辦公室去？真正的關鍵是——這干我們屁事？」

「我也正想問這個問題。」

「是啊。但他剛提到一件事，我卻弄不明白。他們為什麼不洗劫酒吧裡的客人？裡面有一大堆人身上起碼有個幾百塊錢，有些可能還不止。」

「不值得。」

「我們說的可能是好幾千塊的事情啊。」

「我知道。」史吉普說。「但把洗劫這事兒料理妥當，起碼也得再花二十分鐘。屋裡一堆醉鬼，只有上帝才知道有多少人帶著槍。我估計至少有十五把。」

「你沒開玩笑吧？」

「開玩笑？我還覺得估低了呢。首先，屋裡至少有三四個警察，還有今晚跟咱們同桌的艾迪．葛里羅。」

「艾迪身上有槍？」

「艾迪有好幾把大傢伙，還沒說他的老闆，開酒吧的那個，更狠。有個叫查克的傢伙，我跟他不大熟，在寶莉酒吧打工……」

「我知道你說的是誰，那傢伙身上也有槍？」

「要不然就是他走路的時候，胯下那玩意兒總是硬著。他的身材很滑稽。沒騙你，很多人身上都有槍。你叫大家把皮夾掏出來，他們說不定就把槍給掏出來了。此外，他們殺進殺出花了多少時間？頂多五分鐘吧？推開大門、朝天花板開槍，到他們離開，丟下提姆．佩特叉著手、皺眉頭杵在那裡，說不定連五分鐘都不到。」

「這話有道理。」

「就算他們把所有顧客的口袋搾乾，也只是個零頭而已。」

「那箱子裡真有很多錢嗎？你說有多少？」

史吉普聳了聳肩，「兩萬塊吧。」

「當真？」

「兩萬塊、五萬塊，你愛說多少算多少。」

「就是你剛剛說的，愛爾蘭共和軍的錢？」

「要不然他們把錢花到哪去了？比利。我不知道他們究竟賺了多少錢，但是他們的酒吧一個禮拜開七天，生意不錯，開銷能有多少？他們那棟樓說不定還欠稅沒繳，一半自住，連房租都省了。同仁都是親戚，也不用付什麼薪水。他們會申報收入、會報稅嗎？頂多是把一樓租給劇團的租金報一報，付點稅，意思意思罷了。他們那地方一個禮拜好歹賺個一兩萬吧。你說他們把錢花到哪裡去了？」

「他們得到處打點。」我補了一句。

「打點跟政治獻金，當然，但是一個禮拜花得了一兩萬嗎？他們又不買大車，不出門，不在別的酒吧裡花半毛錢。你見過提姆．佩特買翡翠給漂亮小妞嗎？還是他兄弟放幾克古柯鹼在他們的愛爾蘭鼻子前面吸嗎？」

「在你的愛爾蘭鼻子啦。」比利．奇根說。

「我倒覺得提姆．佩特那個小演說不錯，隨後請大家喝一杯更是夠意思。據我所知，這還是摩里西酒吧開張以來的頭一回哩。」

「去他媽的愛爾蘭人。」比利說。

「天啊，比利，你又喝醉了。」

「讚美上帝，你說得沒錯。」

「你覺得如何？馬修？提姆．佩特真的認識法蘭克與傑西嗎？」

我想過這問題。「我不知道。他剛的說法等於是『閒人請袖手旁觀，我們自己會料理』。也許這事跟政治有關。」

「去他媽的對！」比利說：「我看一定是民主黨改革派在後面搞鬼。」

「也可能是清教徒。」史吉普說。

「好笑了，」比利說，「他們看起來倒不像是清教徒。」

「也有可能是愛爾蘭共和軍的某派系，他們裡面不是有很多派系嗎？」

「你當然很少見到清教徒在臉上蒙手帕的，」比利說：「他們通常把手帕塞到胸前的口袋，而胸前的口袋呢——」

「拜託，比利。」

「去他媽的清教徒。」比利說。

「去你媽的，比利．奇根。」史吉普說：「馬修，我們最好陪這個混蛋回家。」

「去他媽的臭槍！」比利說，突然又回到這個主題上。「臨睡前喝杯酒，誰知道身邊都是槍。你有帶槍嗎？馬修。」

「我沒帶。」

「真的？」比利用一隻手撐在我肩膀上，「你不是警察嗎？」

「以前是。」

「你現在是私家偵探。但就算是個零租的警察，好比書店門口那些檢查袋子的安全人員，不也都佩槍嗎？」

「裝裝樣子而已。」

「你是說，如果我從書店幹一本現代圖書館版的《紅字》出來，他們不會開槍打我？你不早說，害我還花錢買那本書。你真的沒帶槍？」

「又一個錯覺破滅了。」史吉普說。

「你那個演員朋友呢？」比利追根究柢，「波比身上有槍嗎？」

「誰？盧斯藍德啊？」

「小心哪天他在你背後開槍。」比利說。

「就算是盧斯藍德身上有槍，」史吉普說，「頂多是舞台道具，只有空包彈。」

「他會在你背後開槍。」比利堅持說，「就像那個誰……波比小子。」

「你是說比利小子吧？」

「你算哪根蔥啊？憑什麼糾正我？他有沒有？」

「他有什麼啊？」

「波比有沒有帶傢伙啊！天啊，我們不是一直在談這個嗎？」

「拜託，奇根，不要問我說我們在談什麼好不好？」

「你是說你根本沒注意我們在說什麼嗎？天——哪！」

8

比利．奇根住在五十六街，接近第八大道的大樓裡。快到他家的時候，比利振作起來，好像恢復了清醒，還跟門房打個招呼。

「馬修、史吉普，」他說，「回頭見了。」

「比利人不錯。」史吉普告訴我說。

「他人很好。」

「他其實沒有那麼醉。借酒裝瘋，發洩發洩。」

「我知道。」

「你知道嗎？我們在小貓小姐藏了把槍。在約翰跟我一起開業前，我在別的酒吧被搶過一次。那時我在第二大道八十幾街那裡當酒保，一個傢伙闖了進來，白人，用槍指著我的臉，把收銀機裡的錢全部拿光了，還順便搶了店裡的客人。那時店裡有五六個人，皮夾全給他了。我想他連客人的錶也沒放過吧。如果我沒記錯的話，這才是標準程序。」

「好像是。」

「以前我在越南，可是英雄，他媽的特種部隊。我可從來沒有站在那裡，被人用槍的另一端指著。事發之際，我一點感覺都沒有，後來卻愈想愈幹，你知道我的意思吧？我氣瘋了，跑出去，買了把槍，從此之後，那把槍就放在我上工的地方。現在它當然在小貓小姐。我還是覺得叫馬蹄鐵與手榴彈比較順耳。」

「你有執照嗎？」

「槍？」他搖搖頭，「我根本沒登記。我開的是酒吧，查明白那裡可以弄到黑槍，不算難辦。我花了兩天打聽，到了第三天，就用一百塊錢弄到手了。我們開店之後，還是被搶了一次。那天是約翰當班，他沒動那把槍，乖乖的把錢箱交出去。那個傢伙並沒有打劫顧客。約翰猜想那人是條毒蟲，還說，在搶匪離開酒吧之後，他才想到店裡有把槍。也許吧，也許他想到了，卻不想用。可能我會跟他一樣，可能不會。只有身臨其境，才能確定，對不對？」

「沒錯。」

「你不當警察以後，就沒帶槍了？聽說有人養成習慣之後，沒佩槍，就好像沒穿衣服似的。」

「我不一樣。我覺得是卸下重擔。」

「主啊，我終於卸下重擔。整個人都開朗起來了吧？」

「差不多。」

「是啊。他不是故意的，湊巧提到流彈。」

「啊？哦，你說湯米。」

「硬漢湯米．狄樂瑞。有點混蛋，人倒不壞。硬漢湯米，有點像是管巨人叫小個頭。我確定他是無心的。」

「我也確定你是對的。」

「硬漢湯米。你知道他還有別的綽號吧？」

「電話湯米。」

「或者湯米電話，對。電話推銷那些狗屁東西。我沒見過大男人幹這營生的。不都是家庭主婦打零工，每小時賺三毛五分錢的嗎？」

「電話行銷利潤可能不錯。」

「是啊，你看他那部車。我們都看到了。我們沒看到那個女的幫他開車門，但都看到那部車了。馬修，在我們結束今天之前，要不要上我那裡再乾一杯？我有威士忌跟波本，冰箱裡應該也有點吃的。」

「我想回家，史吉普。但謝謝。」

「我不怪你。」他吸了一口香菸。史吉普住在凡登公園，隔條街，朝西走幾棟房子，便是我住的旅館。他把手上的香菸扔了，跟我握了握手，就在這時候，大約一個街區之外，傳來五六聲槍聲。

「天啊。」他說，「這是槍聲，還是五六個小鞭炮炸開了？你聽得出來嗎？」

「我沒辦法。」

「我也沒辦法。大概是鞭炮吧，想想今天的遭遇。難道是摩里西兄弟抓到了法蘭克跟傑西？還是什麼我也搞不清楚的狀況？今天是二號，對吧？七月二號。」

「大概是吧。」

「還有得熱呢。」他說。

2

這是很久以前的事了。

七五年夏天。從較大的時空背景來看，記憶裡的那一年，好像沒什麼大事發生。尼克森辭職是前一年的事，兩黨大會、奧林匹克運動會、美國建國兩百年，又是下一年的事。入主白宮的是福特。他當總統有些勉強，奇怪的是，卻讓大家鬆了一口氣。進駐葛雷西官邸〔譯註：Gracie Mansion，紐約市長官邸〕的人叫阿比．畢姆。傑利．福特可能沒法相信自己是美國總統，但我始終覺得，畢姆跟他比起來，可能更加不敢相信自己是紐約市長。

面對紐約市的財政危機，福特擺出一副撒手不理的態勢。紐約《每日新聞》的標題是：「福特進城：暴斃！」〔譯註：Ford to City: Drop Dead!，這是美國報業史上最狠辣的標題之一，drop dead，也有走開，別來煩我的意思〕

我記得這個標題，卻不記得刊登的時間是在夏天前，夏天中，還是夏天後。但我確實讀過。我很少錯過《每日新聞》。每天深夜我回旅館，會帶份早版，或是在吃早餐的時候，掃瞄一下晚版。如果有我想要了解的新聞，我偶爾也看《時報》。每天下午，我經常會多買一份《郵報》。我不太注意國際或是政治新聞，體育跟本地犯罪之外的新聞，雖不怎麼留心，但對這世上發生的事情，還稱得上一知半解，有趣的是：所有事情最終全部煙消雲散。

到底我還記得什麼？摩里西兄弟被搶之後的三個月，辛辛那提在七戰四勝的大聯盟世界大賽中力克紅襪。我記得費斯克（譯註：Calton Fisk，紅襪隊打者，十二局下的逆轉全壘打，把比賽帶進第七戰，也成為美國棒球史上的經典場景之一）在第六戰轟出的全壘打。我也記得彼得．羅斯（譯註：Pete Rose，辛辛那提野手）始終奮戰不懈，好像人類的命運寄託在他處理的每一球上。紐約兩支球隊都沒有打進季後賽。我到現場看過五六場比賽，除此之外，兩隊表現如何，就說不上來了。我帶我的孩子去過兩次謝伊球場（譯註：Shea，紐約大都會主場，二〇〇九年後遷移），那年剛剛整修，我們看的都是大都會對決洋基的地鐵大戰。比利．奇根跟我看的是洋基對外隊。我記得有個白癡從看台上丟垃圾到球場裡，某場球賽因而取消。

瑞基．傑克森（譯註：Reggie Jackson，一九七七年加入洋基隊）那年在洋基隊嗎？七三年的時候，我記得他是在奧克蘭。那年的世界大賽，大都會隊一敗塗地。史坦布瑞納（譯註：George Steinbrenner，一九七三年買下洋基隊的球壇大亨）又是什麼時候買下洋基隊的？

還有什麼？拳擊？

阿里那年夏天有打嗎？我在電視轉播上，看過他跟諾頓（譯註：Ken Norton，美國重量級傳奇拳手，平生最著名的就是一九七三年跟阿里的十二回合大戰）第二場的決戰：阿里帶著重創的下巴與令人興嘆的判決，黯然離場，但這起碼也是一年前的事情了，不是嗎？我曾經在麥迪遜花園廣場，看過人就靠在網邊、近在咫尺的阿里。在這裡，厄尼．薛佛斯在第一回合開場沒多久，就把吉米．艾利斯擊倒在地把他得記我。〔譯註：Earnie Shavers與Jimmy Ellis，皆為美國知名重量級拳擊手。此處提到的比賽是指一九七三年那場〕艾利斯撂倒的那一拳，記得距離我兩排之外，他太太的表情。但那又是什麼時候的事情？反正我確定不在七五年就對了。那年夏天我一定看了非常多場拳擊，多到誰跟誰打都弄不清了。相干嗎？我倒不覺得。如果真的有關，那我得上圖書館查查那一年的《時報索引》或是《世界年鑑》。幸好，我該記得的事，都沒忘。

史吉普．戴佛跟湯米．狄樂瑞。講起七五年夏天，我只記得這兩張臉。在這兩人周邊，就是我整個季節。

他們是我的朋友嗎？

也算是。不過，得加點解釋。他們是酒吧朋友。那一陣子，除了在陌生人痛飲各種酒類的場合之外，我絕少見到他們——或者其他人。我那時還喝酒，但也到了臨界點，酒精對我造成的傷害，已經逐漸超過它給予（或者狀似給予）我的幫助。

幾年前，我的世界好像有自己的意志，逐漸縮小到哥倫布圓環南北兩邊的區塊。我揮別十幾年的婚姻生活跟兩個小孩，從長島的西歐榭區搬到位於第八、第九大道與西五十七街交叉口的旅館。約略在同時，我也離開了紐約警察局。在局裡的那幾年，我鬼混的時間跟我力求表現的時間，差不多剛好一樣。如今我靠替別人辦事，養活自己，偶爾還能寄張支票到西歐榭區。我不是私家偵探——私家偵探要申請執照，要填報告跟退稅申請。我幫朋友的忙，他們給我錢做為回報。我賺的錢一直夠付房租、夠我喝酒，也夠我斷斷續續的寄支票給安妮塔跟孩子們。

我說過，我的世界愈縮愈小，即便在這區域裡，我也把自己框在睡覺的旅館房間跟我打發絕大多數清醒時間的酒店裡。我去摩里西酒吧，但也沒那麼常去。一兩點前，我很少上床，總要拖到酒店關門，非常偶爾，我才會去非法逾時營業的酒吧，消磨竟夜。

我去小貓小姐，史吉普・戴佛的酒吧。就在我旅館的那條街上，還有寶莉酒吧。這家酒吧貼著俗麗的豔紅壁紙，酒客多半是下班尋求消遣的人，十點或十點半之後，就會逐漸散去。還有一家叫麥高文，狹長的空間，灰褐色調，天花板上的照明，連燈罩都沒有，顧客沉默得出奇。有時，我早上心情不好，會衝進去快飲一杯。酒保倒酒的時候，手常微微顫抖，但也有穩定的時候。

這條街上還有兩家緊挨著的法國餐廳。其中有一家，聖米榭爾山，裡面頂多坐四分之一的客人。過去幾年，我帶過幾個女人去那裡用餐，還有一次，獨自在吧台前喝了兩杯。隔壁的那家就有點名氣了，生意也比較好，但我不記得我去過。

第十大道上有個地方叫石瓦餐廳。中城北分局的警察跟約翰・傑學院（譯註：John Jay College，這是紐約市立大學系統裡的刑事司法學院）的學生，很喜歡在那裡盤桓。如果我想跟人群混一起，就會上那裡去。店裡的牛排做得不錯，環境也舒服。百老匯跟六十街間，有一家馬丁酒吧，提供廉價酒類，保溫餐檯裡的醃牛肉與火腿的味道也還可以。吧台上有一架好大的彩色電視機，看球類比賽，是個不壞的地方。

林肯中心的對街，有家店叫歐尼爾吧龍（Ballon）——那時禁止使用「沙龍」這個名稱的舊法令還沒廢止——他們訂製招牌的時候，沒注意到這規定，最後只好把第一個字改掉，照著唸。我曾經在下午去過一次，但它到了晚上才夠炫、夠熱鬧。在第九大道跟五十七街的交叉口，有一家叫安塔爾與史畢羅的希臘酒店。這家店不怎麼合我的口味，但我常見留著希臘大鬍子的人，喝茴香酒。我每天晚上回家都經過這裡，有時也會進去快快的喝一杯。

第八大道跟五十七街的交叉口，有一個二十四小時的報攤。如果我沒碰到在四〇〇熟食店前賣報紙的拾荒婦人，就會在那裡買報紙。那個婦人用兩毛五的價錢從報攤批報紙——我記得沒錯的話，那時所有的報紙都是兩毛五一份，只有《每日新聞》是兩毛一份——她用相同的價錢賣報紙，生活艱困可想而知。有時，我給她一塊錢，叫她不用找了。直到兩年後，她在街頭被人刺死，我才知道她叫瑪莉．艾麗絲．雷菲德。

有一家咖啡店叫火焰，還有一家店叫四〇〇熟食店。附近有兩家還算可以的披薩攤子，還有幾家賣起士牛排的餐廳，但保證去了絕不想再去。有一家義大利麵店叫羅夫，幾家中國餐廳，一家史吉普．戴佛愛到發狂的泰國餐廳。五十八街的喬易．法羅餐廳，去年冬天之後就關了。還有一家在……夠了，反正附近有很多酒店。

我最常去的是阿姆斯壯。

天啊，我簡直就是住在那裡。我有個房間睡覺，也有別的酒吧餐廳可去，但是，對我來說，吉米．阿姆斯壯的店，跟家沒兩樣。認識我的人都知道上那裡去找我；有的時候，他們會先打電話到阿姆斯壯，才打到旅館。阿姆斯壯酒吧十一點左右開門，一個名叫丹尼斯的菲律賓小夥子值班。比利．奇根七點左右會來接手，然後開到兩點、三點或四點，端看客人多寡跟他的心情如何。（這是平日的規矩。週末白班跟晚班的酒保又是不同的人，流動率很高。）

女侍更是來來去去。她們也許找到表演工作，也許是跟男友分手，也許是找到新男友，也許是搬到洛杉磯，也許是搬回蘇瀑（譯註：Sioux Falls，在南達科達州），也許是跟多明尼加的小鬼在廚房幹了一架，也許是因為偷了東西被開除，也許是懷孕。吉米那年夏天不常到店裡去。我想是因為他那時想在北卡羅萊納買塊地。

我要怎麼形容那地方？一進門，右手邊是個長吧台，桌子散在左邊，上面鋪著藍色方格子的桌巾。牆壁是深色木板拼的。牆上掛著相片和老雜誌剪下來的鑲框廣告。一個鹿頭標本很不協調的掛在後牆上，我最喜歡坐在鹿頭下面，這樣我就看不見它了。

那裡三教九流的客人都有。對街羅斯福醫院的醫生跟護士、來自福坦莫大學的教授跟學生，還有搞電視的——哥倫比亞廣播公司就在一條街外，美國廣播公司也走不了幾步路——左鄰右舍、附近看店的。兩個古典音樂家、一個作家跟一對剛開鞋店的黎巴嫩兄弟。

小鬼不多。我剛搬到附近來的時候，阿姆斯壯的店裡還有一部點唱機，有很不錯的爵士跟鄉村藍調，但是阿姆斯壯很快就把它換成立體音響，播放古典專輯。年輕人少來了，此舉得到女侍的歡迎，因為小夥子一待就待很晚，點得少，小費給得吝嗇。阿姆斯壯酒吧很安靜，很適合長時間的維持性暢飲（譯註：maintenance drinking，指那種一喝就沒完的喝法）。

我去就是圖這種感覺。我想走在邊緣，卻不想喝醉，除非是我偶爾一次的放縱。我多半是喝波本摻咖啡，長夜將盡，才會來一杯純酒壓陣。我可以在那裡看報紙，可以吃一個漢堡或是來份正餐。看我的心情決定沉默，或者聊兩句。我不是日日夜夜都在那裡，但至少每天都會報到一次。有的時候，丹尼斯開門沒幾分鐘，我就進去，直待到比利關門。每個人都得有個地方。

∞

酒吧朋友。

我就是在阿姆斯壯認識湯米．狄樂瑞的。他也是常客，一個星期有三四個晚上都在那裡。我不記得我第一次是怎麼知道這個人的，但只要跟他在一個房間裡，你很難不注意到他。這傢伙個頭很大，聲音很動人，平常不特別喧譁，但幾杯酒下肚，全屋子都聽得到他講話。

他吃得下一大塊牛排，能喝一大堆起瓦士威士忌：而他的能吃善喝，全都寫在臉上。湯米．狄樂瑞差不多四十五歲的樣子，下顎很有力，臉上則因為毛細管處處破裂，顯得有些嫣紅。

我不知道為什麼大家叫他硬漢湯米。也許史吉普說得沒錯，這個諢名純屬反諷。大家叫他電話湯米，是因為他的職業。他做電話行銷，在華爾街附近的野雞證券號子，打電話拉人投資。我知道幹這行的人經常換工作。這種單靠電話，從陌生人口袋裡，騙出錢來投資的工作，需要特別的本事。擁有這種天賦的人，想換工作，當然不是難事。

那年夏天，湯米幫一家叫做坦納休的空頭公司，推銷房地產財團的有限合夥權。有節稅的好處吧，我想，還有資本增益的前景。我是推論出來的，因為湯米從來不跟我或酒吧裡的任何人，談這一類事情。只有一次，有個羅斯福醫院的產科住院醫生跟他談他的生意。湯米卻用了一個玩笑打發過去。

「不，我是認真的。」醫生很嚴肅的說：「我最近賺了一點錢，我真應該想想這方面的事情。」

湯米聳了聳肩。「你有名片嗎？」那個醫生沒有。「那你把你的電話寫在這裡，我挑個好時間打給你。你想了解我們的狀況，我會打電話給你，詳盡解釋。但我得警告你，電話裡的我，凡人無法擋。」

兩個禮拜之後，兩個人又碰面了。住院醫生埋怨湯米沒打電話給他。

「天啊，我真的不是故意的。」湯米說：「我馬上把這件事記下來。」

他是個還算過得去的朋友。他很會講方言笑話，模仿得很不錯。只要我聽得懂，就會跟著笑。我相信裡面一定有很冒犯人的梗，但本質上沒有惡意。如果我想談談我在警察局裡的往事，他是挺好的聽眾：如果我的故事很好笑，他會跟大家一樣笑得很大聲。

話得分兩頭說，他的嗓門大了點，也好像太開心了點。他太喜歡講話，讓你覺得很有壓力。我不是說，他每個禮拜都會到阿姆斯壯酒吧三四趟嗎？一半的時間，那女的都在他身邊。凱若琳．曲珊。來自加羅林的凱若琳講話帶著軟軟的南方口音，像是某種烹調用的草藥，浸在酒裡，會有後勁。有的時候，湯米摟著她走進酒吧，有的時候是湯米先到，凱若琳隨後來。她就住在附近，跟湯米在同一間辦公室上班。我猜——如果我願意花心思推敲的話——就是這段辦公室婚外情把湯米引到阿姆斯壯酒吧來的。

他總盯著運動節目看。因為他下注——通常是球賽，有時是賽馬——他贏的時候，你很難不知道。他有一點過於友善，不分青紅皂白的裝熟。不過，在他溫和的言談中，眼神不時會閃出寒光。他一開口就是暖意融融，眼睛小小的、冷冷的，是他的弱點，只是聲音裡完全沒有這種破綻。

你現在知道他為什麼能做電話行銷了吧？

∞

史吉普．戴佛真名是亞瑟，但只有波比．盧斯藍德一個人叫他這個名字。波比跟我們不同：他們倆打四年級就認識了。兩人在傑克遜高地長大。史吉普的教名是小亞瑟，很小的時候就得到史吉普這個外號。「因為他一天到晚蹺課（譯註：Skip，音譯史吉普）。」波比說，但是史吉普另有解釋。「我有個當海軍的舅舅，始終忘不了海上生涯。」他曾經跟我說過一次。「他是我媽媽的弟弟。有一次他買了一套海軍制服跟一組玩具船給我。有了這個艦隊，我舅舅就叫我『小船長』（譯註：Skipper，跟 Skip 差不多），過沒多久大家都這麼叫了。這不算壞啦。我們班上有個人外號小蟲。我不知道為什麼。如果大家現在還這樣叫他的話，他跟他太太在床上的時候，是不是會叫：『哦，小蟲，再鑽深點』？」

他大概三十四、五歲，跟我差不多高，很精壯，前臂跟手背青筋暴露。臉上沒有多餘的肉，一層皮沿著骨頭起伏，讓他的兩頰看起來很像雕刻。他有一個鷹鉤鼻，銳利的藍眼睛，在某種燈光下會隱隱發綠。這麼性格的長相，外加他的篤定跟滿不在乎的神情，對女性很有吸引力，勾搭個女人回家，絕無問題。他獨居，也沒想跟哪個人定下來，比較喜歡跟男人混一起。幾年前，他可能跟哪個女人同居，或者結婚，不過，現在已經不想玩真的了。

湯米．狄樂瑞外號硬漢湯米，要說硬，也只是態度強硬。以前的史吉普才真是硬漢，不過你得潛進骨子裡才感受得到。外表是看不出來的。

他在軍隊服役過。不是他舅舅希望他當的海軍，而是陸軍特種部隊——綠扁帽。他高中畢業之後登記入伍，在甘迺迪的年代，派駐東南亞。六〇年代末期退伍之後，念過大學，不久被退學，之後在上東城的單身酒吧當酒保。幾年之後，他跟約翰．卡沙賓集資，租下一間停業的五金店，徹頭徹尾整修了一遍，花光所有積蓄，開了小貓小姐。

我偶爾在他自己的地方見到他，但我們更常在阿姆斯壯酒吧碰頭，那是他下工之後經常會造訪的地方。他是個很好的夥伴，容易相處，絕不嘮叨。

我覺得這個人不簡單。也許是那種冷靜的特質，讓你感覺他可以處理任何事情，舉重若輕，不焦不躁，是那種敢說敢做的男子漢，拿得起、放得下。也許他在越南當過特種兵，養成了這種特質，但也許是因為我知道他在那裡待過，所以把刻板印象強加在他身上。

我常在罪犯身上感受到史吉普的特質。我在幾個持械專搶運鈔車跟銀行的重犯身上，見到史吉普的身影。還有一個搬家公司的長程司機也是這樣子。我知道他，是因為他提前從另一岸回家，卻發現他太太跟姦夫躺在床上，一氣之下，用雙手活活把兩個人都扼死了。

3

報紙根本就沒有提到摩里西酒吧搶案，但接下來的幾天，傳聞不脛而走。摩里西兄弟的損失愈傳愈誇張。我聽到的從一萬到十萬都有。到底被搶了多少錢，只有摩里西兄弟跟搶匪知道，但雙方都不像是會宣布的樣子，所以，金額怎麼說都行。

「我想總數在五萬左右。」比利．奇根四號晚上跟我說：「數目當然會愈傳愈多。除了他們兄弟幾個，幾乎每個人都在場。」

「這話是什麼意思？」

「到目前為止，至少有三個人跟我保證，事發時他們在場：拜託，在場的人是我，我才敢發誓，他們那幾個根本不在！他們加油添醋，補充了好多我自己都錯過的情節。你知道有個搶匪搧女顧客一巴掌嗎？」

「真的。」

「他們是這麼告訴我的。摩里西有個兄弟，挨了一槍，受了皮肉傷。親臨現場，驚心動魄；但是，不在場好像更具戲劇性一點。一九一六年暴動（譯註：Easter Rising，又稱為復活節起義，愛爾蘭共和派趁著英國政府深陷一次世界大戰泥沼，在當年四月二十四日週一舉事，一千多名志願者，占領都柏林市中心，宣布愛爾蘭獨立，指揮中心就設在郵政總局）之後十年，你找不到任何一個沒參加義舉的都柏林人。在那個光輝的星期一早晨，三十名勇士走進郵局，一萬英雄挺身而出。怎樣？馬修，五萬塊不算過分吧？」

湯米．狄樂瑞那天也在，我猜他一定把這事當成餐桌上的話題。也許他真的這麼幹了。但我有兩天沒見到他，等見到他的時候，他卻絕口不提搶案，反倒大談棒球賭經，叫喊得人盡皆知：你只要賭大都會跟洋基隊輸，這兩隊就一定會贏。

∞

接著的那個禮拜，才過沒幾天的某個下午，史吉普到阿姆斯壯酒吧溜達，見我坐在後面。他在吧台取過一杯黑啤酒，拿到我的桌上來，在我對面坐下。他說，前一晚他到過摩里西酒吧。

「打從上次跟你一道之後，我就再也沒有上那裡了。」我告訴他。

「昨天也是我最近第一次去。他們把屋頂修好了。提姆．佩特還問起你。」

「我？」

「是啊。」他點了根菸，「希望你有空到他那裡走走。」

「幹嘛？」

「他沒說。你是偵探，不是嗎？也許他要你去查點什麼。你覺得他們到底損失了多少錢？」

「我不想捲進來。」

「這我知道。」

「愛爾蘭人內戰。我可不想沾上邊。」

他聳了聳肩，「你也可以不要去。提姆．佩特說，今晚八點過後，隨時候教。」

「他們那時才剛睡醒吧。」

「如果他們睡覺的話。」

他喝了一大口啤酒，用手背抹了抹上嘴唇。我說：「你昨晚去過了？現在是什麼樣子？」

「不就那老樣子？我跟你說，他們補好天花板了，工很細，至少我是看不出破綻。提姆．佩特跟他的兄弟們也還那德性。我告訴他們，下次我碰見你，會把話帶到；去不去是你的事。」

「我想我不會去。」我說。

但是第二天晚上十點、十點半左右，我想管他的呢，還是去了。一樓的劇團正在排演布藍登．班漢（譯註：Brendan Behan，愛爾蘭劇作家，曾經參加愛爾蘭共和軍，在英國入獄）的《怪人》（*The Quare Fellow*），預定星期四晚上首演。我按了樓上電鈴，等了一會兒，提姆．佩特的一個兄弟，把門打開一條縫，告訴我他們要兩點鐘才開門。我告訴他，我的名字叫馬修．史卡德，提姆．佩特叫我來的。

「哦，是你，這種燈光下我沒認出來。」他說：「請進，我去告訴他你來了。」

我在空蕩蕩的二樓等著。抬頭瞧瞧天花板，研究補好的洞在哪裡；這時，提姆．佩特走進來，又開了幾個燈。他還是平常那副裝束，只是沒圍圍裙。

「謝謝你專程跑一趟，」他說：「要不要跟我喝一杯？你通常喝波本，今天照舊嗎？」

他倒了杯酒，我倆在桌邊坐定。好像就是前幾天他兄弟踉蹌回來、不小心踢翻的那一張。提姆・佩特高舉酒杯，對著燈光看了會兒，然後一飲而盡。

他說：「出事那天你在場吧？」

「在。」

「有個年輕的小夥子不小心把他的帽子留在這裡了，糟糕的是：他媽媽沒把他的名字繡上去，所以，我們想還給他也沒辦法。」

「明白。」

「如果我知道他是誰，在哪裡可以找到他，我就可以把他的東西還給他了。」

是吧，我想。

「你以前是警察。」

「現在不是了。」

「你可能聽到了點風聲。人們總是會議論，是不是？如果有人能把招子放亮，耳朵豎尖點，他會賺到點好處的。」

我沒搭腔。

他用他的指尖順了順鬍子。「我兄弟跟我，」他說，眼睛盯著我肩膀後面的東西，「願意出一萬元價格，打聽出日前拜訪我們的兩位朋友叫什麼名字、住什麼地方。」

「就為了還那頂帽子？」

「是啊，我們有義務。」他說：「你們的喬治・華盛頓不是走了好幾英里的雪路，就為了還顧客他多收的一分錢嗎？」

「你說的是亞伯拉罕・林肯吧？」

「對啦，對啦。喬治・華盛頓是另一回事，櫻桃樹。『父親，我不能說謊。』這國家的英雄都很誠實。」

「以前是這樣。」

「那就是他了。他告訴過我們絕對不能騙人，天啊。」他搖了搖他的大頭。「如何？」他說，「你可不可以幫我們查出真相？」

「我不知道要幫什麼。」

「你在場啊，也見過他們。」

「他們蒙住臉，頭上還有帽子。我敢發誓，他們離開時，帽子還戴在頭上。你找到的帽子應該是別人的吧？」

「也許他們掉在樓梯間了。如果你聽到什麼風聲，馬修，讓我們知道好嗎？」

「有何不可？」

「你有沒有愛爾蘭血統？」

「沒有。」

「我一直覺得你某個祖先來自凱利郡（譯註：Kerry，愛爾蘭最西的一個郡）。凱利人最有名的，就是用一個問題回答別人的問題。」

「我不知道他們是誰，提姆・佩特。」

「如果你知道的話……」

「如果我知道的話……」

「你不會對我們的懸賞有意見吧？價錢還算合理吧？」

「沒意見。」我說，「價格很合理。」

8

這價錢很不壞，儘管要費點工夫，報酬還算公道。又見到史吉普時，我把會面的經過告訴他。

「他不是僱用我。」我說：「只是懸賞。一萬塊，給能提供搶匪姓名、好讓他們報復的人。」

「你會幹吧？」

「什麼？叫我去找他們？前兩天我告訴你，我不會為這筆懸賞四處打聽。」

他搖了搖頭。「如果你得來全不費工夫呢？你到街角買報紙，剛巧發現他們就在那裡呢？」

「我怎麼可能認出他們？」

「你常見到歹徒用紅手帕當面具嗎？沒有，說真的，你認得出來。要不你總有消息來源吧，多跟老朋友聯絡聯絡，總能打聽點風聲出來。你以前總有線民吧？」

「線民？」我說：「每個警察都會養兩個線民，否則也甭辦案了。可是，我……」

「先別想要怎麼找他們。」他說：「先想想萬一你撞到他們，好嗎？」

「可是……」

「只要賣消息，就能賺一萬塊。」

「我對那兩個人一無所知。」

「好，就算是你不知道他們是混蛋，還是輔祭男孩，那又有什麼差別？都是你的血汗錢，是吧？這兩個混小子被摩里西兄弟逮到，大概就會比凱西的螺帽（譯註：Kelsey's nuts，凱西是美國汽車製造業初期的輪胎大王，做出的螺絲釘跟螺帽很牢靠，所以用來形容死定了。據說尼克森總統很喜歡講這句話）釘得還死吧？」

「難道你以為提姆．佩特會請他們去參加受洗儀式？」

「或者邀他們加入聖名會。你到底幹不幹？」

我搖了搖頭。「答不出來。」我說：「要看他們是誰，還有我多缺錢。」

「我想你是不會做了。」

「我也覺得我不會做。」

「我他媽的確定你不會做。」他彈掉菸灰，「你不幹，自然有人幹！」

「不用一萬塊，就有人願意殺人。」

「我自己都在考慮。」

「那天晚上在酒店裡，有幾個警察。」我說：「要不要賭他們遲早會知道賞金的事？」

「不賭。」

「就算警察查出搶匪是誰，他也沒法逮捕什麼人。因為沒有犯罪、沒人報案、沒有目擊證人，什麼都沒有。但是，如果他把那兩個混混交給提姆．佩特，差不多就能賺進半年薪水。」

「可他不就是協助犯罪、教唆謀殺？」

「我不是說每個人都肯做這種事情。但總有人會跟自己說：這兩人本來就是垃圾，可能殺過人，或者，遲早會為了點小事要人老命。摩里西兄弟不見得會殺他們，也許打斷他們幾根骨頭，嚇嚇他們，設法把錢討回來就算了。那人大可這麼想。」

「你信嗎？」

「大部分人相信他們願意相信的事情。」

「沒錯。」他說：「這點沒有什麼好爭的。」

8

你的腦子決定的事情，身體說不定另有主張。我真不想牽扯提姆．佩特的事情，但我卻發現我像隻狗，老是在燈柱下嗅來嗅去。就在我跟史吉普保證，我不想玩的那天晚上，我跑到一個叫普根酒吧的地方，坐在後面的桌子上，給一個叫「丹尼男孩」的點了一杯蘇托力伏特加。丹尼男孩是得了白化症的黑人，很好相處，也是個消息很靈通的探子。他認識很多人，聽到很多事，算是個情報仲介。

他當然知道摩里西酒吧搶案，也聽到多寡不一的損失金額。他自己認為，合理的金額約在五到十萬之間。

「不管是誰搶的，」他說：「反正沒把贓款花在酒吧裡。我覺得這是愛爾蘭圈內的恩怨，馬修，愛爾蘭的愛爾蘭人，不是本地的愛爾蘭人。這事兒發生在西方幫的地盤，但是西方幫不會像這樣修理提姆．佩特。」

西方幫是一個鬆散的組織，裡面有很多殺手跟狠角色，大多是愛爾蘭人。在世紀交替之際，或者更早一點，馬鈴薯飢荒（譯註：Potato Famine，一八四五到一八五二年，愛爾蘭馬鈴薯欠收，導致百萬移民潮到美國討生活）時代，這個幫派在地獄廚房（譯註：hell's kitchen，美國曼哈頓島西岸，愛爾蘭人的聚居地，犯罪率極高）崛起。

「我不知道，」我說：「這麼大一筆花紅……」

「如果那兩人是西方幫的，如果他們就住附近，八個小時之後就不是祕密了。十大道上的每個人都會知道。」

「這話有理。」

「愛爾蘭人的家務事，我會這麼猜。你在場，你知道的，蒙紅色面具？」

「紅色手帕。」

「可惜，如果他們蒙的是綠色或橙色手帕，可能就是某種政治宣示。聽說摩里西兄弟提供了一大筆賞金。你就是為這個來的吧？」

「哦，不是。」我說：「絕對不是。」

「不是要查證諸多揣測，做點澄清的工作？」

「絕對不是。」我說。

∞

星期五下午，我在阿姆斯壯酒吧喝酒，跟鄰桌兩個護士聊了起來。她們說，她們有兩張外外百老匯的戲票。陶樂絲不能去，但法蘭很想去，又不想一個人去，而且還多了一張票。

當然，那場戲就是《怪人》。這事跟摩里西酒吧搶案一點關係都沒有，只是很湊巧的，這劇團在逾時酒吧樓下排演而已。來這兒又不是我的主意，我到底在這裡幹嘛？我坐在簡陋的木頭折疊椅上，看著班漢的劇作，一群都柏林監獄裡的囚犯，心裡卻在琢磨夾在觀眾堆的我所為何來？

散場之後，法蘭跟我，還有兩個劇團演員，信步走到小貓小姐。其中一個很苗條、紅頭髮，有一對綠色大眼睛的演員叫瑪莉．瑪格麗特。她是法蘭的朋友，所以，法蘭才這麼想來。法蘭有她的理由，而我呢？

酒桌上，大家還是在談摩里西酒吧搶案。話題不是我挑起的，在討論過程中，我也沒說什麼。但我也脫不了身，因為法蘭說我以前是刑事幹員。我模稜兩可的敷衍他們兩句，也沒跟他們說我當時在場。

史吉普也在。星期五晚上，他在吧台忙著應付客人，我打了聲招呼，沒多跟他說話。酒吧裡又擠又吵，週末總是這樣，偏偏大家都想來，就連我也不例外。

法蘭住在哥倫布和阿姆斯特丹之間的六十八街上。我送她回家，到了家門口，她跟我說：「馬修，謝謝你陪我。這部戲還不錯，是不是？」

「還不錯。」

「我覺得瑪莉．瑪格麗特演得很好。馬修，如果我不請你上去坐，你應該不會介意吧？我好累，明天還有早班。」

「沒關係。」我說：「聽你這麼一說，我也想到我明天有事得做。」

「去做偵探嗎？」

我搖了搖頭，「去做個父親。」

∞

第二天早上，安妮塔讓孩子坐上長島鐵路，我在可樂娜（譯註：Corona，在皇后區）車站接到他們，再到謝伊球場看大都會隊敗給太空人隊。孩子在那年八月，要去參加為期四週的夏令營，孩子們講到就興奮。我們在球場裡吃熱狗、花生跟爆米花。他們喝可樂，我喝了兩杯啤酒。那天剛好是某個促銷日，孩子們拿到免費的帽子跟三角旗，我忘了我得到什麼。

然後，我帶他們搭地鐵，在羅伊八十三街看了場電影，散場之後到百老匯吃了兩塊披薩，叫了輛計程車，回到我住的旅館。我在我的房間下面給他們租了一間有兩張單人床的套房。在他們上床之後，我回自己的房間去。一個小時之後，我到他們的房間看看，他們睡得很沉。我幫他們鎖好門，便來到街角的阿姆斯壯酒吧，沒待多久，大概一個小時吧，然後回旅館，先看看孩子，再上樓就寢。

第二天早上，我們吃了一頓豐盛的早餐，有鬆餅、培根跟香腸。我帶他們去華盛頓高地的美國印第安人博物館。紐約有二、三十間不同的博物館，如果你離開你太太，你大概有時間一一發掘。置身華盛頓高地有一種異樣的感受。幾年前，值勤完畢的我，喝了幾杯酒，恰巧碰到兩個混混搶劫酒吧，奪門而出的同時，還把酒保斃了。

我尾隨他們上街。華盛頓高地有很多高高低低的起伏。那兩個壞蛋跑下坡的時候，我不得不朝下開槍了，兩個人都中彈倒地，其中有一槍射偏了，流彈把路旁一個名叫艾提塔．里維拉的小孩給打死了。

難免發生這種意外。只要你殺了人，警察局就會辦聽證會，結果證明我行為並沒有失當之處，開槍有其必要。

之後沒多久，我提出辭呈，離開警局。

我不敢說那起意外導致我的離職。我只能說這兩件事情先後發生。我在無意間殺死一個孩子，自此之後，我變了。以前，我毫無抱怨的生活，變得格格不入。我想，在這起意外之前，這日子其實已經不適合我了。我想，那孩子的死，趕上了應有的進度，加速了我的改變，但我也不確定因果，只是事情就這麼先後發生了。

∞

我們搭火車到賓州車站。我跟孩子們說，跟他們在一起，讓我覺得很愉快，他們告訴我，他們也有相同的感受。我送他們上車，打個電話給他們媽媽，告訴她孩子搭哪班車。她說，她會去接孩子，接著又吞吞吐吐問我，可不可以早一點把錢寄給她。沒問題，我向她保證。

掛上電話，不禁想到提姆．佩特懸賞的一萬塊。我搖了搖頭，覺得有點可笑。

那天晚上，我焦躁不安，在格林威治村，開始我的酒吧之旅，每個酒吧喝一杯。我搭A線地鐵到西四街，從麥克貝爾酒吧開始，一路往西。我到吉米．戴、五十五、獅子頭、喬治．赫茲、畢斯楚角。我告訴我自己，我不過就是喝幾杯酒，抒解週末與孩子相處的壓力，撫平被華盛頓高地驚起的陳年記憶。

有件事我卻想明白了。我已經開始調查，只是有些半調子，有些茫然無緒，目標當然是打劫摩里西酒吧的那對歹徒。

我還跑到一家叫做辛西亞的同性戀酒吧。老闆叫肯恩，親自顧店，招呼那些穿Levi's牛仔褲跟小背心的客人。肯恩很苗條、纖細，一頭枯黃金髮，那臉該拉的拉，該整的整，猛一看還以為他只有二十八歲，其實，他在這星球上起碼活了兩倍時間。

「馬修！」他叫道：「你們可以放輕鬆了，女孩兒。《法網遊龍》〔譯註：*Law and Order*，美國知名長壽法律影集〕來到葛羅佛街〔譯註：Grove Street，在西村，算是大格林威治村的一部分〕了。」

當然他不知道摩里西酒吧搶案。其實，他連有摩里西這家酒吧都不知道——在他們這個圈子裡，想在營業時間外，找到非法的酒吧，村子裡就有的是。誰也說不上來搶劫的那兩個傢伙是不是同性戀，如果他們沒在別的酒吧揮霍贓款，說不定會到克里斯多福街附近來也說不定。幹我們這一行的，就是到處聞聞看看，東拉西扯，把話放出去，看看有什麼回應。

我為什麼要做這個呢？為什麼要浪費我的時間呢？

8

我不知道接下來會發生什麼事——我是緊追不捨，還是就此罷手；我是找到了什麼線索，還是走上岔路，愈來愈偏。我根本不知道該幹什麼，但是一般的情況就是這樣，你窮忙了半晌，卻毫無所獲，直到運氣來了，謎團迎刃而解。也許這樣的事情會發生。也許不會。

就在這個當口，好些事情把我的注意力，從提姆．佩特．摩里西跟他的尋凶計畫，轉到了別的地方。

首先，湯米，狄樂瑞的太太被人殺了。

4

星期二晚上，我帶法蘭到史吉普．戴佛迷得要死的那家泰國餐廳。之後我陪她散步回家，還在喬易．法羅的酒吧喝了一杯餐後酒。在她家門口，她又把明天有早班的那套搬出來。我就此別過，在路上溜進一兩家酒吧，最後還是回阿姆斯壯去了。我的心情不好，肚子裡一堆怪食物，更是雪上加霜。我今晚波本比平常喝得猛了一點，一兩點的時候，我離開酒吧，踏上回家的長路，還在路上買了份《每日新聞》，穿著內衣，坐在床沿上，大致看了兩三則新聞。

有一則內頁新聞說，布魯克林區有個婦人遇搶並遭殺害。我好累、喝了好多酒，並沒有注意到死者的姓名。

第二天起來，腦子嗡嗡作響，一半夢，一半記憶。我坐起來撿回報紙，找到那則新聞。

瑪格麗特．狄樂瑞，四十七歲，發現被刺死在布魯克林灣脊區殖民路的家中樓上，顯然是在行竊過程中被驚醒，慘遭殺害。他那賣證券的先生——湯瑪斯．狄樂瑞在星期二下午打電話回家，發現家裡沒人接電話，這才起了疑心。他請住在附近的親戚到家裡看看，卻發現家裡有遭竊的痕跡，狄樂瑞太太也死在家中。

「這附近一向平靜。」報紙引述一位鄰居的話，「以前沒有發生過這種事。」但根據警方的紀錄，最近幾個月，這區域偷搶的案子在逐漸增加之中。居民也向警方報告，有很多「壞分子」在附近出沒。

狄樂瑞不是一個很常見的姓。在布魯克林大橋入口處，有一條狄樂瑞街，我不知道街名究竟是來自大戰英雄，還是某個椿腳，或者是不是湯米的親戚。曼哈頓電話索引裡，有幾個狄樂瑞，拼法略略不同，有個e。湯瑪斯．狄樂瑞（Tillary），證券銷售員，住布魯克林區，想來就是電話湯米。

我洗了個澡，把鬍子刮乾淨，出門吃早飯，回想剛讀到的那則新聞，過濾心中的感受，只覺得不真實。我跟湯米並不熟，更不認識他太太，甚至連她的名字都不知道，只知道她住在布魯克林區附近。

8

我看了看我的左手，戴婚戒的手指。沒有戒指、沒有印記。我從西歐榭區搬到曼哈頓的時候，就把戒指拿下來了。剛開始幾個月，印記還在，不曉得過了多久，我再看，印記就不見了。

湯米有戴戒指。黃金戒指，大概有八分之三吋寬。他的右手小指另有一枚，我想應該是高中班戒。我記得，我們在火焰餐廳喝咖啡。右手小指戴著藍寶石班戒，左手無名指則是金色戒指。

我分辨不出我做何感受。

那天下午，我到聖保羅教堂，為瑪格麗特．狄樂瑞點了一支蠟燭。我離開警界之後，開始探索教堂，不過我不禱告，也不參加儀式，我只是隨興而至，在黑暗中靜靜的坐一會兒。有時，我會為剛走的朋友，或者過世已久但仍在我心頭的故人，點一支蠟燭。我不知道為什麼，只覺得這是我應該做的事，也不知道為什麼，我總是把我收入的十分之一，捐給我信步走進的下一家教堂，塞進濟貧箱裡。

我坐在教堂的後排，想想這個突如其來的死訊。離開教堂，我發現外面下著小雨。我越過第九大道，衝進阿姆斯壯酒吧。丹尼斯坐在吧台的後面。我要了一杯純波本，一飲而盡，又要了一杯跟咖啡搭著喝。

我把波本酒倒進了咖啡杯。他問起狄樂瑞的事情。我說，我在《每日新聞》上看到這則新聞。

「下午的《郵報》也有報，內容差不多。警方推測是前天晚上發生的事情。湯米那晚沒回家，第二天直接到辦公室。他打了幾通電話回家，想要道歉，卻一直沒有人接，才勾起他疑心。」

「報紙上這麼說嗎？」

「差不多。所以應該是前晚的事。那天晚上我在，卻沒見到他來。你有看到他嗎？」

我拚命回想，「好像在。前晚，對，我想他跟凱若琳一起。」

「那個南方美女？」

「就是她。」

「不曉得她現在怎麼想。」他用拇指跟食指順了順稀稀疏疏的小鬍尖，「可能因為心願實現而有罪惡感。」

「你覺得她希望他太太死？」

「我不知道。一個女孩跟一個結過婚的男人鬼混，還能想什麼？不過，我又沒結婚，我哪知道這種事？」

∞

接下來幾天，這則新聞在報端淡出，只在星期四的《每日新聞》上看到一則訃聞。瑪格麗特．蔚藍．狄樂瑞，湯瑪斯摯愛的妻子，已故的詹姆士．亞倫．狄樂瑞的母親、理查．保森太太的阿姨，與世長辭。當天晚上有守靈的活動，次日下午在華特．B．庫克殯儀館，布魯克林區第四街與灣脊大道交叉口，舉行葬禮。

那天晚上，比利．奇根說：「事發之後，我就沒見到狄樂瑞了，也不確定以後見不見得到他。」他給自己倒了一杯十二年的尊美醇，這種酒除了他，根本沒人會點。「我敢賭，也不會見到他跟她在一起。」

「他女朋友啊？」

他點點頭，「以後他們只要想到，他們倆在一起的時候，狄樂瑞太太正在布魯克林慘遭屠宰，心裡一定不是滋味吧？他該在家的時候，卻跑到外面逍遙。以後你再鬼混，很想快快的來一下，呻吟兩聲，你一定不想記起，上回你在幹這事兒的時候，太太被殺吧？」
我想了想，點點頭，「今晚守靈。」我說。
「是嗎？你要去？」我搖了搖頭，「我沒聽說有人要去。」
我在打烊前離開。我在寶莉喝了一杯，到小貓小姐又喝了一杯。史吉普很緊張，好像有點疏遠。我坐在吧台上，極力想避開站在我身邊的男子，但也不想露出過於明顯的敵意。他想要告訴我，這城市的問題全都來自前任市長。他的話我也不完全反對，只是不想聽。
我把酒乾掉，朝門邊走去。走到一半，史吉普叫住我。我一轉身，見到他朝我比了個手勢。
我又走了回來。他說，「今天時機不對，但我想盡快跟你談談。」
「哦？」
「聽你的建議，還要麻煩你件事。你明天下午會到吉米那裡嗎？」
「可能吧。」我說：「如果我不去葬禮的話。」
「誰死啦？」
「狄樂瑞老婆。」
「哦，葬禮是明天？你真的想要去嗎？我不知道你跟狄樂瑞這麼熟。」
「沒有。」
「那你為什麼還要去？算了吧，這不關我的事。我兩點、兩點半左右在阿姆斯壯酒吧等你。你如果沒來，我再跟你約時間。」

8

第二天，大概兩點半的時候，我已經在酒吧裡等他了。我剛吃完午飯，在史吉普進門瞧我有沒有出現的時候，我正在喝咖啡。他看到我，走過來，坐下。

「你沒去參加葬禮。」他說：「今天不適合參加葬禮。我剛去過健身房，之後，去蒸汽浴室，卻覺得自己坐在那裡很呆。整個城市不就是蒸汽室？你喝什麼？你著名的肯德基（譯註：Kentucky，美國釀波本威士忌）咖啡嗎？」

「只是普通咖啡。」

「那有什麼喝頭？」他轉身，叫來一位女侍。「給我一杯派爾黑啤酒（譯註：Prior's Dark，美國賓州產），再給我老爸一點什麼，好讓他加在咖啡裡。」

那位小姐給我一小杯酒，給了他一瓶啤酒。他傾斜玻璃杯，抵住啤酒瓶口，細細檢查了高約半英寸的泡沫，吸了一口，又放下杯子。

他說：「我可能有麻煩。」

我沒搭腔。

「就你知我知，好嗎？」

「好。」

「你對酒吧這行知道多少？」

「只有酒客的觀點。」

「我很喜歡，因為全都是現金交易。」

「那當然。」

「有的地方收卡，我們不收，純現金。熟人，支票、賒帳倒沒問題。基本上，現金交易。我們百分之九十五的買賣全部是現金，可能還不止。」

「那又怎樣？」

他掏出一支菸，在拇指上敲了敲。「我真不想講。」他說。

「那你就別說。」

他點燃香菸。「每個人都A。」他說：「有一部分的收益，還沒記帳前就落袋了。帳本上不會列，也沒法存進銀行，根本不存在。你每收進一元，等於是賺到兩元，因為用不著付稅。你明白嗎？」

「沒什麼好不懂的，史吉普。」

「大家都這麼幹。糖果店、書報攤，只要是用現金的地方，大家都用這一招。天啊，這就是美國的生活方式——如果總統有辦法，照樣會逃稅。」

「前個總統不就這樣（譯註：應該指的是尼克森的副總統安格紐，因為貪污逃稅而去職）？」

「你別提醒我，就是那個王八蛋把逃稅污名化了。」他狠狠吸了一口菸，「我們兩年前開張。帳本歸約翰管。我發號施令，僱人、炒人。他負責採買、記帳。兩人分工還算愉快。」

「然後呢？」

「就要說重點了，好不？幹。從一開頭，我們就有兩本帳本，一本我們自己看，一本給山姆大叔看。」他的臉色沉了下來，搖搖頭，「我就是不明白。只要一本假帳本不就好了？可是他說我們得有個真的帳本，才知道生意是賺是賠。你明白這道理嗎？把錢數一數，不就知道是賺是賠了嗎？何必要兩本帳本？可是這傢伙有生意頭腦，對這種事情比較了解，所以，我就說好，兩本。」

他端起杯子，喝了口啤酒，「它們不見了。」

「帳本。」

「約翰星期六早上來店裡，把上個禮拜的帳整理了一下，那時候還好端端的。前天，他想查點東西，去找，它們不見了。」

「兩套都不見了？」

「就只有黑帳。」他又喝了一點啤酒，用手背抹了抹嘴唇，「約翰花了一天時間吃安定（譯註：Valium，一種抗憂鬱藥物），獨自抓狂一天，昨天告訴我。從那個時候開始，我也跟著不正常了——」

「情況到底有多糟？」

「他媽的。」他說：「糟透了。我們可能因此關門。」

「真的？」

他點了點頭，「從我們開張、第一週賺進來的陳年老帳，全都在那本帳冊上。我不知道為什麼，不就是家酒吧？但是，我們很當回事，死命的搶錢。萬一他們拿著帳簿找上門來，我們就死定了，你知道嗎？我們沒法說我們弄錯了，白紙黑字寫得清清楚楚，一組數字長這樣，報稅的那組又長那樣。連故事都編不出來，你唯一能做的事情就是問他們要把你關進亞特蘭大還是列文沃斯（譯註：兩處都是聯邦監獄所在地）。」

我倆對坐無言好一會兒。我喝了口咖啡，他點起一支菸，朝天花板噴了口煙。店裡依舊在播放古典音樂卡帶，兩支木管樂器對位演出某個曲目。

我開口了，「你要我幹嘛？」

「查出帳本是誰幹走的，把它們找回來。」

「也許是約翰一時昏亂，把帳本放到別的地方去了。過兩天就……」

他搖了搖頭，「我昨天下午把辦公室都翻過來了。他媽的，就是找不到！」

「就這麼不見了？沒有強行進入的痕跡？你把它們放在哪裡？上了鎖嗎？」

「應該鎖上的。不過，有的時候，他會忘記，隨手塞到抽屜裡。難免大意，你明白我的意思？從來沒發生意外，很多事情都理所當然了。如果你有急事，就沒物歸原位。他告訴我說，星期六他上了鎖，但沒過一會兒，他又承認他也許沒鎖，例行工作，他每個禮拜六都得做一遍，哪裡記得清楚這個禮拜六跟那個禮拜六有什麼不同？不過這沒差別，反正帳本就是他媽的不——見——了！」

「有人拿走就對了。」

「沒錯！」

「如果他們把帳本送到國稅局……」

「那我們兩個就死定了。就這麼簡單。報紙訃聞版會把我們兩個人的名字，放在那個誰誰誰的太太旁邊。對，就是狄樂瑞。你錯過我們葬禮的話，別擔心，我能體諒。」

「沒有掉別的東西嗎，史吉普？」

「好像沒有。」

「那個賊是衝著你們來的。有人溜進你的辦公室，拿走帳本，落跑。」

「正確。」

我思索了一會兒，「你有跟人結怨嗎？比方說，被你炒掉的人——」

「是啊，我也想過。」

「如果他們跟聯邦政府告密，你知道的，就會有兩個穿西裝的傢伙，走進你的酒吧，亮出證件，然後把所有的資料帶走，清查銀行戶頭，進行各種程序。」

「你再說啊，馬修，你讓我心情更好了。」

「也許那個人不是想整你，只是想找兩個錢花花。」

「出售帳本圖利？」

「沒錯。」

「賣給我們？」

「你們是最理想的顧客。」

「我跟卡沙賓都這麼想。坐著別動，他告訴我，別動，反正有人會來找我們，那時候再擔心不遲。現在呢，我們就坐著按兵不動。按兵不動不是問題，問題是我坐不住啊。如果只是逃漏稅，應該可以保釋吧？」

「當然。」

「我想我可以獲得保釋，然後流亡海外，離開這個國家，到尼泊爾賣印度大麻給嬉皮，了此殘生。」

「這會是很久以後的事吧？」

「應該吧。」他若有所思看著手上的菸，隨手把菸屁股往啤酒杯裡一扔。「我最恨人家這樣子！」言談間似有深意，「收回來的酒杯裡漂著菸屁股。噁心！」他盯著我，眼神似乎在探索，「你能幫我點忙嗎？我想要僱用你。」

「不明白，你僱我要幹什麼？」

「現在我只能等。我實在受不了等待，老毛病。我上高中的時候，參加四百公尺短跑。我那時體重比較輕，但菸抽得凶。我十三歲學會抽菸，那年紀，你什麼都敢。孩子就是天不怕，地不怕，難怪他們覺得自己永遠不會死。」他又想從盒子裡抽出菸來，但只拿出一半，又推了回去，「我喜歡賽跑，但是痛恨鳴槍之前的等待。有的人會吐，我雖不會吐，卻很想吐。不過，我會想小便，才尿完五分鐘又想尿。」回想往事，他搖搖頭，「派到海外也一樣，等著上戰場沒問題，我不在乎打仗，只是心頭上會有雜念。有些事情，我現在過意不去，忘不了，但在當時，又是另外一回事了。」

「我明白你的意思。」

「等待，就是謀殺。」他往椅背一靠，「我要給你多少？馬修。」

「什麼多少？我又沒做什麼。」

「你給我不少建議啊。」

我搖搖手，甭提這事了，「請我一杯酒。」我說：「這樣就行了。」

「成交！」他說，站起身來，「這事兒說不定還有麻煩你的地方。」

「沒問題。」我說。

他出門時還跟丹尼斯聊了幾句，我捂著咖啡。隔兩張桌子的女士買單離去，報紙卻留在桌上。我把報紙拿過來看，又叫了一杯咖啡跟一小杯波本，讓咖啡有點甜味。

下午，酒客開始聚集，我把女侍叫過來，給了她一塊小費，請她把帳單給我。

「沒有帳單。」她說：「那位先生付過了。」

她是新來的，不知道史吉普的名字。「他真的太客氣了。」我說，「可是在他走了之後，我又喝了一杯，這總該有帳單吧？」

「你去問丹尼斯好嗎？」她說。

我還沒開口，她就去幫別的客人點東西了。我走到吧台，手指往後一指，跟丹尼斯說：「她說我那桌沒有帳單。」

「她說得沒錯啊。」他笑道。他常常笑，好像看到好笑的事似的。「戴佛把所有的帳都付掉了。」

「他實在太客氣。可是，在他走了之後，我又喝了一杯，我請女服務生給我帳單，她卻叫我來找你。又怎麼了嗎？我還是沒帳單？」

他的嘴咧得更大了，「要帳單，我一定會給你一張，但今天沒有。戴佛先生付得乾乾淨淨。」

「總共多少錢？」

「八十塊，外帶零頭。如果你要的話，我可以把詳細數字算給你看，需要嗎？」

「不要。」

「他給我一百塊錢付你今天的酒帳、給琳蒂的小費，還撫慰了我疲憊的心靈。我猜有人會說，你新點的那杯沒付帳，但是我正義的第六感認定，這麼做沒錯。」他又開始微笑，「所以你不欠我們一毛錢。」他說。

我沒跟他爭。如果我從紐約警局裡學到什麼的話，那就是人家給我什麼，我就拿

5

回到旅館，我在櫃檯查了查有沒有來信或是留言。結果什麼都沒有。看門的是一個來自安地瓜、手腳很靈便的黑人。他說他倒不怕熱，只是想念海風。

上樓後我洗了個澡。房間熱得要命，雖然有冷氣機，但是冷卻系統卻壞了，噴出來的是帶有化學味兒的暖氣，屋裡依舊又濕又熱。我可以關掉它，把窗戶打開，但是外面的空氣也幫不了忙。我癱在床上，可能小睡了一個小時左右；醒來之後，又得再洗一次澡。

洗完之後，我打電話找法蘭。接電話的是她室友。我告訴她我是誰，好像等了好久，法蘭才來接電話。

我邀她一起吃晚餐，如果還有興致的話，再去看場電影。「喔，我今天晚上不行吔，馬修。」她說：「我有別的計畫，也許下次？」

我掛了電話，後悔打了這通電話。我照了照鏡子，確定不用刮鬍子，穿好衣服出門。

街上也是熱得要命，不過再兩個小時就會涼快下來。而且，到處都是酒吧，它們的冷氣總比我家的強。

很奇怪，我沒有朝著酒吧衝。我的心情惡劣、一肚子氣，在這樣的情況下，我通常會狂喝幾杯。但我卻焦躁難安，東奔西跑。我甚至走進幾家酒店，什麼也沒點，又跑了出來。

我還差點跟人幹了一架。在第十大道的一家地下酒吧裡，一個骨瘦如柴、少了兩顆牙齒的醉鬼，跟我撞了個滿懷，酒灑了我一身，一般我接受對方的道歉就算了，可是那時不同，明擺著他想找個人打架，我也樂於奉陪。但就在這個時候，他的一個朋友在身後抓住他手臂，另一個擋在我們中間，我回過神來，迅速脫離現場。

∞

我朝東走向五十七街。幾個黑人妓女站在假日飯店前。我打量她們，比平常仔細。其中一個的臉像是黑檀木面具，眼光毫不避諱的看著我。我只覺得胸中有一股按捺不住的怒火，只是不知道是誰或是什麼事情把我惹成這樣。

我朝第九大道前進，走過半條街，來到阿姆斯壯酒吧。毫無意外的見到法蘭坐在那裡，就好像是呼應我的期望似的。她坐在酒吧的北邊，背對著我，沒注意我也來了。

她坐的是一張兩人桌。同伴是一個我不認識的人。我只瞧見他有一頭金髮、兩道金眉、一張年輕開朗的臉龐。他穿了件灰藍色的短袖襯衫，佩著肩章。我記得大家管這種衣服叫獵裝。他抽菸斗，喝啤酒。她點的是一大杯煙霧繚繞的粉紅色液體。

可能是龍舌蘭日出。那年特別流行龍舌蘭日出。

我的眼光轉向吧台，看到凱若琳。散桌坐滿了人，吧台還有一半是空的。就星期五晚上來說，生意算是很清淡。凱若琳的右側，靠門邊的地方，有兩個人暢飲啤酒，大談棒球。她左邊是三張沒人坐的高腳椅。

我坐上中間那一張，點了一杯雙份加水的波本。幫我倒酒的是比利，隨口聊了兩句天氣。我啜了一口酒，偷覷凱若琳一眼。

她不像在等湯米或其他人，也不像幾分鐘前才進來的樣子。她穿了一條淺黃色七分褲跟檸檬綠無袖襯衫，梳得很整齊的淺褐色頭髮，跟她小小的狐狸臉很配。她不時從粗重的杯子裡，啜飲一些深色的飲料。

至少那不是龍舌蘭日出。

我喝了點波本，儘管強自壓抑，還是忍不住斜眼瞧了法蘭一眼，結果被自己的煩躁，惹得更煩躁。我只跟她約過兩次會，沒有來電的感覺，兩次都送她到門口。今天晚上我打給她，是晚了點，她說她有別的計畫，結果，她坐在這裡，跟「她的計畫」一塊兒喝龍舌蘭日出。

只是我到底在氣什麼？

我想，她大概不會跟他說，她明天要早起吧？我想這個白色獵人不會在樓梯下跟她說晚安。

在我右手邊傳來一陣軟綿綿的皮埃蒙特（譯註：Piedmont，大約在阿拉巴馬州中部的地方）口音，「我忘記你的名字了。」

我轉頭瞧了瞧。

「我相信我們相互介紹過，」她說：「但我忘了你叫什麼。」

「我叫馬修．史卡德。」我說：「你說得沒錯，湯米為我們介紹過。你是凱若琳。」

「凱若琳．曲珊。你最近見過他嗎？」

「湯米？出事之後，就沒再見到他了。」

「我也是。你們都去參加葬禮了？」

「沒有，我想去，但沒去成。」

「你為什麼要去？你不認識她，對吧？」

「不認識。」

「我也不認識。」她笑了。笑聲中聽不出任何歡愉的成分。「意外吧，我也沒見過她。我那天下午本來想去的，但也沒去。」她的牙齒咬住下唇。「馬修，請我喝一杯酒好不好？要不，我請你喝一杯也成，只是，得請你坐過來，免得我要一直扯嗓子說話，好嗎？」

她喝的是阿瑪雷托（譯註：Amaretto，義大利產的杏仁味甜酒）還加了冰塊。這種酒味道很像甜點，後勁卻跟威士忌差不多。

「他叫我不要去。」她說：「不要去葬禮。葬禮在布魯克林舉行。布魯克林，對我來說，是個陌生的國度，辦公室裡很多人都去了。我根本不需要知道在哪裡，有人會載我。我是辦公室的一份子，大可跟大夥兒一道去表達我的哀悼。但是他說我不能去，說我去不好。」

她赤裸的手臂上隱隱看得出有金色汗毛。她有噴香水，花香裡藏著麝香的氣味。

「他說我去不好。」她說：「他說那是對死者的尊重。」她端起杯子，仔細打量。

她說：「尊重？男人在乎尊重？他又是什麼時候懂得尊重？是尊重活人還是死人？我是他的同事，都在坦納休上班，大家只知道我們是朋友而已。天啊，我們過去那段，只是朋友而已。」

「隨你怎麼說吧。」

「放屁！」她把這個詞拖得非常長，感覺增加一兩個音節。「我不是說我們上過床，當然不只這些，而是我們過去的笑聲跟歡樂時光。他結婚了，每天都會回家找媽媽。」她喝了點阿瑪雷托，「沒關係。沒騙你，哪個正常人會希望天亮之後，湯米．狄樂瑞還在你身邊？我真的沒騙你。我的天啊，馬修，我的酒是灑光了，還是喝光了？」

我們倆一致認為她喝得太急了；甜酒，本來就容易在不知不覺中喝過頭。都怪這種紐約流行的阿瑪雷托。凱若琳堅持，這不像她喝慣了的波本。波本喝到哪裡你心裡有數。

我跟她說，我就是專喝波本的酒客，知道這點她很開心。友誼在薄弱的聯繫上逐漸凝固，她從我的杯子裡吸了一口酒，確認了這層新關係。我把我的酒杯遞給她，她的小手握住我的手，把酒杯拿穩，優雅的淺啜些許。

∞

「波本的格調不高。」她說：「你知道我意思吧？」

「我倒覺得這是紳士喜歡的口味。」

「那也是給想放浪形骸的紳士。蘇格蘭威士忌適合那些穿西裝、打領帶的傢伙跟幼稚園的小朋友。波本是那些想釋放獸性、想偶爾調皮一下的大男孩喝的。波本要在酷熱的晚上，喝到不在乎汗流浹背。」

沒有人流汗。我們坐在她公寓裡的沙發上。客廳比廚房、玄關矮了一呎左右。她家位於一棟裝飾藝術風格的公寓裡，在五十七街上，隔幾戶就到了第九大道。一瓶從街角小店買來的美格波本威士忌放在鐵架玻璃檯面的咖啡桌上。她開了冷氣，比我的安靜，也涼快得多。我們直接用矮玻璃杯喝，也懶得加冰塊了。

「你以前是警察。」她說：「我記得他好像告訴過我。」

「或許吧。」

「那你現在是私家偵探？」

「馬馬虎虎算是。」

「就像你馬馬虎虎不算是搶匪一樣吧？如果行竊那天是我被刺死，會不會也是一件大事？他跟我在一起，他太太被殺了；他跟他太太在一起，我被殺。不過，我知道他不會跟他太太在一起，對吧？因為她已經入土為安了。」

她的公寓很小但很舒適。家具線條簡潔明快，磚牆上掛著普普風的海報，只用鋁框簡單裝好。從她的窗戶望去，你可以看見凡登大廈銅綠色的屋頂在遠處的角落。

「如果現在有個壞人闖進來，」她說：「我比她多點逃命的機會。」

「因為有我保護你？」

「嗯。」她說：「我的英雄。」

我們吻在一起。我托起她的腮，朝她吻去，兩個人扭在一起。我聞著她的香水味，感受她的柔軟。我們緊擁了好一會兒，接著分開，好像說好了似的，同時去取酒杯。

「就算只有我一個人。」她端過酒杯的同時，開口說道：「我也有辦法保護自己。」

「你一定是空手道的黑帶高手。」

「我只有一條珠珠腰帶，寶貝，用來配我的皮包。不是，我這裡有個東西可以保護我，給我一分鐘，我拿來給你看。」

在沙發左右，各有一個鐵灰色的矮桌。她橫過我，在我那邊的矮桌抽屜裡摸索什麼，面朝下，身體壓在我的膝蓋上。在她淺黃色的七分褲跟檸檬綠的無袖襯衫間，露出一大截光滑的肌膚。我不禁把手放她背上。

「不要這樣，馬修，我都忘記我在找什麼了。」

「忘了就算了。」

「不能算了。找到了，你看！」

她坐直，手裡拿了一把槍，跟矮桌一樣的鐵灰拋光。那是一把左輪，看起來像點三二。槍身很短，全身通黑，槍管只有一吋長。

「我覺得你還是把那東西拿遠一點比較好。」我說。

「我拿槍的時候，不會胡來。」她說：「我在一個到處都是槍的地方長大。來福槍、獵槍、手槍，什麼槍都有。我爸跟我兩個哥哥都喜歡打獵。鵪鶉、野雞、鴨子，碰到他們就倒楣。我看槍習慣了。」

「這槍裡有子彈嗎？」

「沒子彈的話，能算是槍嗎？你說是不是？」

「這槍是湯米給你的嗎？」

「是啊。」她伸直手臂，端著槍，假裝在瞄準房間另一端的壞人。「砰！」她說：「裝滿之後，他就沒再給我多餘的子彈了。如果我今天開了幾槍打壞人，下次就得再跟他要子彈。」

「他為什麼要給你這把槍？」

「反正不是為了獵鴨子就對了。」她笑道，「保護自己啊。」她說：「我跟他說，像我這樣的女孩子一個人住在大都市裡，有時會覺得緊張。有一天，他給我這把槍。他說，這把槍是買給他太太，給她自衛用，但她死也不要，怎麼也不肯拿手上。」她突然笑了起來。

「有什麼好笑？」

「哦，我覺得這有點像男人的笑話。『我太太不肯把它拿手裡。』我想歪了，馬修。」

「這沒什麼。」

「我告訴過你波本酒格調不高，會把心中的野獸放出來。你可以親我。」

「你還是把那把槍放下比較好。」

「你不願意親手上有槍的女生嗎？」她轉身把手槍放好，關上抽屜，「我把它放在床邊，」她說：「情況緊急的時候才方便。這張沙發其實可以變成一張床。」

「我不相信。」

「你不相信什麼？難道你要我證明給你看？」

「你最好證明給我看！」

∞

所以，我們就做了兩個成年男女覺得寂寞時會做的事。那張沙發攤開來，的確是一張很舒服的床，我們把所有的燈都關掉，只在稻草裹住的紅酒瓶上點幾根蠟燭。屋裡放著調頻台的音樂。她的身材很棒，嘴唇很飢渴，皮膚十分光滑。她的叫聲很狂野，幾個動作的功夫也很到家，事後，她哭了。

我們談了會兒，喝了點波本，沒過多久她就睡著了。我為她蓋好被單與薄棉毯。本來我可以在那裡睡下的，但是，我穿好衣服默默離開。誰知道在她心裡究竟想不想在天亮的時候，見到馬修·史卡德在她身邊呢？

回家的路上，我在一家小小的敘利亞雜貨店買了兩瓶摩爾森愛爾蘭啤酒，請店員幫我把瓶蓋扭鬆。我爬上我的房間，腳蹺在窗台上，一口氣就把一瓶酒給乾掉。

我想到了狄樂瑞。他現在人在哪裡？在他太太死去的那個房間裡嗎？還是跟他的朋友親戚一起？

我想，歹徒在殺他太太的時候，他不是在凱若琳的床上就是在酒吧裡鬼混。我不知道他想到這點心裡做何感想，或是他到底有沒有想到過這點。

突然間，我的思緒轉到了安妮塔，在西歐樹區帶著我的孩子。我一度為她感到恐懼，彷彿看到她被人恐嚇，看到她捲入她渾然不知的險境。我知道這不理性，想了好一會兒，才明白憂慮何來，那是某種我帶回來的東西，某種伴隨凱若琳·曲珊的體香、黏在我身上的東西。湯米·狄樂瑞的罪過轉到我的身上來了。

唉，管他的，我哪擔得了狄樂瑞的罪過？我自己的就夠了。

6

那個週末很平靜。我跟孩子聊了會兒天，不過，他們沒來看我。星期六下午，我靠著陪在阿姆斯壯酒吧下一條街開古董店的合夥人身邊，而賺了一百塊。我們一塊坐計程車到東七十四街，從他前愛人家中，去拿衣服跟一些零碎的東西。他男友大概超重三、四十磅，尖酸刻薄，一臉賤相。

「我真的不敢相信，傑洛德。」他說，「你是僱了個保鑣，還是找了個取代我的夏日新男友？不管怎麼樣，我真不知道該覺得榮幸，還是羞辱。」

「哦，我確定你一定可以想到答案。」傑洛德跟他說。

在回到西城的計程車上，傑洛德說，「我以前真的很愛這婊子，馬修，如果我想得出原因，那就真謝天謝地了。馬修，謝謝你，我可以用五塊時薪，隨便找個人充場面，但是你一站在那裡，氣勢就是不一樣。你還記得他一副想把韓德爾燈（譯註：Handel Lamp，造型優雅的古董燈，一般都有精美的燈罩）據為己有的樣子。他媽的，那怎麼會是他的？我剛認識他的時候，他連韓德爾都沒聽過，哪知道是音樂家（譯註：指巴洛克時期的知名古典音樂家韓德爾），還是燈的種類？他只知道憨鬥（hondle），你聽過這個字吧？憨鬥，就是討價還價。比如說，我現在只肯付五十塊錢，而不是當初我答應你的一百塊錢。我當然是開玩笑，親愛的。我一毛錢也不會少你的，因為你實在是太值得了。」

∞

星期天晚上，波比．盧斯藍德在阿姆斯壯酒吧撞見我，帶話給我說，史吉普找我，此刻他人在小貓小姐。如果我有時間，為什麼不到那裡去？我手上真沒急事，波比就陪著我散步過去。

外面的天氣涼快多了。最糟的熱浪在星期六逐漸減弱，加上下了一點雨，街道上的溫度低了些。等紅燈的時候，一輛救火車越過我們，衝了過去。警笛逐漸遠去之後，波比說：「真是神經。」

「啊？」

「他會跟你說的。」

過街時，他說：「我從沒見過他這個樣子，你知道我的意思嗎？他平常超級冷靜。我在說亞瑟。」

「亞瑟？沒有人叫他亞瑟。」

「真沒人叫他亞瑟，打我們還是孩子的時候，就沒有人叫他這名字。你知道嗎？每個人都叫他史吉普。但我是他最好的朋友，所以得規規矩矩叫他的名字。」

我們一到酒吧，史吉普便朝波比扔來一條毛巾，叫他照顧一下酒吧。「他是一個很爛的酒保，」他宣稱，「但是東西偷得不凶。」

「是你以為。」波比說。

我們進到後面的房間，史吉普關上了門。裡面有兩張舊桌子、兩張旋轉椅、一把高背椅、一個衣帽架、一個檔案櫃跟一個比我還高的舊式莫斯勒牌保險櫃。「帳本原本該放在這裡面的。」他說，指著保險櫃，「也許我跟約翰都聰明得過頭了。想要查帳，不管誰都會找上這裡吧。我們在裡面放了上千元現金，一些狗屁文件，包括這地方的租約、合夥協議、離婚證明書，什麼狗屁都有吧？讚！我們留了這批廢物，剛好被人席捲一空。」

他點了一支菸。「我們搬來這裡時，就有這個保險櫃了。」他說：「五金店結束營業後沒把它搬走，我們覺得留下來比弄走要省力太多了，也就沿用下來。這玩意大得要命，如果有具屍體，都塞得進去，誰偷得走？他打來了，偷帳本的王八蛋。」

「哦？」

他點點頭，「開口勒贖，『我有你們的東西，你們可以把它拿回去。』」

「他要多少錢？」

「沒說，只說會再跟我們聯絡。」

「你聽得出他聲音嗎？」

「聽不出來。只覺得是假的。」

「什麼意思？」

「反正不像是真的。不過，我也聽不出是誰。」他伸直了雙手，拗了拗指關節，「我想，我只好坐在這裡等電話。」

「你什麼時候接到電話的？」

「兩個小時前。我正在忙，他打到這裡來。我跟你說，這還真是一個美好夜晚的開始。」

「還好他找的是你，沒把資料寄給國稅局。」

「是啊，我也是這麼覺得。這樣我們反倒有機會做點什麼。如果他扔給我們一毛錢（譯註：drop a dime，告密），我們也只能卑躬屈膝的撿起來。」

「你跟你合夥人談過了沒？」

「還沒。我打電話到他家去，可是他不在。」

「所以你就坐這裡。」

「對啊，實在很反常。我到底在幹什麼？故作鎮定嗎？」他的桌子上有一個平底玻璃杯，裡面有三分之一滿的褐色液體。他狠狠吸了最後一口菸，把菸蒂扔到杯子裡。「噁心！」他說：「我從沒見你把菸蒂扔進杯裡去，馬修。你不抽菸，對吧？」

「很久很久會來一根。」

「是嗎？偶爾抽一根竟然不上癮？我知道有個人就這樣，最後戒不掉海洛因。我知道你也認識他。這個小王八蛋，」他拍了拍菸盒子，「恐怕是比海洛因要來得更容易上癮，要不要來一支？」

「不，謝了。」

他站起來，「唯一不會讓我上癮的，」他說，「就是我一開頭就不喜歡的事情。嘿，謝謝你抽空過來。現在除了等，也沒別的好做，但我想跟你保持聯絡，讓你知道最新情況。」

「不客氣。」我說：「但我要跟你說，你並不欠我什麼。」

「你這話什麼意思？」

「不要再幫我付酒吧帳單了。」

「你不舒服？」

「沒有。」

「我只覺得這是我該做的。」

「我很感謝，但沒有必要。」

「對啊，我想也是。」他聳聳肩，「逃漏稅的人，手頭鬆慣了，管他呢。我總能請你喝杯酒，是吧？在我們開的酒店裡？」

「當然行。」

「那就快來吧。」他說：「省得盧斯藍德把整間店都斷送掉了。」

∞

每次我到阿姆斯壯酒吧，都在懷疑會不會碰到凱若琳。沒見到她，我會鬆口氣，而不是感到失望。我可以打電話給她，但非常確定還是不打為好。那個星期五晚上，很明顯，是我們兩個都想要的，也都覺得該在那裡結束。欣慰之餘，還有個附帶好處：我再也不會對於法蘭的行徑，有什麼惱怒，反而開始覺得比起那些陳年過節，這事也沒多複雜。我懷疑跟流鶯廝混半小時，可能也有相同的效果，只是沒有那麼愉悅而已。

我也沒有再碰過湯米，一樣，鬆了口氣，沒感到失望。

星期一早上，我買了份《每日新聞》，上面說警方在日落公園抓到一對中南美洲兄弟，涉嫌搶劫並且謀害狄樂瑞太太。報上附有一張尋常的照片——兩個瘦骨嶙峋的年輕人，一頭亂髮：一個拚命想遮掩，另一個蔑視鏡頭訕笑。兩人都戴著手銬，身邊各有一個寬肩膀、寒著臉的愛爾蘭警官，穿著西裝。標題還特別告訴你，哪兩個是好人，但你不會覺得有這個必要。

8

那天下午電話鈴響的時候，我在阿姆斯壯。丹尼斯放下擦到一半的杯子，接起電話。「他幾分鐘前離開了。」他說，「我去看看他是不是回來了。」他用手遮住話筒，滿臉疑惑望著我。「你還在這裡？」他問道，「還是我突然閃神，你趁我不注意，已經離開了？」

「誰找我？」

「湯米．狄樂瑞。」

你永遠不知道一個女人會把什麼事情告訴一個男人，或者那個男人會有什麼反應。我並不想知道，但我寧可用電話處理，這總比面對面來得好。我點了點頭，丹尼斯隔著吧台把電話遞給我。

我說：「馬修・史卡德，湯米。你太太的事，我覺得很難過。」
「謝了，馬修。天啊，感覺就像是一年前發生的事。其實過了多久？才一個禮拜多一點吧？」
「至少他們抓到了那兩個混蛋。」
一陣沉默。然後他說：「天啊，你還沒看報紙，對不對？」
「我當然看了。兩個講西班牙話的孩子，還有照片。」
「我猜你看的是晨版的《每日新聞》。」
「一般是這樣。怎麼啦？」
「但沒看下午的《郵報》。」
沒有。出了什麼事？這兩個人是無辜的嗎？」
「無辜？」湯米悶哼一聲，「我想你該知道，警察今天早上來找過我，我那時還沒有看到《每日新聞》，所以根本不知道他們已經抓人了。媽的。如果心裡有點準備的話，可能會好一點。」
「我不太明白你的意思，湯米。」
「那對拉丁情人？無辜？他們的住處在時代廣場地鐵站附近。警察破門而入，觸目所及，全是我家的東西。我跟他們描述過的珠寶、我給過流水號的音響，什麼都在。他媽的人贓俱獲。我的意思是：這就是這兩人有多無辜，老天爺。」
「那又怎樣？」
「他們只承認搶東西，不承認殺人。」

「嫌犯通常都這樣的，湯米。」

「讓我講完好不好？他們承認拿了我的東西，但根據他們的說法，他們並不是行竊，而是我拿給他們的。」

「他們只是三更半夜去拿而已。」

「對，沒錯。不，不對，他們編的故事是：他們故意弄成行竊的樣子，好讓我詐騙保險金。反正我掉的東西，保險公司會全額給付，兩蒙其利。」

「你到底損失了多少錢？」

「媽的，我哪知道？我給警方一張損失清單，結果他們搜出來的贓物，多了一倍還不止。有些東西是我在交出清單之後幾天，才發現忘了報；還有的是警察找到之後，我才知道它們被偷走了。他們還偷了許多沒保險的東西。其中有一件佩姬（譯註：佩姬Peggy是瑪格麗特Margaret的暱稱）的皮大衣，我們一直想給它保個險，但老是忘記。有些珠寶也一樣。我保的是標準失竊險，可不是什麼財物都在範圍裡面。他們還拿走一組銀器，佩姬的嬸嬸送的，我沒騙你，我幾乎忘了有這樣東西。當然也沒保險。」

「聽起來實在不像是詐騙保險金。」

「是不像啊。怎麼可能是呢？不管了，最糟的是，他們說，闖空門的時候，屋裡根本沒有人——佩姬不在家。」

「然後？」

「然後就變成我在設計他們了。他們闖進來，搬走金銀細軟；然後，我跟佩姬回家，朝她猛刺七八刀之類的，隨後溜掉，讓現場看起來像是劫財殺人的模樣。」

「那兩個搶匪憑什麼說你刺死了你太太？」

「他們沒說啊。他們只說，他們沒殺人，他們進去的時候，我太太不在家，而竊案是我唆使的。其他的情節是警方湊出來的。」

「他們打算怎麼辦？逮捕你？」

「沒有。他們到我暫時棲身的旅館，一大早，我才剛沖完澡。我那時才知道他們逮到兩個嫌犯，哪裡會發現他們編了那樣的一個故事？警察說，他們只是想跟我談談，起初，我還聊了幾句，但愈說愈不對勁。所以，我跟他們說，只要我的律師不在場，我就一聲不吭。我馬上打電話給律師，他早餐吃了一半，火速趕來，立刻阻止我再講一個字。」

「他們沒有拘留你，或是給你做筆錄？」

「沒有。」

「但他們開始懷疑你的證詞了？」

「不可能。我還沒把故事講齊全，卡普倫就阻止我發言了。他們沒抓我，因為還沒有成案：但是，卡普倫說，有辦法的話，他們會編個案子出來。他們說我不可以出城，你能相信嗎？我太太被殺了，《郵報》的標題竟然是『劫財謀殺案中的神祕丈夫』。他媽的，他們以為我會去哪裡？去蒙大拿釣鱒魚嗎？『不可以出城！』這種屁話在電視上看過，沒想到在現實生活中，真有人這麼說。說不定這句話是他們從電視上學來的。」

我等他告訴我，他到底要我幹什麼。但我等得有點不耐煩了。

「我打這通電話給你，」他說：「是因為卡普倫說我們應該僱個偵探。他說那兩個小鬼說不定跟鄰居透過口風，說不定跟朋友誇耀，也說不定能找到他們殺人的證據。卡普倫說，如果警察拿全副精神來盯我，哪裡會有時間把案子查個水落石出？」

我跟他解釋說，我沒有法律地位，既沒有執照，也不寫報告。

「那沒有關係。」他堅持，「我告訴卡普倫，我只想找一個我信得過的人、一個能幫我幹活的人。我不覺得有成案的可能，馬修，因為我可以解釋我那段時間在幹嘛，根本不可能出現在他們誣賴我的現場裡。只是警方對我的疑心不除，拖下去總對我不利。我要快刀斬亂麻。我要報紙上說，壞事全都是那兩個西班牙混蛋幹的，真正無辜的人是我。我要為我、為我在生意上打交道的夥伴、為我跟佩姬的親戚、為所有投票給我的人，討回公道。你記得那個老節目《業餘時刻》（譯註：Amateur Hour，打從廣播時代就出現的美國老牌選秀節目，觀眾可以票選他們支持的參賽者）吧？『我要謝謝我的父母、艾迪絲阿姨、教我鋼琴的佩爾頓太太，還有許許多多投票給我的好朋友。』聽著，你要到卡普倫辦公室，跟我們討論，聽聽那傢伙非說不可的廢話。幫我一個超級大忙，順便幫自己賺點錢。怎麼說，馬修？」

他需要一個他信得過的人。如果從加羅林來的凱若琳跟他說，我值得他多少信賴呢？

我還能怎麼說？我說好。

7

我搭上地鐵，只坐了一站，便進入了布魯克林區。在杜・卡普倫的辦公室裡，跟湯米・狄樂瑞見面。卡普倫的辦公室在法院路，距布魯克林區公所只幾條街而已。隔壁是一家黎巴嫩餐廳。街角雜貨店專賣中東進口用品，再過去是一家古董店，裡面有快滿出來的斑駁橡木家具、銅燈跟床架。在卡普倫辦公室外面，有一個沒腿的黑人，睡在輪床上，身邊放了個打開的雪茄盒，裡面有一兩張一元紙鈔跟幾個硬幣。他戴著一副牛角框太陽眼鏡，前面的人行道上，還放了一塊牌子：

「別被太陽眼鏡騙了。我沒瞎，只是沒腿。」

卡普倫的辦公室鑲著木板、布置了幾張皮椅，檔案櫃好像是從街角的古董店搬上來的。卡普倫和兩個合夥人的名字用老派的手寫字體以黑金二色漆在霧玻璃門上。卡普倫的文憑，框好，掛在個人辦公室的牆上。他是艾德菲大學（譯註：Adelphi，在紐約長島的私立大學）的學士、布魯克林法律學校的法學士。妻子與小孩的照片，裝在壓克力方塊中，擱在維多利亞式的橡木桌子上。他用一個銅製的鐵路道釘當案頭紙鎮。牆上掛了個鐘，鐘擺滴滴答答的送走了下午時分。

卡普倫看起來是個比較保守的流行追逐者，穿一套夏天的薄灰線條西裝，打黃點領帶，三十出頭，符合畢業證書上的頒發日期。他比我矮一點，當然比湯米矮更多，個子削瘦，鬍子刮得乾乾淨淨，一頭黑髮和深色的眼睛，微笑時，嘴角微微斜向一邊，手握得不鬆不緊，眼神直率，卻帶點估量與算計。

湯米穿著酒紅色襯衫、灰色法蘭絨長褲和白色便鞋，藍眼珠的周邊與嘴角，看起來有些緊繃。他臉色也很差，彷彿焦慮得血液倒流，皮膚看起來有些慘白。

「我們要麻煩你的是，」杜．卡普倫說：「從海利拉或是克魯茲的褲子口袋裡搜出鑰匙，循線到賓州車站找到寄物箱，打開，取出沾有指紋跟血跡的西瓜刀。」

「有這麼簡單嗎？」

他笑了，「說說無妨嘛。沒有啦，我們的情況不壞。他們手上有的，頂多是不怎麼牢靠的證詞，來自兩個從斷純品康納（譯註：Tropicana，正常來講是斷奶，用這個果汁品牌，暗示兩人來自中南美洲）之後，就不停惹麻煩的拉丁混混。此外咧，他們還自認查到了湯米可能的犯案動機。」

「那是？」

我問話的時候，眼神轉向湯米，湯米的眼神卻順勢避開。卡普倫說，「三角戀情、扯出虧空、強烈的金錢動機。瑪格麗特．狄樂瑞有筆進帳，來自去年春天過世的嬸嬸。雖然產業還沒有過戶，但價值應該超過五十萬美元。」

「不過一定會被人殺價，不值那麼多。」湯米說：「會少很多。」

「加上保險受益。湯米跟他太太有兩份終身給付保險，兩人互為受益人，再加上雙重理賠條款，價值相當於……」——他看了看桌上的一張紙條——「大概是十五萬元，由於是意外死亡，可以加倍領取，總共是三十萬。截至目前為止，湯米可以收到七、八十萬。」

「律師總這麼說。」湯米說。

「同時，湯米最近手頭不太方便。去年賭運欠佳，欠了博彩公司錢，他們可能對他施加了點壓力。」

「這也不能證明什麼。」湯米插嘴。

「我在模擬警察的說法，好嗎？他在城裡欠了錢，別克車的分期付款拖了兩期。同時，他在辦公室裡搞上一個女的，每天在酒吧跟她廝混，根本就不回家……」

「太誇張了，杜。我差不多天天都回家。就算是我徹夜不歸，我也會回家沖個澡，換件衣服，跟佩姬吃早飯。」

「早餐吃什麼？迪克薩密爾〔譯註：Dexamyl，一種治療肥胖症與憂鬱症的藥物〕。」

「有時候。我有班要上，有工作要做嘛。」

卡普倫坐在桌子角落裡，二郎腿一蹺，「這也是個動機啊。」他說，「而警方根本懶得注意兩件事情：第一，他愛他太太，而且有幾個男人不偷腥？大家不都這麼說嗎？百分之九十的丈夫承認自己偷吃，另外百分之十撒謊。第二，他是欠錢，但還不到危機的程度。他每年的收入都不錯，只是不免有起有落，經常一個月肥得要死，一個月得勒緊褲帶，過去都是這樣的啊。」

「你得習慣。」湯米說。

「此外，這數字聽起來很可觀，但也不是特別高，頂多就是五十萬，但湯米說得沒錯，扣掉稅，不可能有那麼多。其中還包括了他住了好幾年的房子。對負擔家計的人來說，保個十五萬哪裡算高？給太太保相同的金額，也不是罕見的事情，因為很多保險經紀人就是這樣賣的，聽起來好像很合理、很公平，於是要保人就忽略了並非家庭主要收入來源的人，哪裡需要這樣的保額？」他雙手一攤，「不說了，那張保單是在十年前簽的，可不是上個禮拜他剛剛簽的。」他站起來，走到窗戶邊。湯米玩弄他的鐵路道釘，在兩個肥大的手掌間拋來拋去，有意無意的跟著鐘擺的節奏。

卡普倫說：「其中一個凶手——安吉爾．海利拉（Angel Herrera），還是我應該唸成『啊，地獄』（Ahn-hell），去年三月還是四月曾經在狄樂瑞家打過零工。春季大掃除，把地下室跟閣樓的雜物拖出去，賣力氣，賺點小錢。海利拉說，這就是湯米找他演這場假竊案的原因。但照常理來說，那應該是海利拉跟他兄弟克魯茲為什麼知道屋裡的細軟以及怎麼進去的理由。」

「他們到底怎麼進去的？」

「把側門的一塊玻璃打破，伸手進去開門。可是他們告訴警方，門是湯米替他們開的，玻璃事後才打破。他們還說，離開的時候，屋裡挺整齊的。」

「根本就是像龍旋風掃過。」湯米說：「我還非回家不可，看了實在很難受。」

「他們當然說，屋子之所以亂，是湯米殺他太太時弄的。但如果你仔細調查，就會發現他們胡說八道。時間根本對不攏。他們大約是在午夜時分闖進去的，根據法醫鑑定，死亡時間是在晚上十點到凌晨四點之間。湯米那天晚上根本沒有回家。他工作到五點以後，跟朋友約了吃晚飯，那天晚上，又跟她去過好幾個地方。」他看著他的當事人，「我們運氣不壞，如果他低調一點就慘了。入夜之後的每一分鐘，都窩在她拉上窗簾的公寓裡，不在場證明就沒那麼強了。」

「只有佩姬察覺到跡象不對，我才會小心點。」湯米說：「在布魯克林，我是顧家好男人；在城裡幹什麼，不會傷害到她。」

「但是午夜之後，湯米的行程就很難解釋了。」卡普倫繼續說，「唯一能證明他在哪裡的，只有他女友，因為那段時間裡，他只待在她的公寓，窗簾也拉上了。」

不用拉窗簾，我想。外面的人根本就看不見。

「更何況有段時間，連她也不知道湯米在幹什麼。」

「她睡著了，可是我睡不著。」湯米補充說：「所以我穿上衣服，出去逛了兩家酒吧。我沒去多久，所以她醒來之前，我已經回去了。如果我有架直升機，倒是能在這麼短的時間，從灣脊來回，但是靠別克可不成。」

「現在的關鍵是，」卡普倫說：「就算他有時間、就算他女朋友的不在場證明不算數、只接受客觀證人證實過的時間，這起謀殺案也不可能是他幹的。假設他在那兩個西班牙小鬼離開之後，趕在凌晨四點鐘前潛行回家，那是發生命案的最後時限。請問她上哪兒去了？根據克魯茲跟海利拉的說法，那時家裡沒有人。那他上哪裡去找她，再把她殺掉？你要他怎麼辦？把他太太塞進後車廂到處晃嗎？」

「也有可能是在那兩個小賊抵達以前，他就把她殺了。」

「我就是該僱用這個人。」湯米說：「我有預感，你知道我的意思嗎？」

「也說不通。」卡普倫說，「首先，時間搭不上。湯米最強的不在場證明是從晚上八點到午夜前後，在女友的陪伴下，出現在公共場合。法醫非常篤定，他太太十點鐘的時候還活著，凶殺時間不可能更早。就算不管時間好了，這兩人闖空門，把財物洗劫一空，居然沒看到有個死人在臥室？他們到過那個房間，好些贓物就是從那裡拿走的，我想他們還留下指紋了吧，這類的線索，警方不可能沒有注意到。」

「也許屍體是被遮蓋住了。」我想到史吉普那口碩大無朋的莫斯勒保險箱，「鎖進衣櫃裡，所以他們沒看到。」

他猛搖頭，「死因是猛刺而死，鮮血流得到處都是。床跟臥室地毯都染紅了。」我們兩個都避免朝湯米看。「她不可能在別的地方遇害。」他總結道。「她在臥室遇刺身亡。狄樂瑞太太不是海利拉就是克魯茲殺的，不管是誰，都不是湯米。」

我想在他的話裡挑點毛病，卻苦無漏洞。「這樣你們還找我幹嘛？」我說：「湯米輸的機會微乎其微。」

「根本不可能成案。」

「那——」

「問題是，」他說，「為了這種事上法庭，就算贏了，也還是輸。因為在你今後的日子裡，所有人一想到你，只記得你一度因為謀殺髮妻接受審判。誰會在乎你最後無罪開釋？大家只會覺得是哪個猶太律師幫你買通法官或是串通陪審團。」

「所以，我要找個義大利律師，」湯米說，「大家就會覺得是他威脅法官、毒打陪審團。」

「而且，」卡普倫說：「你也不知道陪審團會不會突然發神經。別忘了，湯米的證人是在偷竊進行時，跟他一起廝混的女人。那個女人是他的同事，他們當然可以相信她的證詞，但你看過《郵報》上的那則新聞嗎？哪能預料陪審團的動態？他們也可能不採信她的證詞，因為你的女朋友撒謊替你開脫，同時，他們還認定你是個混蛋，太太都被殺了，你還在外面欲死欲仙。」

「你再說下去，」湯米說，「我都快覺得我自己有罪了。你真的很有說服力。」

「再加上他很難得到陪審團的同情。他強壯英挺，穿著時尚，你在酒吧可能很喜歡這一路的朋友，但在法庭上，你會對他有好感嗎？他是一個電話行銷員，賣有價證券，這種職業大家『非常』尊重吧——打電話給你，建議你要投資什麼。很好。但是那種聽到股市小道消息，蝕了一百塊的小兒科與接了電話訂雜誌的人，說不定進了法庭，就來找湯米的碴。我告訴你，我要避免湯米上法庭。上了法庭，我一定贏，我知道，就算是情況壞到無以復加，我也能爭取上訴的機會，但誰要搞到這地步？這案子壓根就不能讓它成立，最好是在他們召集大陪審團之前，就把案情查個水落石出。」

「那你想要我幹什麼？」

「找到什麼都行，馬修，只要能摧毀克魯茲跟海利拉的信用就行。我不知道要找什麼，如果能發現血跡，特別是衣物上沾到血，那就棒透了。重點是，我真不知道要你找什麼，你以前是警察，現在是私家偵探，總能到街角、酒吧轉轉，打探點什麼出來吧。布魯克林區你熟吧？」

「有些地方還算熟，我在那裡工作過，斷斷續續的。」

「所以你不愁找不到門道？」

「那倒不成問題。你們為什麼不找講西班牙語的人？我能用西班牙語在雜貨店裡買啤酒。不過，距離流暢，還差得遠。」

「湯米說要找一個他信得過的人，因此下定決心要麻煩你。我覺得他的想法沒錯，有交情的朋友，總比會講幾句西班牙語的人來得牢靠。」

「這是實話。」湯米．狄樂瑞說，「馬修，我信得過你，這就夠了。」

我想告訴他，這世上唯一能信得過的就是他自己，但我何必跟錢過不去？他的錢跟別人的錢不是一樣？我不確定我喜不喜歡他，但是不喜歡的委託人，對我來說比較輕鬆。這樣一來，我覺得我的成果好像沒那麼值錢的時候，可以少些內疚。

我實在不知道能幫什麼忙。就算我不插手，以目前脆弱的證據看來，檢方也很難起訴湯米。我懷疑是卡普倫故意搞點花樣，合理化他的高收費，要不然這個案子花一個星期的時間，也就差不多了。這事不無可能，但不關我的事。

我說我很樂意幫忙。我說我希望能替他們找到有利的證據。

湯米相信我一定能。

杜．卡普倫說，「現在來談談你的費用。除了每日的酬勞跟報銷的費用之外，我想還應該預支一筆現金。或者你是以小時計酬？你為什麼搖頭？」

「我沒有執照。」我說：「我沒有法律地位。」

「那沒有關係。我們可以把你登記為本案顧問。」

「我不想出現在公文書上。」我說，「我也不會記錄時間跟費用。有什麼花費，我自己掏腰包。我只收現金。」

「你的費用怎麼算？」

「我只說一個總數。在結案前，我覺得不夠，會再開口。如果你不同意，就不用付。我是不會送任何人上法庭的。」

「好像沒有人這樣做生意吧。」

「這不是生意，這是幫朋友的忙。」

「可是你也收錢了。」

「幫朋友忙，收點錢，有什麼不對？」

「是沒什麼不對。」他若有所思，「你覺得幫這個忙要多少錢？」

「我還不知道有多複雜。」我說，「你今天先給我一千五百塊。如果一時查不完，我覺得還需要錢，我會讓你知道。」

「一千五？湯米還不知道花這筆錢能得到什麼。」

「沒錯。」我說：「我也不知道。」

卡普倫的眼睛眯了起來。「這筆費用有點貴。」他說，「我想一開始，先付三分之一就夠了。」

我想起我那開古董店的朋友，我知道什麼叫做「憨鬥」嗎？卡普倫顯然知道。

「這並不算多。」我說，「頂多是保險賠償金的百分之一。這不就是你們僱用私家偵探的部分原因嗎？除非還湯米清白，否則保險公司不會付錢。」

卡普倫的表情有點訝異。「這倒是實話。」他承認。「但是我們不是為了這個理由才請你來。保險公司遲早會賠我們。我不覺得你的價錢特別高，只是一開頭就全部付掉，這比例總有點……」

「不要爭價錢了。」湯米插嘴，「價錢對我來說很合理，馬修。現在的問題是，我的手頭有點緊，一下拿出一千五百塊來——」

「也許你的律師可以先墊。」我建議。

卡普倫顯然覺得這樣安排不合常理。我走到外面，讓他們兩個好好商量。接待員遞給我一本《命理》雜誌，裡面有兩幅手染彩色銅版畫，描繪十九世紀布魯克林的市區。我正看得出神，卡普倫的房門開了，招呼我進去。

「湯米同意從保險理賠跟變賣他太太產業所得中，預支這筆錢出來。」他說，「所以我會代付一千五百塊。我想你不介意簽張收據吧？」

「當然不介意。」我說。我點了點鈔票，十二張百元大鈔，六張五十塊，一般流通的鈔票，不連號。好像每個人身上都有幾張現鈔，即便是律師。

他寫了一張收據，我順手簽了。他還為剛才沒很痛快同意我的價碼，跟我道歉。「律師被訓練得非常保守。」他說。「碰到不符合正常程序的時候，反應會很慢，希望沒冒犯你。」

「沒事。」

「那我就放心了。我不會麻煩你寫報告，或者交代詳細的行程。但你有所發現的時候，能不能告訴我們一聲？寧可什麼事都說，不要把細節輕輕放過。誰也不知道什麼事會派上用場。」

「這點我明白。」

「我確定你明白。」他送我到門邊。「附帶一提，」他說，「你的費用只是保險理賠的百分之零點五。我記得我告訴過你了，保險附有雙重理賠條款。謀殺被認為是一種意外。」

「我知道，」我說：「我只是不明白為什麼。」

8

第六十八分局的位置在第三大道跟第四大道間的六十五街上，大約橫跨灣脊區跟日落公園之間的邊界。在路的南邊，一個國民住宅計畫正逐漸成形。對街的警察局，有點像是畢卡索立體派時期的創作，造型很穩重，有好些懸空的突出方塊，還有後縮的空地。這棟建築的風格，讓我想起東哈林區的第三十二分局，我後來才知道，這兩棟建築物是出自同一人手筆。

這棟建築有六年歷史了，入口處的銅牌記錄了建築師、警察局長、市長還有兩位希冀在市政建設上留下姓名的名人。我站在那裡，把銅牌上的文字讀了一遍，好像上面有傳遞給我的特殊訊息似的。然後我走到櫃檯，跟值班員警說我想見凱文．紐曼警探。警員打了個電話，伸手一指，叫我到值勤室找他。

建築內部相當乾淨寬敞，燈光明亮。警察局已經啟用好幾年了，開始有點像它該有的模樣。

值勤室裡有一排灰色的檔案櫃、一排綠色的儲物櫃，擺了兩排面對面、大約五呎寬的金屬辦公桌。一個角落放了部電視機，但沒人看。每排桌子約有八或十張，一半有人。飲水機旁，一個穿西裝的男子跟穿短袖襯衫的男子在談話。拘留室裡，一個醉漢唱著不成調的西班牙歌。

我認出一個坐著的刑警，卻想不起他的名字。他也沒抬頭。值勤室的另外一邊，也有個似曾相識的人。我走近一個我不認識的刑警，他指給我看紐曼就坐在對面後兩張桌邊。

他在填表格。我站在打字機邊等他填完。他瞧了我一眼，「史卡德？」他指了指旁邊的椅子，轉過身來看著我，朝打字機揮揮手。

「他們可沒告訴你，」他說，「每天要花好幾小時處理這堆垃圾。外面的人可能根本不知道我們簡直像是打字員。」

「這是我對這份工作不怎麼留戀的部分。」

「我想我也不會懷念這些屁事。」他刻意打了一個呵欠。「艾迪．柯勒對你評價很高。」他說，「我聽你的建議，打電話給他。他說你不壞。」

「你認識艾迪？」

他搖搖頭。「但是我信得過督察，」他說，「我歡迎你來，但我沒有太多的消息可以告訴你。要是去布魯克林刑事組那邊，他們大概更不肯幫你。」

「為什麼？」

「他們一開始就把案子接走了。他們把案子直接報給一〇四，這不合乎程序。這個案子應該是我們的，可是後來發生一堆事情。布魯克林刑事組直接回應給一〇四，他們就把案子從分局搶走了。」

「你什麼時候開始參與這個案子的？」

「我有個不錯的線民，從高速公路下的第三大道酒吧、餐廳探到不少傳言。『很棒的貂皮大衣，價格合理；不過，這件事你得暫時保密，因為最近正在風頭上。』七月份，在日落公園賣貂皮大衣總是很奇怪的事。有個人買了那件大衣，想讓他女人晚上穿出去風光一下。我的人跑來跟我說，麥古利多．克魯茲好像有一屋子的東西要脫手，看起來都不像是有售貨證明的樣子。貂皮大衣跟他描述的其他東西，讓我想起殖民路狄樂瑞的那個案子，單單眼前的證據，就夠我申請搜索票了。」

他用手理理頭髮。他的頭髮是中褐色的，被陽光照射的部分淡一點，都出現在蓬亂地方。那時的警察習慣把頭髮留長一點，也開始興起留大鬍子或蓄髭的風氣。紐曼的鬍子倒是刮得很乾淨，五官尋常，就只有鼻子有點怪，看來是斷過，但沒有接得很好。

「東西都在克魯茲家裡，」他說：「他住五十一街，就在葛瓦納高速公路邊上。我手上有地址，如果你要的話。在布希終站大批發旁邊，有個破敗的區塊，你知道有這地方嗎？有好些空地、上了木板的廢棄建築，某些地方咧，連木板都省了。有人破門而入，成為遊民的棲身之所。克魯茲家倒沒那麼壞，你看了就知道。」

「他一個人住嗎？」

他搖搖頭，「跟他祖母一起住。那個老阿媽，個頭小，不會講英文。她可能在家，也可能被送到瑪里安-荷瑪（譯註：Marien-Heim，德國、奧地利的地名）老人中心去了。老太太從波多黎各來，在學會英文之前，竟然在一個用了德國地名的地方終老。很紐約吧，是不是？」

「你在克魯茲家找到了狄樂瑞的東西嗎？」

「對啊。沒問題。連音響上的編號都沒錯。他抵死不承認。這有什麼新鮮的，是吧？『哦，這是我在街角買的。那人我在酒吧認識，可是不知道他的名字。』我們跟他說，當然啦，麥古利多，但這玩意兒的原主，是個被砍得很慘的婦人，看起來你跟一級謀殺案扯上關係了。下一分鐘，他立刻坦承偷竊，但堅稱在狄樂瑞家，沒看到慘死的婦人。」

「他應該知道有人在那裡被殺。」

「當然，不管是誰殺的。報紙上有，不是嗎？他一下子說他沒看過這條新聞，一下子說他不記得地址。你知道這種人的供詞一天到晚變來變去。」

「海利拉是怎麼涉入的？」

「他們好像是表兄弟還是什麼的。海利拉住第五、第六大道間的四十八街，距離公園兩條街。兩人住在附近就對了。現在他們兩個都在布魯克林拘留所裡，等著被移送上城。」

「他們兩個都有前科吧？」

「沒有才奇怪吧？」他露齒微笑，「他們就是典型的混蛋。搞幫派，在青少年的時候被逮捕過幾次。一年半以前，他們因為偷竊被起訴，法官卻因為證據不足，不允許我們搜索。」他搖搖頭，「你以前也應付過這種狗屁規矩吧？反正他們逃過了這一關。第二次，他們又因為行竊被逮，認罪協商之後，改以非法入侵起訴，判處緩刑。第三次，又是行竊案，但是，證據卻莫名其妙不見了。」

「不見了？」

「不曉得是歸錯檔案，還是怎麼了。我也不知道。在這樣的城市裡，居然還能把人送進監牢，實在是奇蹟。看來是非得求處死刑，才有這個機會吧。」

「這兩個人還真是竊盜累犯。」

「好像是這樣。警局進進出出，為的都是雞毛蒜皮的小案子。闖空門啦，摸走一部音響，扒點什麼，上街兜售，換個五塊十塊。克魯茲比海利拉更糟。海利拉還打打零工，到製衣工廠推車、幫人送午餐，賺幾個小錢混日子。克魯茲始終是無業遊民。」

「他們兩個以前沒殺過人吧？」

「克魯茲殺過。」

「哦？」

他點了點頭。「在酒館裡，跟另外一個混蛋，為了爭女人，鬧出人命來了。」

「報紙沒登這個消息？」

「沒上法庭，罪名也不成立。十幾個目擊者證實是死者先砸了酒瓶找上克魯茲的。」

「克魯茲拿什麼凶器？」

「刀。克魯茲說那把刀不是他的。有幾個人說刀是另外一個人扔給他的。當然，沒人注意到是誰。我們沒辦法用持有凶器的罪名來起訴他，更別說是凶殺案了。」

「克魯茲通常會帶刀嗎？」

「他上街的時候身上有件內衣就不錯了。」

8

那是我從杜·卡普倫那裡拿到一千五百塊後的第二天下午。上午，我買了一張匯票寄到西歐榭區。同時，還預付了八月份的房租、把酒吧帳單清掉。最後，我搭BMT（譯註：布魯克林曼哈頓捷運公司，負責營運紐約地鐵的B系統）到日落公園去溜了溜。

日落公園，當然，在布魯克林區，位於此區的最西緣，灣脊區的上方、綠林墓園的西南邊。這些年來，日落公園附近翻修了不少褐石公寓，年輕的白領為了躲避曼哈頓高昂的租金，更新了成排的房子，使得這個區域身價大漲。不過在當時，那批城市新貴還沒找到這個地方，當地居民以拉丁族裔跟斯堪地那維亞裔為主。前者以波多黎各人為大宗；後者的主力是挪威人，重心慢慢的由歐洲轉移到中南美洲島嶼、膚色從淺到深：這個過程持續了好幾年，並沒有什麼好急的。

我在附近逛了逛，才轉往六十八分局，足跡多半侷限在第四大道附近的街區。這是一條主要的商業大道，我不時尋找聖邁克爾教堂，判斷自己的方位。這裡的房子多半只有三層，這個雞蛋型圓頂的教堂旁，豎立了兩百英尺的高塔，大老遠就可以看得到。

我持續向北，現在已經走上第三大道了，高架快速道路的陰影遮住右邊的街道。到克魯茲家前，我在兩家酒吧小混一下，只想讓自己融入當地的氣氛裡，倒不想問什麼問題。我在一處點了波本，另外一家要了杯啤酒。

麥古利多·克魯茲跟他祖母住的區塊，跟紐曼描述得差不多。附近有幾塊大空地，有一個被鐵絲網圍了起來，其他的任人來去，地面散落著瓦礫。其中一處空地，有孩子在車體燒焦的福斯金龜車裡打鬧。在這個街區的北邊，有四棟一排的三層樓房，貝殼形的磚牆，比較接近第二大道，離第三大道遠一些。建築緊鄰的南北兩邊都被拆掉了，新露出的磚牆看起來工滿粗的，在下端的部分，有些噴漆塗鴉。

克魯茲住的地方離第二大道跟河邊都很近。入口處有些皸裂，好些磁磚不見了，油漆剝落。牆邊有六個信箱。信箱上的鎖壞了又修好，然後又被砸壞。門外沒有電鈴，門上也沒有鎖。我開門，往上爬了兩樓。樓梯間裡有燒菜的氣息、老鼠的味道跟淡淡的小便臊味。收容貧民的舊公寓，就是這樣的味道。老鼠死在牆邊，孩子跟醉鬼隨地便溺。跟成千上萬的貧民住宅相比，克魯茲住的地方還算一般。

克魯茲祖母住在頂樓，列車式公寓（譯註：railroad apartment，挨得很密，有點像是火車車廂的平民住宅），走道倒是收拾得乾乾淨淨，上面掛著好些聖母畫像跟幾個點著蠟燭的小祭壇。就算老奶奶會講英文，想來也不會跟我透露。

我敲了敲對面的房間，沒人應門。

我還是在這棟建築裡到處看看。二樓，住在克魯茲公寓正下方的，是一個膚色極黑的波多黎各女人，養了五個不到六歲的小孩。客廳的收音機跟電視機同時打開，廚房裡再加一部收音機。五個孩子亂成一團，至少有兩個同時大哭大叫。那個女人相當合作，可是她不太懂英文，而且在那種情況下，也沒有誰能專心聽你說話。

另一邊就沒人應門了。我聽到裡面有電視機的聲音，又敲了幾下。門終於開了。一個胖得出奇、只穿內衣的人給我開了門，一聲不吭往裡走去，很確定我一定會跟著。他帶我穿過幾個堆滿舊報紙跟藍帶空啤酒罐的房間，來到前廳。他坐在搖椅上，看運動節目。電視機的顏色已經不正常了，球評的臉一下發紅，一下又泛綠。

他是白人，一頭長髮，以前大概是金色的，現在已呈灰色。很難估計他的年齡，因為他身上太多肉了，不過我想大概是在四十跟六十之間。他有好幾天沒刮鬍子，幾個月沒洗澡，幾個月沒換床單了。他很臭，他的公寓更臭，不過，我還是留在那裡，問了他幾個問題。我剛進來的時候，他身邊半打裝啤酒組裡還有三瓶，但他一罐接著一罐，喝光後便光著腳，穿過公寓，又從冰箱裡拿出剛冰好的半打啤酒。

他姓伊林，他說，保羅．伊林。他從電視上知道克魯茲的事，覺得很難過，但不意外。他一輩子都住在那裡，他告訴我，以前這附近還不錯，住戶都很規矩，尊重自己也尊重鄰居。但是現在壞分子進來了，還有什麼好說的？

「這裡跟動物園沒兩樣，」他告訴我，「你不會相信的。」

∞

安吉爾．海利拉租的房間坐落在一棟四層的紅磚樓房裡，一樓轉租給投幣式洗衣店。兩個二十好幾的傢伙，懶洋洋的蹲在那裡，從褐色袋子裡，取出一罐罐啤酒往嘴裡倒。我問他們海利拉住哪裡。他們覺得我是條子，從臉上的表情就可以看得出來，兩人聳聳肩。其中一人叫我到四樓去試試看。

在諸般氣味之外，還可以嗅出一絲大麻的味道。一個黑黑小小但眼睛極明亮的婦人站在三樓入口處，身上繫條圍裙，手裡拿了一份折好的西班牙文《每日報》。我問起海利拉的住處。

「二十二號。」她指著樓上說，「可是他不在家。」她的眼睛緊盯著我，「你知道他在哪裡嗎？」

「知道。」

「那你就該知道他不在這裡啊。門也鎖上了。」

「你有鑰匙嗎？」

她的眼神突然變得很銳利。「你是警察嗎？」

「我以前是。」

她笑得好大聲，出乎意表。「你怎麼啦？被開除啦？所有的壞蛋都被關進牢裡，警察沒事做了？你想進海利拉的房間？來吧，我帶你進去。」

看管二十二號房的是一把不起眼的廉價鎖。她試了三次，才找到正確的那把，打開房門，放我進去。從天花板垂下一根電線，懸著個電燈泡，下面是個窄窄的鐵床架。她打開電燈，再把百葉窗拉起來，屋裡亮了點。

我從窗戶望出去，又在房間裡繞了繞，打開櫃子跟梳妝檯，檢查裡面的東西。梳妝檯上有幾幀用藥局贈送的廉價相框裝著的照片，還有五六張沒加框的快照。照片裡有兩個不同的女人、幾個孩子。有一張快照是一對男女穿著浴袍，斜睨著太陽，背後則是一片海洋。我拿照片給那女人看，她告訴我說，那個男的就是海利拉。我在報上看過海利拉、克魯茲跟兩個警官的合照，可是在快照裡的他，好像是另一個人。

這女人，我發現，是海利拉的女友。照片裡的人則是海利拉在波多黎各的老婆和孩子。海利拉是個好孩子，那女人跟我保證，他有禮貌，房間也整理得很乾淨，酒喝得節制，也不會在半夜把音響開得很大聲。海利拉非常喜歡他的孩子，手頭上有錢的時候，從不忘記寄錢回波多黎各。

∞

第四大道平均每一兩條街就有一家教堂——北歐衛理公會、德國路德教會、西班牙基督復臨安息會，還有一家叫做撒冷會幕禱告會。我到的時候，全都關著門，就連聖邁克爾教堂也不例外。我不會挑地點來奉獻收入的十分之一，之所以最常光顧天主教堂，純粹是因為它開門的時間最長。我離開海利拉家，又在街角快飲一杯，聖邁克爾教堂依舊大門深鎖，跟它新教的同修一樣。

兩條街外，在雜貨店跟殯儀館健身房之間，夾著一間小店面似的西班牙教堂，玻璃上繪著憔悴的耶穌在十字架上痛苦的扭曲。小小的聖壇後，有兩排板凳，其中一排坐了兩個枯槁黑衣婦人，縮在一起，不動、也不言語。

我溜了進去，在板凳上坐了一會兒。我把收入的十分之一，一百五十元，準備好了。把錢捐在這種不起眼的小教室，或者歷史悠久、建築莊嚴的大教堂，對我來說都一樣開心，但我實在想不出要用什麼不顯眼的方法，才能把錢捐給這間教堂。這裡看不到濟貧箱，也不見收納捐贈物資的地方。我不想找來執事人員，引起不必要的注意；也不想把錢放在板凳上，就此走開，免得被不相干的人撿走。

出來之後，我並沒有比走進去的時候更窮。

∞

那天下午我待在日落公園。

我不知道那算不算是工作，也不知道這麼做對湯米．狄樂瑞有沒有幫助。我在街上遊蕩，在酒吧裡鬼混，我不刻意找什麼人，也不想問什麼問題。

在第四大道東邊的六十街上，我發現一家暗暗的啤酒屋，名為峽灣。牆上掛的都是航行相關的裝飾品：長長的漁網、救生圈，還有一面明尼蘇達維京人隊的三角旗。酒吧的角落有一架黑白電視機，聲音開得非常小。幾個老頭就坐那裡，面前放著小杯的烈酒或者啤酒，不大說話，靜靜等待夜晚流逝。

離開那裡之後，隨手招來一部沿街攬客的計程車，請司機載我到灣脊區殖民路。我想看湯米．

狄樂瑞生活以及他太太死去的住處。可我不確定地址。殖民路一路上都是磚造公寓，但我相當確定湯米住的是獨棟洋房。公寓與公寓之間，的確見到幾棟獨棟住宅，但我沒記下號碼，也不知道它在哪條街跟哪條街的交叉口。我告訴司機我想找前兩天有婦人被害的那棟凶宅，他根本不知道我在說些什麼，而且很明顯的在提防我，好像我隨時會暴起傷人似的。

我想我是有點醉了，不過，在返回曼哈頓的路上，我覺得清醒了些。那個司機勉為其難的載我，開價十塊錢，我一口答應，往椅背上一靠。他開上快速道路，路上我看到聖邁克爾教堂的塔頂，跟司機說，這不對，教堂就是應該二十四小時開放。他沒搭理我。我閉上了眼睛，等我睜開，車已經停在旅館前面。

櫃檯有我兩則留話。湯米．狄樂瑞打了兩通電話找我，要我回電。史吉普．戴佛也打過一通電話。

現在打電話給湯米太晚了，甚至打給史吉普都嫌晚。夜深了，就讓這個晚上這麼過去吧。

9

第二天，我又到布魯克林走了一趟。我搭地鐵過了日落公園，一直到灣脊大道才下車。地鐵出口正對面就是為瑪格麗特．狄樂瑞舉行葬禮的殯儀館。她長眠在往北兩哩的綠林墓園裡。我轉身，往北遠眺，彷彿是用眼光送她最後一程。然後我往西進入灣脊大道，向河邊走去。

在第三大道上，我朝左邊望去，遠方是橫跨海峽、連接布魯克林跟斯塔頓島的維拉扎諾橋。我再往前走去。附近的環境比我昨天見到的社區要好太多了，來到殖民路，我向右轉，這次找到狄樂瑞家了。我在離開旅館之前，刻意查過地址，所以很輕鬆就找著了。這是昨晚我曾經瞥見過的房子之一。在記憶中，那趟計程車之旅已然淡去，不甚分明，好像蒙了一層紗似的。

那是一幢磚木造建築，三層樓高，位於梟首公園東南角的對面，左右兩邊都是四層樓的紅磚公寓。他家有一個很寬敞的陽台，鋁製遮雨棚，尖尖的屋頂上鋪了瀝青。我爬上陽台台階，按了按門鈴，裡面響起四個音符組成的鈴聲。

沒人應門。我扭了扭門把，門緊鎖。這種鎖對我來說，不堪一擊，只是我沒理由把鎖撬開。

房子左邊有一條車道，通往車庫，路經一個側門，兩道門全都鎖上了。搶匪打破了側門的玻璃，一個從紙箱裁下來的波浪紋厚紙板補上了那個破洞，還用金屬膠帶固定。

我越過馬路，在公園裡坐了一會兒。然後走到對街，找到一個適合觀察狄樂瑞家的位置，試圖勾勒行竊的景象——如果克魯茲跟海利拉開車的話，他們會把車停在哪裡。停在狄樂瑞家的車道？避開屋內人的耳目，盡可能的靠近側門，好破門而入？還是停在街上，方便快速離開現場？或許當時車庫門沒關，他們索性把車停了進去？這樣一來他們就不用把車停在車道上，也不會啟人疑竇。

我找了家餐廳，點了一盤米飯、豆子跟辣香腸當午餐。那天下午我又去聖邁克爾教堂。它開門了。我在角落的板凳上坐了一陣子，點了兩支蠟燭，我的一百五十元終於丟進了濟貧箱。

8

我做了點一般人認為我該做的事。我在附近轉，見到門就敲，見到人就問問題。我又回到克魯茲跟海利拉的住處附近，跟前一天沒在家的幾個克魯茲的鄰居，講了一會兒話，也跟海利拉同租一棟公寓的其他租戶攀談了幾句。我走到六十八分局去找凱文．紐曼。他不在，但我跟局裡的幾個警察聊了起來，還跟其中一個出去喝了杯咖啡。

我打了幾通電話，但是大部分的時間都在亂逛，面對面跟人接觸，東一點、西一點，把我的發現記在筆記本上，漫無目標，欲振乏力，設法別讓我懷疑自己在幹什麼。我蒐集到不少消息，卻不知道澄清了什麼真相。我不知道我到底在找什麼，也不知道有沒有什麼線索等著被發掘。我只希望有足夠的作為、蒐集到足夠的訊息，對我自己、湯米跟他律師有個交代，無愧於那筆我已經花去大半的費用。

那天傍晚，我覺得夠了，決定搭地鐵回家。櫃檯有我的口信。湯米．狄樂瑞找我，留了辦公室的號碼。我把便條放進口袋，晃到街角的酒吧，比利．奇根跟我說史吉普找我。

「怎麼全世界的人都在找我？」我說。

「有人找的感覺不錯啊。」比利說：「我有個叔叔，四個州都在找（譯註：wanted，通緝）他。你有個電話留言，我把它放到哪裡去了？」他把紙條遞給我。又是湯米．狄樂瑞，這次換了個號碼。

「你要點喝的嗎？馬修，還是你只是過來看看有沒有你的留言？」

我今天在布魯克林區，並沒有刻意買醉，多半是在麵包店或雜貨店裡喝兩杯咖啡，或是在吧台要點啤酒。我叫比利倒杯雙份的波本，一口氣倒進喉嚨。

「我們也在找你。」比利說：「我們幾個去賭馬，想說你可能也想來。」

「我有事情要做。」我說：「而且，我不大喜歡賽馬。」

「滿好玩的。」他說，「如果你不要太認真的話。」

8

湯米留給我的號碼原來是他在莫瑞丘旅館的總機。他接了電話，問我能不能去他旅館一趟。

「你知道在哪裡吧？三十七街跟萊辛頓大道附近。」

「我想我應該找得到才對。」

「下面有一個小酒吧，非常安靜，裡面滿滿都是穿布魯克斯兄弟西裝的日本商人，一杯接一杯，偶爾會放下威士忌，替每個人拍張照片。然後他們相視微笑，再點更多酒。你會喜歡的。」

我叫了輛計程車來到那裡。湯米的話並不誇張。雞尾酒廊豪華舒適，燈光昏暗，那晚多半是日本常客。湯米一個人坐在吧台，一見到我，就猛跟我揮手，介紹酒保給我認識。

我們把飲料放到一張桌子上。「這地方很瘋吧？」他說：「你看看那邊。真的有那麼多部相機，你還以為我在開玩笑吧？我真不知道拍那些照片幹什麼。按照他們這樣亂拍下去的話，在他們家裡，得有一整個房間才裝得下吧？」

「相機裡根本沒有底片。」

「圖個刺激，是吧？」他笑道：「相機裡沒有底片。狗屁啦，說不定他們也不是真正的日本人。我最常去的是跟公園隔一條街，叫藍圖的酒店，還有一個地方，比較像酒吧，叫骯髒狄克。但我待在這裡，怕你找不到我。你覺得這裡暫時坐得下去嗎？還是要換個地方？」

「這裡很好。」

「你確定嗎？我以前沒僱過偵探，我想把他們伺候得很舒服。」他收起笑容，變得一本正經。

「我只是在想，」他說：「你有沒有……嗯……取得什麼進展……有線索嗎？」

我把我手上的資訊，挑了一些告訴他。當我跟他提到酒吧鬥毆案的時候，他頓時眉飛色舞起來。

「這很棒！」他說：「這夠我們褐膚兄弟難堪了是不是？」

「你為什麼會這麼想？」

「他是用刀高手啊，」他說：「殺過一個人，還逍遙法外。天啊，這玩意棒透了。我就知道找你沒錯。你跟卡普倫說過了嗎？」

「沒有。」

「你該跟他提一提的。這東西他一定派得上用場。」

我有點懷疑。首先，卡普倫根本用不著找偵探，自己就有辦法查到克魯茲涉嫌殺人，但罪證不足，沒被起訴。其次，我也不認為這件事提到法庭上來，有什麼分量，或者應不應該提到法庭上來。卡普倫說，他要設法讓他跟他的當事人不用上法庭，而我發現的這麼點牽連根本不夠格。

「不管你發現什麼，都去跟杜說一聲。」湯米再三要求，「或許微不足道，你可能覺得毫無意義，說不定就是他拼圖裡少的那一塊，你跟他一提，問題迎刃而解。你明白我的意思吧？即便線索本身實在是件雞毛蒜皮的瑣事。」

「我了解你的想法。」

「好的。每天打一通電話給他，弄到的什麼都跟他說。我知道你不寫報告，但是每天用電話聯絡一次總無傷吧？」

「那當然。」

「很好。」他說：「非常好，馬修，多弄點東西給我們。」他走到吧台，又拿回兩杯新酒，「你進到我的世界了，還喜歡嗎？」

「你家環境比海利拉跟克魯茲強多了。」

「媽的，希望如此。怎麼？你到那房子看過了？我家？」

我點了點頭，「去感受一下。你有鑰匙嗎？湯米。」

「鑰匙？你說我家的鑰匙？當然，我總該有自家的鑰匙，對吧？怎麼啦，你想要我家的鑰匙，馬修？」

「如果你不介意。」

「天啊，每個人都去過那裡：警察、保險公司的人，更別提那兩個中南美來的小鬼。」他從口袋裡拿出一串鑰匙，挑出一支遞給我。「這支是開前門的。」他說，「側門的你要不要？他們就是從那裡進去的，打破了一塊玻璃，現在用厚紙板補上了。」

「我今天下午看到了。」

「那你還要鑰匙幹什麼？把紙板移開，不就進去了？你進去之後，看看裡面還有沒有什麼好偷的，用個枕頭套把它們全帶出來。」

「他們就是這麼幹的？」

「誰知道那兩個傢伙是怎麼幹的？電視上不都是這麼演？天啊，你快看看那些日本人。自拍不夠，還要交換相機，漏一個都不成。他們大多住在這間旅館裡，晚上就上這兒來了。」他低頭看了看，雙手手指鬆鬆的交叉，放在桌上。那枚尾戒歪了，他把它轉正。「這家旅館不壞。」他說：「但我不能在這裡住一輩子。按日計費，加起來不得了。」

「你什麼時候搬回灣脊區？」

他搖了搖頭，「我還要那地方幹什麼？我們兩個人住都嫌大，我一直覺得根本不需要。更別提這種揮之不去的難過記憶。」

「當初你們倆為什麼要住進那麼大的房子？」

「哦，以前不只兩個人。」他的眼神有些迷離，追憶。「那是我老婆嬸嬸的房子。反正呢，她有了一筆錢，就把那地方買下來。幾年前，她埋了她老公，得到一筆保險賠償。而我們的寶寶要出世了，正好需要一個地方住。你知道我們有個夭折的孩子嗎？」

「報紙上好像有提到。」

「訃聞上有，是我加上去的。是個男孩，叫吉米。他不大正常，先天性心臟受損，智力發展也有問題，不到六歲就過世了。」

「你很難過吧，湯米。」

「她更難過。要不是吉米出生之後，只在家裡住過幾個月，情況可能會更嚴重。醫療設備跟家裡的設施搭不起來，你知道我的意思吧？醫生有一次把我拉到一邊，跟我說，狄樂瑞先生，您夫人愈是牽掛這個孩子，等沒法避開的那天到來，她就會愈痛苦。他們那時已經知道，這孩子活不了幾年。」

他一聲不吭，站了起來，又帶回來兩杯新酒。「之後，一家就只剩下三口。」他繼續，「我、瑪格麗特跟她嬸嬸。她嬸嬸在三樓有個房間，也有自己的浴室。但對三個人來說，那棟房子還是太大了點。兩個女人，你知道的，相依為命。老人家走了，我跟我太太商量要搬家。但她已經習慣那棟房子跟周遭環境了。」他深吸一口氣，再讓肩膀沉下來。「我需要那麼大的房子嗎？車子開出來，再開回去，要不然就是擠地鐵，痛苦得很。等到事情平息下來，我就要賣掉那地方，在城裡找個小公寓。」

「你想住哪一區？」

「你知道嗎？我還沒想。拉格莫西公園附近好像不錯，上東城也可以，要不找個還不錯的大樓，買一戶合作公寓。反正我不要這麼大的地方。」他悶哼了一聲，「我也許能跟那個誰，一起搬進去啊。你知道，凱若琳。」

「哦？」

「你知道我們是同事，天天都能見面。『我在辦公室裡樂捐過了。』（譯註：這是聯合勸募推行的辦公室奉獻計畫，一九八〇年代前後格外盛行。但這句話的含意，一般是強調自己已經在辦公室奉獻過了，委婉拒絕街上的勸募者）」他歎了一口氣，「反正直到真相大白之前，我不大想跟鄰居打交道。」

「當然。」

然後我們談起教堂，只不過我忘了是怎麼聊到這裡的，只記得大意是：酒吧的營業時間比教堂好一點，教堂關太早了。「哦，他們也沒辦法，」他說：「犯罪問題很猖獗。馬修，我們小時候，幾時聽說有人偷教堂的東西？」

「還是有人偷過吧。」

「我知道，但你聽說過嗎？現在有一種新人類，不知道什麼叫尊重。在班森赫斯特，教堂愛什麼時候開，就什麼時候開。」

「什麼意思？」

「我想應該是在班森赫斯特。大教堂，忘記名字了，好像叫聖這個，或聖那個的。」

「範圍是窄了點。」

「你不記得了嗎？兩年前，兩個黑人小鬼偷了祭壇上的東西，有個金燭台還是什麼鬼東西。不巧的是那家教堂是多明尼克·土托他媽每天早上都去禮拜的地方。你知道土托吧？那個黑手黨角頭，布魯克林一半的地方都歸他管。」

「哦，對。」

「所以他放話了，一個禮拜之後，燭台還是什麼東西被送回祭壇。不過，我記得是燭台。」

「反正有個東西就對了。」

「偷東西的那兩個小賊，」他說，「也消失了。根據我聽來的故事，不過誰也不清楚究竟是不是個故事。我不在場，也忘了是誰告訴我的，反正他也不在場，你知道吧？」

「你到底聽到了什麼？」

「我聽說他們把那兩個黑鬼拖進土托的地下室，」他說，「把他們掛在肉鉤上，」隔了兩桌，相機閃光燈閃了幾下，「活生生把皮給剝了下來。」他說，「誰知道呢？這種事眾說紛紜，根本不知道該相信誰。」

∞

「你今天下午真的該跟我們一塊去的。」史吉普告訴我說，「我、奇根跟盧斯藍德。我們開車到大A〔譯註：指的是Aqueduct Racetrack，皇后區水道跑馬場〕去了。」他拖長了聲音，模仿菲爾德斯〔譯註：W. C. Fields，美國知名的喜劇演員、作家〕，「參加王族的競技，奉獻血汗錢改良馬隻的品種，的確不錯。」

「我那時在幹活。」

「我也應該去幹活的。他媽的奇根，裝了一大堆的樣品酒，每賽一場，他就開一瓶。口袋裡全是小瓶子。他賭馬全都看牠們的名字。有一匹爛馬叫吉兒皇后，大概打從維多利亞女王登基之後就沒贏過了。奇根卻記得一個女孩叫吉兒，是他六年級時瘋狂熱戀的偶像。當然，他就押那匹馬了。」

「那匹馬贏了。」

「當然贏了。賠錢的比例是十二比一，奇根只在牠身上押了十塊錢。他說他錯了。錯在哪裡呢？『她叫麗妲，』他說，『她妹妹才叫吉兒。我記錯了。』」

「奇根不就這德性？」

「他整個下午都那樣幹。」史吉普說，「不是賭女朋友的名字，就是賭女朋友姐妹的名字，他不曉得開了多少瓶樣品酒，起碼喝了半品脫的威士忌。盧斯藍德跟我都輸了，我不知道輸了一百還是一百五。可是，他媽的比利．奇根單靠女人的名字就贏了六百塊。」

「你跟盧斯藍德是怎麼挑馬的？」

「你知道，演員就那德性。他縮著脖子，跟鱒魚一樣，用一邊的嘴巴說話，跟幾個長得像馬的傢伙交頭接耳，把小道消息帶回來。跟他竊竊私語的人，說不定也是演員。」

「你們就靠他的內線賭馬？」

「你瘋啦？我賭得很科學。」

「你讀戰力評析（譯註：form，賽馬場上的一種分析表格，列舉馬匹的戰績，裡面有很多英文縮寫，不是內行人看不懂）啊？」

「我不知道那個在寫什麼。我先觀察在內線熱錢湧進來，勝率反而降低的馬匹有哪些，然後走到場上，看他們遛馬，注意牠們的大便。」

「很科學。」

「那當然。你會大把的鈔票押在便祕的馬身上？還是偶爾會意外勝出的駑馬？我賭的馬……」他的眼瞼低垂，語氣嘲弄，「嗯……OK啦（譯註：M/O-kay，當時流行的廣告用語，意指排便順暢）。」

「奇根就亂賭一通。」

「你說的沒錯。那傢伙粉碎了我們對科學的堅持。」他的身子前傾，按熄一支香菸。「啊，天啊，我真喜歡這種生活。」他說：「我對神發誓，我就是過這種日子的人。花半天時間經營自己的酒吧，花半天泡別人的酒吧。偶爾，親近大自然，跟上帝的傑作建立親密的關係。」他的眼睛緊盯著我，「我好喜歡。」然後平靜的說，「這就是我為什麼要付錢給那些王八蛋。」

「你接到他們電話了？」

「在我們去跑馬場前，他們開條件了，沒得商量。」

「要多少？」

「多到我賭輸的錢一點也上不了檯面。輸贏百來塊錢，算得了什麼？我賭得又不凶，只是一旦下重本就不好玩了。他們開的就是要人老命的價錢。」

「你打算付嗎？」

他端起酒杯，「我們明天要先跟幾個人見面。律師、會計師，如果卡沙賓能忍住不吐的話。」

「然後呢？」

「然後，雖說是沒商量，但我想我們還是得磋商看看，最後就是付錢啊。律師跟會計師會告訴我們什麼？組織突擊隊？打場游擊戰？不可能從律師跟會計師那裡得到這種答案。」他又從菸盒裡抽出一支菸，敲了敲，拿在手上一會兒，看了一眼，又敲了敲。「我是部抽菸喝酒的機器。」他在煙霧繚繞中說，「我跟你說，我也不知道我在煩什麼。」

「一分鐘前你還說你熱愛生活。」

「這種話只有我說過嗎？你知道個故事嗎？有個傢伙買了部福斯汽車，他朋友問他喜不喜歡。『就跟上床一樣。』那傢伙說，『我為之瘋狂，但沒什麼好驕傲的。』」

10

第二天早上，在我去布魯克林前，打了通電話給杜・卡普倫。祕書說他正在開會，能不能稍後回？我說我會再來電。四十分鐘，我在出了日落公園地鐵站之後，又打了一通電話給他。卡普倫吃午餐去了，我跟他祕書說，我會再聯絡。

那天下午我跟一個女生約了見面。她是海利拉女友的手帕交，有著很鮮明的西印度島民外貌，青春痘在她臉上留下了好些坑洞。她說，海利拉入獄的消息，讓她覺得很難過，但對她的朋友可能比較好，因為海利拉不會跟她結婚，甚至不會跟她住在一起，因為他認為自己已經在波多黎各成過親了。「他太太想跟他離婚，他又不願意。」那女孩說：「我朋友想替他懷個孩子，海利拉不肯，也不可能跟她結婚。她到底圖海利拉什麼？如果海利拉消失一陣子，對大家都比較好。」

∞

我在街角的電話亭試著聯繫卡普倫，這次打通了。我拿出筆記本回報蒐集到的線索。除了克魯茲曾因殺人被捕外，我提供的資料並無幫助。不過這事他早知道了，而且很不留情指出來，「這種東西不需動用私家偵探才查得出來吧？」他說，「這是明擺著的司法紀錄。對，我們不想鬧上法庭，但你查出來的內幕，總有派得上用場的時候。希望你再接再厲，別辜負了你的偵探費。」

掛下電話，我完全喪失了再探的意願。我過街走到峽灣，喝了幾杯酒。一個滿頭黃髮、兩撇薩帕塔鬍（譯註：Zapata，墨西哥的民族英雄，留著兩撇神氣的八字鬍）的瘦小鬼，引誘我跟他玩一局電動保齡球。我跟店裡其他人都沒有興趣，所以他一個人故意玩得震天價響，裝出醉態可掬的模樣，我想他是示弱，想引人上鉤。噪音逼我棲身不住，離開酒吧，一路走到湯米位於殖民路的家。

我用他的鑰匙打開前門，走了進去，有點期待迎面而來的是瑪格麗特．狄樂瑞的屍體。當然，在調查小組跟蒐證人員離開後，現場早就被收拾得一乾二淨、恢復原狀了。我逛了逛一樓的房間，發現有個側面的出口，可以通到廚房。我從廚房跟餐廳走回來，試著想像我踩著海利拉跟克魯茲行進的步伐，在這個空房子的房間裡移動。

不過當時並不空。瑪格麗特．狄樂瑞在樓上的臥室裡。她在幹嘛？睡覺？還是看電視？

我爬上樓梯，腳底下兩階木梯發出吱吱的聲音。那兩個人行竊的過程中，也發出這樣的聲音嗎？如果瑪格麗特．狄樂瑞聽到了，會怎麼反應？也許她以為是湯米的腳步聲，跳下床來迎接他。也許她知道是別人闖進來了。有的人能分辨腳步聲。只要察覺腳步聲不對，立刻會驚醒。

瑪格麗特是在臥室中被殺的。他們是爬上樓梯、打開臥室門之後，發現有個婦人畏縮在裡面，然後把她刺死的嗎？還是她出門迎接湯米，卻撞上了兩個陌生歹徒，腦筋一時沒轉過來。人常常這樣，腦袋根本沒在想，只覺得有人入侵，怒不可遏，誤以為義憤就可當做盔甲。

這時她可能看到了他手上的刀，趕緊退回臥室，想要關門，也許，他尾隨而至，也許瑪格麗特放聲尖叫，為了要制止她，就──

我不斷浮現安妮塔躲避利刃的情景，不斷把眼前的場景搬到西歐樹區的臥室。夠傻了吧？

我走到衣櫃，打開抽屜，又關上。她的衣櫃很寬，卻很矮。湯米的衣櫃有腳，高得多，同樣是法國普羅旺斯風格，跟床、床頭櫃，還有梳妝檯組成一套家具。他留下很多衣服，但也許是他本來就有很多衣服。

我打開衣櫥。她可以藏身其間，但不會太舒服。裡面的東西很多，十來個鞋盒子，橫桿上掛滿了衣服。湯米可能帶走兩套西裝跟夾克，但他留下的衣服還是比我所有的還多。

在梳妝檯上有許多瓶香水。我拔起瓶塞，放在鼻端嗅了嗅。鈴蘭的香味。

我在房間裡停了好長一段時間。有一種人在生理上很敏感，能夠在凶殺案現場感受到特殊的線索。也許每個人都有這種本能，也許敏感的人，比較會調整自己的認知，察覺那到底是什麼。我很清楚，我沒這種本事，沒法從房間、衣物、家具上，分辨出什麼細微的變化。氣味是最能跟記憶掛鉤的感知，但她香水的味道，只讓我想起我有個姑姑也用這種香水。

我真不知道自己在這裡幹什麼。

臥室有架電視。我打開它，又關掉。她那時可能在看電視，直到他們打開臥室門，這才驚覺。難道他們沒聽到電視的聲音？如果他們知道裡面有人，為什麼要去驚動主人？何不迅速離開現場？

當然，他們也可能想強姦她。但他們沒有動手，驗屍報告中並沒有提到這點，儘管無法證實他們有沒有這種意圖。他們的性慾可能在殘殺中發洩出來，或者被暴力澆熄，也可能……

湯米曾睡在這裡，跟有著鈴蘭香氣的女人一起生活。我在酒吧裡認識他，我知道一手摟著女孩、一手握著酒杯，笑聲迴盪在木格板的他。但我不知道生活在這個房間、住在這屋裡的湯米。

我在二樓的房間進進出出。有一間我猜是樓上的起居室，裡頭有許多鑲著銀框的照片，放在桃花心木外殼的音響上。有一張正式的結婚照。湯米穿著燕尾禮服，新娘一身白紗，手裡拿著粉紅白色相間的捧花。照片裡的湯米理個小平頭，在一九七五年那個時代，顯得有些笨拙，特別是在正式禮服的襯托之下。

瑪格麗特．狄樂瑞——拍照的時候可能還叫瑪格麗特．蔚藍——當時就是個身材高䠷、五官分明的女人。我看著她，心中琢磨歲月在她身上可能留下的痕跡。這些年來，她的體重大概增加了幾磅。大部分人都是這樣。

照片裡的人我多半不認識。他們的親戚吧，我想。我沒注意有沒有湯米口中那個早夭的孩子。

一扇門通向放衣物的壁櫥，另一扇門通向浴室，打開第三扇門，則是往三樓的樓梯間。三樓有一間臥室，從窗戶望出去，可以遠眺公園的全景。我坐上搖椅，座墊跟椅背都有針織品裝飾，看著殖民路上來來往往的車輛跟公園裡的棒球比賽。

我可以想像嬸嬸就坐在我這張搖椅上，透過窗戶，俯視她的世界。就算我聽過她的名字，我也不記得了。我每次想到她，腦海裡浮現的就是典型的大嬸形象，綜合了樓下相片裡好些面目難辨的女性臉孔，我想，可能還加上了一點我嬸嬸的模樣。她過世了，這個不知名的複合體，她的侄女也走了，過不了多久，這房子就會賣掉脫手，會有別的人住進來。

不過要清除狄樂瑞住過的痕跡，並不容易。三樓，瑪格麗特嬸嬸的臥室跟浴室占了三分之一的空間，其他大片的面積用來堆放雜物。在尖尖的屋頂下，有好些大箱子跟紙箱，外帶幾件淘汰的舊家具。有的用布蓋著，有的沒有。每樣物品上都有厚厚一層灰，我鼻子裡也都是灰塵的味道。

我又回到那個老太太的臥室。她的衣服仍然留在衣櫥跟五斗櫃裡，盥洗用具放在浴室的壁櫃中。如果用不上這個房間，大可把這些東西留在這裡。

我懷疑海利拉拖走了什麼。那次是他第一次進到這間屋子，在嬸嬸走後，清理雜物。

我又坐回那張椅子。我的鼻端還殘存著儲物間的灰塵與老太太衣服的氣味，也還嗅得到鈴蘭香水味兒，而它又強化其他的氣味，似乎凝結成塊，我希望它能迅速消失。感覺起來，我可能聞到的是腦海的記憶，未必是真正的鈴蘭香氣。

對街的公園裡，有兩個孩子在傳球，第三個孩子在他們中間跑來跑去，卻始終攔不到那個印著條紋的球。我的身子伸出窗外，手肘架在暖氣機上，看著他們。我還沒看膩，他們卻不想玩了。

我離開了那張面對窗戶的椅子，穿過放置雜物的空間，下了兩層樓。

我又回到客廳，正琢磨湯米在家裡喝什麼酒、可能放在什麼地方的時候，我聽到有人在幾碼外清了清喉嚨。

我整個人凝住。

11

「是啊。」有個聲音說：「我想應該是你。坐下來吧，馬修，你臉白得跟鬼似的。你是不是真的見到鬼啦？」

這聲音我聽過，但一時之間分辨不出來源。我轉身，一口氣還堵在胸口。但我知道我認識這個人。他坐在一張讓他陷了下去的沙發，藏身在角落深深的陰影裡。他穿了一件短袖襯衫，釦子開到喉嚨。西裝外套放在椅把上，口袋裡隱隱約約可以看到領帶。

「傑克·戴柏德。」我說。

「老樣子。」他說：「你好嗎？馬修。我得跟你說，你是全世界最爛的闖空門小賊。你的腳步沉重得像騎著馬的騎兵。」

「你差點沒把我嚇死，傑克。」

他輕笑了兩聲，「那你要我怎麼辦？鄰居報警，說屋裡的燈亮了，諸如此類的。反正我沒事，又是我的案子，我就過來看看囉。我想是你。六十八分局前兩天有人打電話給我，提到你在幫狄樂瑞那個爛貨幹活。」

「紐曼打電話給你？你現在在布魯克林刑事組？」

「有一陣子了。我升一級刑警，媽的，差不多快兩年了。」

「恭喜你。」

「謝了。我過來看看，沒法百分之百確定就是你，我懶得上樓，媽的，我想，變一下，就讓穆罕默德來找那座山吧。我不是故意嚇你的。」

「不是才怪。」

「你剛從我身邊走過啊，老天爺，神情好古怪。你剛才到底在找什麼？」

「剛才？我在想他把酒放哪裡了。」

「哦，那我就不攔你了，反正你要找，順便找兩個杯子來吧。」

餐廳的酒具櫃裡面有一對雕花玻璃的醒酒瓶，小小的銀牌標著威士忌跟麥酒，但是需要鑰匙才能把酒具櫃打開。旁邊有個邊櫃，中間的抽屜放了好些桌巾，右手邊有幾個杯子、幾瓶威士忌跟利口酒。我取出一瓶還剩五分之一的野火雞，兩個杯子。我舉起酒瓶向戴柏德揚了揚，他點點頭，我便倒了兩杯。

他是個大塊頭，比我年長個一兩歲。跟上次見到他的時候相比，他的頭髮掉了一些，體重卻沒有減輕。他盯著杯子看了會兒，向我一舉，淺啜一口。

「好酒。」他說。

「是不壞。」

「你到底在這裡幹嘛？馬修，找線索嗎？」他故意把「線索」拖得特別長。

我搖了搖頭，「只是想感受一下。」

「你幫狄樂瑞工作？」

我點點頭。「鑰匙是他給我的。」

「媽的，我才不在乎你是不是像聖誕老人一樣從煙囪爬進來，我只想知道他要你幫他什麼？」

「還他清白。」

「還他清白？那王八蛋清白得一眼就看透了。我們根本沒把罪名安在他身上。」

「你覺得人是他殺的？」

他酸酸的瞧了我一眼。「我想不是他，」他說，「如果你指的是用刀刺死她的話。我挺願意相信是他幹的，但他的不在場證明比黑手黨老大還要強。那時候他帶著女人在公開場合出沒，幾百萬人見到他，他還有餐廳的信用卡簽單，天啊。」他把手中的酒一飲而盡，「我想這事是他設計的。」

「僱那兩人殺她？」

「之類的。」

「那兩個不是職業殺手，對吧？」

「屁啊，那兩個當然不是。克魯茲、海利拉不過是日落公園複合企業的基層員工。謀殺是種專業。」

「你覺得這兩人是他僱的？」

他走過來，從我手上接過瓶子，杯子倒了半滿。「他設計害他們的。」他說。

他搖搖頭，對這個問題很不耐煩。「我真希望我是第一個偵訊他們的人。」他說：「六十八分局的人手持竊盜案的搜索令，既沒掌握介入的時機，也不知道贓物是哪裡來的。等我試圖接手，他們已經跟公關部門回報了。」

「怎麼弄的？」

「錯失時機，他們就開始撒賴了。『這些東西是我在街上買的。』你知道這套伎倆。」

「那又怎麼樣？」

「當然。」

「他們連屋裡死了個女人都不知道。真是一團狗屎。他們先編個故事，再來修正，或是絕口不提。他們怎麼會不知道？報紙跟電視都有報。所以最後的版本就變成：他們倆翻箱倒櫃的時候，根本不知道屋裡有個婦人，最棒的是：他們只在一樓，根本沒上二樓。這倒妙了，因為他們的指紋在臥室的鏡子、梳妝檯上跟其他兩個地方都找得到。」

「你說你在二樓臥室找到他們指紋？我倒不知道。」

「也許我不該告訴你，不過，我想沒差吧。沒錯，我們找到指紋。」

「誰的？海利拉還是克魯茲的？」

「問這幹嘛？」

「因為我覺得人是克魯茲殺的。」

「為什麼是他？」

「他有前科，有藏械的紀錄。」

「彈簧刀。不過他不是用這種刀對付那個女人的。」

「哦？」

「殺死那個女人的凶器是一把六吋長、兩吋寬的東西。不曉得是什麼，聽起來像是菜刀。」

「你們沒找到凶器。」

「沒。她廚房裡什麼刀都有，刀具有好幾套。如果你在家裡住了二十年，大概也會有一大堆刀。狄樂瑞說不上來少了哪一把。化驗室的人把刀全部拿去化驗，在上面卻找不到血跡。」

「那你認為——」

「其中一個人從廚房裡挑了一把刀，殺了她，然後不知道扔到下水道、河裡或什麼鬼地方去了。」

「刀是從廚房裡拿出來的？」

「也可能是他們帶來的。克魯茲隨身會帶把彈簧刀，但他可能不想用自己的刀殺人。」

「你暗示他有預謀？」

「還能怎麼想？」

「我覺得這是一宗竊案，他們不知道她在家裡。」

「對啊，你當然這麼想，因為你在幫那個爛貨撇清關係。他帶把刀上樓，這是為什麼？」

「以防萬一有人在上面。」

「何必上樓？」

「他們在找錢，好多人習慣把現金放臥室裡。他打開門，發現她在裡面，她嚇壞了，他也嚇了一跳——」

「然後就殺了她？」

「為什麼不呢？」

「狗屁！這話說得好聽，馬修。」他把酒杯放回咖啡桌上，「只要再偵訊一次，我包他們乖乖招供。」

「事實上，他們已經說了很多話。」

「我知道。你知道教新人最重要的一點是什麼？如何宣讀『米蘭達-埃斯可貝多』（譯註：Miranda-Escobedo，美國重要的判例，確認嫌犯在未獲律師協助下，警方必須提示嫌犯有權保持沉默，非法取得的證詞，不能在審判時提為證據）。輕描淡寫的帶一遍就好，不要刻意強化，『你有權保持沉默。但我要你告訴我，到底發生了什麼事情。』再偵訊一次，他們就會明白要把狄樂瑞扯出來，強調是狄樂瑞僱用他們殺人。」

「那不是要他們承認殺人？」

「我知道。每一次偵訊，他們就多承認一點。但只要他們的法律顧問到場，幹，咱們愜意的對話就沒了。」

「你為什麼認定狄樂瑞在幕後唆使？就因為他在外面亂搞？」

「每個人都在外面亂搞。」

「那不就對了？」

「那些會殺老婆的人，是不在外面亂搞，但心裡想要在外面亂搞的那種；或是跟年輕貌美的妹妹結識，想要娶了她，跟她廝守終生。他真正愛的其實是自己。醫生就總是殺老婆——」

「然後呢——」

「有上萬個動機，馬修。他欠了一屁股債，更何況，她已經準備好要甩掉他了。」

「誰？他女朋友？」

「他太太。」

「這我倒沒聽說。」

「你要聽誰說？湯米嗎？她跟隔壁的婦人提過，也跟律師談過。她嬸嬸死後，情勢有了變化。她繼承一大筆產業，這是一回事，更重要的是跟她作伴的老婦人不在了。我們發現很多動機，我的朋友。如果單憑動機就可以吊死湯米的話，我們早就去買繩子了。」

∞

傑克．戴柏德說：「他是你的朋友，對不對？所以你才決定下海？」

剛近傍晚，我們離開狄樂瑞家。我記得那時天空還很亮，不過，在七月就算是入夜，天也亮亮的。我們關掉燈，把野火雞放回去。戴柏德開玩笑說，我應該把瓶子跟玻璃杯上的指紋抹去。

我們坐上他那輛滿是銹斑的福特車，離開現場。他在維拉扎諾橋附近找了一家豪華的牛排海鮮餐廳。餐廳裡的人認識他，我猜根本不用付錢。大部分的警察都知道幾家可以白吃的餐廳。有些人會不舒服，但我不知道有什麼好不舒服的。

那餐飯很棒——鮮蝦杯、沙朗條、熱熱的全麥麵包，還有烤馬鈴薯。「以前我們成長的時候，」戴柏德說，「吃這些東西，叫做犒勞自己，根本沒聽說過什麼叫膽固醇。現在整天聽到這個字眼。」

「我知道。」

「我有個搭檔，葛瑞．歐貝農，聽說過沒？」

「好像不認識。」

「他就是迷信健康生活的那種人，從戒菸開始。我不抽菸，也沒什麼好戒的。他戒菸之後，變化一件接一件來了——他改變飲食，瘦了好多，接著開始慢跑，看起來很慘，氣色糟透了，真是何苦來哉，但他卻樂此不疲，喜歡新的自己。戒酒了，要不就一杯啤酒打死，要不先來一杯，接著喝氣泡礦泉水。法國牌子，叫沛綠雅是吧？」

「好像。」

「突然流行起來，不就是氣泡礦泉水？賣得比啤酒貴。接下來的事，你想想，想明白了，哪天解釋給我聽——他自殺了。」

「歐貝農？」

「是啊，我不是說減肥成功、喝礦泉水跟自殺之間有什麼關聯。你過什麼日子，就見識什麼事情，我告訴你，警察吞槍自殺，這需要什麼解釋？你知道我的意思？」

「我知道你的意思。」

他看著我。「是啊，」他說，「你當然知道。」話題轉別的地方去了。過了一會兒，一盤熱騰騰、加了巧達起士的蘋果派放在我們面前，侍者替我們倒了兩杯咖啡。

他又談起湯米．狄樂瑞，認定他是我朋友。

「也算得上是朋友，」我說：「我常在酒吧碰到他。」

「對，她就住在你家附近，是不是？他的小三，我忘記她名字了。」

「凱若琳．曲珊。」

「如果她是湯米唯一的不在場證明就好了。不過，就算他從她公寓溜出去幾個小時好了，他太太在搶案發生的時候，又在幹什麼呢？等著湯米回家殺她？咱們把話說得絕點，比如說，那兩個人在臥室翻箱倒櫃、指紋弄得到處都是的時候，她躲在床底下。他們離開，她會跑出來報警，對吧？」

「他不可能殺她的。」

「我知道，只是我腦子想破了也不明白。你怎麼會喜歡他？」

「他不是壞人。而且我也收了他的錢，傑克。我在幫他的忙，順便賺點錢。不過我在虛耗我的時間、浪費他的錢，因為他的罪名根本不會成立。」

「不會。」

「你不會立案，對吧？」

「差得遠呢。」他嚥下一塊蘋果派，喝了一口咖啡，「我很高興，你賺到錢了。不是因為我喜歡見到有人發筆小財，而是我不想見到你磨爆鳥蛋，兩手空空。」

「我不會磨爆什麼。」

「你知道我在說什麼。」

「我是不是錯過什麼？」

「呃？」

「他到底做了什麼？偷了你們警察棒球聯盟的棒球嗎？你幹嘛這麼痛恨他？」

他在沉思，下巴動了幾下，眉頭皺了起來。

「好吧，這麼說好了。」他慢吞吞說，「他是個騙子。」

「他靠電話賣有價證券，當然是騙子。」

「不只如此。我不知道要怎麼跟你解釋，才講得通。靠，你以前也是警察，我知道你有這種感覺。」

「當然。」

「我對這傢伙就有這種感覺。那個人就是怪怪的，他太太死得很古怪。」

「我告訴你問題出在哪裡。」我說：「他很高興見到太太死掉，卻得假裝哀傷。他終於解脫了，很開心，可是得裝做孝子的婊子樣，這才讓你起了疑心。」

「也許這是部分原因。」

「我覺得這是全部原因。你覺得他有罪，沒錯，他真的有罪惡感。他高興他太太死了，但同時，這是一個跟他生活不知道多少年的女人。有一部分的他忙著當丈夫，另外一部分的他，背著老婆在外面鬼混——」

「好了，好了，我明白了。」

「是嗎？」

「我覺得沒那麼簡單。」

「為什麼沒那麼簡單？也許他故意設計讓克魯茲跟那個叫什麼的——」

「賀南德茲。」

「不是，不是賀南德茲。叫什麼名字來著？」

「安吉爾。天使的眼睛（譯註：安吉爾的英文，也有天使的意思。天使的眼睛常被用來形容淺藍色的眼珠）。」

「海利拉。也許是他設計那兩個人進去他家，也許他心裡希望小偷跟他太太發生衝突。」

「繼續。」

「不過這機緣要很湊巧才行，是不是？我想他是希望自己的太太意外被害，結果夢想成真，才感到不安。你是揪住這種罪惡感不放，才會覺得人是他殺的。」

「不對。」

「你確定？」

「我他媽的什麼也不確定。你知道嗎，我很高興你拿到錢，希望你狠狠的敲他一筆。」

「沒那麼多。」

「那就盡量獅子大開口吧。至少讓他破財消災，這是他唯一要付出的代價，儘管他根本不用花這筆錢。我們是動不了他的。就算那兩個傢伙突然翻供，承認人是他們殺的，而且說是湯米在幕後策畫，還是很難把他關進監獄。更何況那兩個傢伙不會改口，就算他們受僱殺人好了，難道會簽個合同嗎？我知道不是他們。克魯茲是個卑劣的小混混，海利拉不過是個傻子——哎，他媽的。」

「怎麼了？」

「我就是沒法見到他逍遙法外。」

「可是他沒殺人啊，傑克。」

「他明明在搞鬼，卻沒事。」他說：「我最恨看到這種事了。你知道我希望什麼？我希望他能闖個紅燈什麼的，開著那輛像船一樣的車子。什麼車？他開別克？」

「好像吧。」

「我希望他能闖個紅燈，讓我揪住他，這就是我的希望。」

「這陣子布魯克林刑事組也幹這種事情？取締交通違規？」

「我希望有這麼一天。」他說：「就這麼簡單。」

12

戴柏德堅持要送我回家。我說我可以搭地鐵，他叫我別開玩笑了。時近午夜，而我的狀況根本沒法搭乘大眾運輸工具。

「你會昏倒的，」他說：「那些混混連你的鞋子都不會放過。」

他說得沒錯。在回曼哈頓的路上，我就已經睡過去了，直到他把車子停在五十七街跟第九大道的轉角處。我謝謝他送我回家，還問他在回家前要不要再來一杯？

「嘿，夠了就是夠了。」他說：「我不像以前能喝一整夜了。」

「你說得沒錯。我也不能熬夜了。」我說。

我說謊。看著他的車開走之後，我朝旅館走去，但轉了個彎，來到阿姆斯壯酒吧。裡面幾乎是空的，我走進去，比利朝我揮揮手。

我走到吧台。她就在吧台的末端，孤伶伶，目光低垂，癡癡的看著眼前吧台上的玻璃杯。凱若琳・曲珊。在我離開她家之後，直到現在才又相遇。

就在我暗地思考，要不要挨過去講幾句話的同時，她一抬眼，剛好撞上我的目光。

她的臉上凝著一層頑固的創傷，眨了一兩下眼睛才認出我來，臉頰的肌肉有些抽動，淚珠在眼角成形，被她用手背抹了去。她剛才哭過，在吧台上有一團揉縐的衛生紙，黑黑的，帶著睫毛膏的痕跡。

「喝波本的朋友。」她說：「比利，這人是個紳士。請你給我的紳士朋友一杯波本如何？」

比利瞧著我。我點了點頭。他給我一點波本跟一大杯黑咖啡。

「我叫你紳士朋友，」凱若琳．曲珊說，「無意間，有了弦外之音。」她每個字都講得很用力，喝醉之後，刻意謹慎，「你是個紳士，也是個朋友，但不是紳士朋友。我的紳士朋友，換個角度說，既不是紳士，也不是朋友。」

我喝了一點波本，把剩下的倒進咖啡。

「比利！」她說，「你知道為什麼史卡德先生夠格被稱為紳士嗎？」

「他有帽子在場的時候，始終會脫下女性。」

「因為他喝波本。」她說。

「喝波本就能使一個人變成紳士嗎？凱若琳？」

「喝波本的不像喝威士忌的那麼假惺惺，那麼像婊子養的。」

她的聲音並不大，但是尖刻冷誚，足以讓全酒吧的人都靜下來。酒吧裡只有三四桌客人，這一瞬間，全部愣住，沒說話。在這一會兒，酒吧的音樂聽得格外清楚。是少數幾首我聽得出來的曲子。《布蘭登堡協奏曲》。酒吧經常放這首曲子，連我都知道。

比利搭腔了，「假設有人喝愛爾蘭威士忌，凱若琳，那他會是什麼？」

「是愛爾蘭人啊。」她說。

「有道理。」

「我喝波本。」她把杯子往前推了好長一段距離。「媽的，我是淑女啊。」

他看了看她，接著看了看我。我點了點頭，比利聳了聳肩，替她倒了杯酒。

「算我的。」我說。

「謝謝你。」她說，「謝謝你，馬修。」淚水又開始凝結，她從包包裡抽了張面紙。

她想跟我談湯米。他仍然對她非常好，她說。會打電話，也常常送花。如果她在辦公室裡大吵大鬧，情況可能更糟。他可能是需要她在法庭上證明，他老婆被殺的那天晚上，他在哪裡，所以，目前必須要安撫她。

他不能見她，是因為這樣不對。不是因為他的老婆剛死，也不是因為他被懷疑是害死老婆的同謀。

「他送的花裡，沒有卡片。」她說：「他打公用電話。混蛋！」

「也許是花店忘了附上卡片。」

「馬修，別替他找藉口了。」

「他在旅館裡，當然得打公用電話。」

「他不能在房間裡打嗎？這等於是說，他不想讓這通電話經過旅館的接線機房，免得有人偷聽。花裡沒有卡片，是因為他不想留下筆跡。他前天到我公寓，但不讓人見到他跟我在一起，不能跟我一起出去，偽君子，喝威士忌的爛貨。」

比利把我拉到一邊去。「我沒法趕她回家，」他說，「好好的一個女人，喝成這副德性。迫不得已，你能送她回家嗎？」

「當然。」

但我還是讓她又買了一輪酒。實在拗不過她。然後我把她拖出酒吧，一路散步到她的樓下。快要下雨了，你可以在空氣中聞到。我們走出阿姆斯壯酒吧的空調，走進預告大雨即將降臨的溽暑悶熱中。她的精神好像因此又去了幾分。我們散步的時候，她抓緊我的手臂，就像人在絕望中，老想抓緊些什麼。走進電梯，她委頓的抱膝坐下，背靠電梯上。

「天啊。」她說。

我從她那裡取來鑰匙，把門打開，再把她扶了進去。她在沙發上半坐半蜷著，眼睛睜得開開的，但我不知道她看見了什麼。我上了一趟洗手間，回來的時候，她的眼睛已經閉上，發出輕輕的鼾聲。

我把她鞋子脫掉，扶到椅子上，費了好大的勁，打開沙發床，把她放在床上。我想我應該幫她鬆開釦子，結果卻把她的衣服全部脫掉了。在這個過程中，她始終沒醒過來。我記得有個殯儀館的化妝助理告訴過我，替死人穿脫衣服有多難。想到這一幕，我的胃一陣翻攪。我想我快要吐了，於是我坐了回去，讓胃安靜下來。

我在她身上蓋了條薄毯，又坐了回去。我還想做點什麼事情，卻想不出來。我想著想著，可能打了會兒盹。頂多幾分鐘，足夠讓我做完一個夢。我張開眼睛，把夢甩在腦後。

我走了出去。她的門上有道彈簧鎖，還附有一個門栓，增加安全。但我只是關上門，讓門鎖自動扣上，我想這樣應該就夠了。我坐電梯下樓，出了公寓。

雨好像下不下來。在第九大道的角落，有個慢跑的人從我身邊掠過，死命的朝街道冷清的上城跑去。他的灰色T恤滿是汗水，臉上已顯疲態。我想到戴柏德的老搭檔歐貝農，在轟掉自己的腦袋前，也是想保持自己的身材。

然後我想起我要在凱若琳的公寓裡面做什麼。我原本計畫把湯米給她的槍拿走。如果她再繼續這樣喝，再像今天這樣情緒低落，最好別在床頭櫃裡放把槍。

但門已經上鎖。她喝到不省人事，不可能醒來自殺。

過了街。阿姆斯壯酒吧的鐵門幾乎已經拉到底。酒吧前面的白燈泡全部關掉，裡面還隱隱透著光。我走到門邊，看見椅子都已經放在桌上，等著那個多明尼加的小廝明天進來打掃。剛開始我沒見到比利，稍後才發現他坐在吧台後方的高腳椅上。門鎖上了，見到是我，他開門讓我進來。

我一進去，比利鎖上門，引著我走到吧台，鑽了進去，我還沒開口，就給我倒了一杯波本。我輕輕握住那酒杯，但沒拿起來。

「咖啡沒了。」他說。

「沒關係，我也不想喝了。」

「她還好嗎？凱若琳。」

「她明天會頭痛得要命。」

「好像我認識的每個人，第二天都會宿醉。」他說，「連我明天都說不定會頭痛。等會兒可能會吐得跟外面要下的大雨一樣。明天我只好窩在家裡，吃上一整天的阿斯匹靈。」

外面有人敲門。比利對他搖了搖頭，打發他走。那人還不死心，又敲門，這回比利不理他了。

「沒看到這地方已經打烊了嗎？」他抱怨說，「把你的錢收起來，馬修！我們打烊了，收銀機鎖上了，現在是私人聚會。」他把他的杯子放在亮處端詳，「顏色真漂亮。」他說：「凱若琳的心裡很苦。喝波本的人是紳士，喝威士忌的人是——她說喝威士忌的人是什麼來著？」

「我想是假惺惺的偽君子吧。」

「所以我給她傾吐的機會，是不是？喝愛爾蘭威士忌的是什麼人？愛爾蘭人。」

「是啊，是你問的。」

「還有什麼別的酒，能這麼舒服的把人養成醉鬼？我要醉，就一定要找個最過癮的辦法。天啊，馬修，現在是一天最棒的時刻。你當然可以去摩里西。但這裡是你的私人逾時酒吧。黑漆漆、空蕩蕩的，音樂關了，椅子疊在桌子上，只有一兩個朋友作伴，把整個世界鎖在外面。好棒，呃？」

「是不壞。」

「只不壞而已？」

他又為我加了點酒，我不知道什麼時候把酒喝掉了。我說：「你知道嗎？我的麻煩就是我不能回家。」

「湯瑪斯．伍爾夫（譯註：Thomas Wolfe，美國著名的小說家，代表作是《天使望鄉》）不是說嗎？『你不能夠再回家了』，這是所有人的困擾。」

「不，我是說真的。我的腳會把我帶到酒吧。我在布魯克林混了一天，很晚才回家，累得要命，喝得爛醉。我開始朝旅館前進，沒想到一個轉身，又回到這裡。我好不容易把凱若琳安頓好，差點在她椅子上睡著了，卻硬把自己拖出來。但我沒像正常人一樣，回家倒頭大睡，反而像信鴿一樣，不由自主跑到這個地方來。」

「你是燕子，這裡是卡皮史特拉諾（譯註：Capistrano，加州地名。貓王有一首歌，〈當燕子飛回卡皮史特拉諾〉）。」

「我是什麼？我自己也不知道我到底是什麼。」

「狗屁。你是人，是個男人，是個在神聖的地下酒店關門之後，不想一個人在家的可憐鬼。」

「什麼？」我不禁失笑，「你說這是什麼地方？什麼神聖的地下酒店？」

「你不知道那首歌嗎？」

「什麼歌？」

「凡．朗克的歌啊。『我們又過了一夜——』」他戛然而止，「嘿，我唱得不好，調子抓不準。〈最後的點酒〉，戴夫．凡．朗克（譯註：Dave Van Ronk，美國民謠歌手。他這首〈最後的點酒〉（Last Call）據說是在與知名歌手李歐納．柯恩、強尼．米契徹夜喝酒後，發現一張紙上寫著這首歌的歌詞，但無人承認的情況下，朗克只好假設這歌是他寫的）的歌啊，你沒聽過嗎？」

「我不知道你在說什麼。」

「拜託，老天爺，」他說：「你一定要聽那首歌，我求求你去聽好不好？我們最近常在聊這首歌，紅得跟國歌沒兩樣。來吧。」

「去幹什麼？」

「跟我來就是了。」他放了一個彼得蒙特航空旅行袋在吧台上，在櫃子裡摸了老半天，找出兩瓶還沒開的酒，一瓶是他最喜歡的十二年尊美醇愛爾蘭威士忌跟一瓶傑克．丹尼爾波本。「可以吧？」他問我。

「可以什麼？」

「可以澆在頭上殺頭蝨啊。我是問你喝這個可不可以？我知道你常喝佛瑞斯特，但是，我找不到沒開瓶的。法律規定，不准攜帶開過瓶的酒上街。」

「有嗎？」

「應該有吧。我從不偷開過瓶的酒。可不可以回答我一個簡單的問題？傑克．布萊克行不行？」

「當然可以，只是我們到底要到哪裡去？」

「我家。」他說：「你一定要聽這張唱片。」

∞

「酒保喝酒免費，」他說：「在家裡也一樣，算是附加福利。有的人有老人年金跟牙齒保險。我們酒吧裡的酒，隨便偷。你會愛死這首歌的，馬修。」

我們到了他住的地方。那是一間L型的工作室，地上是拼花地板，還有個火爐。他住在二十二樓，窗戶朝南。景觀不錯，可以看到帝國大廈，再遠一點的右邊，就是世界貿易中心。

他家幾乎沒有什麼裝飾。一張雲母板床、一個鑲在牆壁裡的衣櫥，房子中間有張沙發跟一把躺椅。角落的書架上滿滿都是書跟唱片。音箱也是東一個、西一個，主機就放在一個翻過來的牛奶箱上。

「我把那張唱片放哪裡了？」比利喃喃唸道。

我走到窗戶邊，俯視這個城市。我手腕上有只錶，但刻意不去看它，我根本不想知道現在幾點。我想應該四點左右。還是沒下雨。

「這兒，」他手上拿著一張唱片。「戴夫．凡．朗克。聽過吧？」

「從來沒聽過。」

「名字像荷蘭人，模樣像愛爾蘭人，可是他那種藍調的唱法又像是黑鬼。他會彈吉他，不過在這張唱片裡，他什麼都沒有彈。〈最後的點酒〉，戶外演唱。」

「放吧。」

「不是戶外演唱，我忘記那句話是怎麼說的了。你在唱歌的時候沒有伴奏，那叫做什麼？」

「有什麼差別？」

「我怎麼會忘記這種事？我的腦子跟篩子一樣。你會喜歡這首歌的。」

「總得讓我聽一遍吧。」

「阿卡貝拉〔譯註：a cappella，無樂器伴奏，純人聲音樂〕。就叫阿卡貝拉吧。只要我不刻意去想，答案就會跳進腦海。禪宗記憶法。我把愛爾蘭威士忌放哪兒去了？」

「就在你後面。」

「謝了。你那瓶丹尼爾還可以吧？哦，你已經拿在手裡了。好吧，聽仔細啦。嗚，放錯首了。唱片的最後一首，聽完這首，後面就沒了。開始啦。」

於是，我們又過了一夜，
詩與不同姿態的一夜。
每個人都知道他終會孤寂，
在神聖的酒店關門之後。

旋律有幾分愛爾蘭民歌的味道。歌手清唱，沒有樂器伴奏。他的聲音粗豪，卻有一種古怪的溫柔。

「現在聽這一段。」比利說。

於是我們乾掉這最後一杯，
敬每個人的歡喜與哀愁，
但願這杯酒的勁道，
能撐到明天酒店開門。

「天啊。」比利說。

我們踉蹌走回酒店，
像一群麻木不仁的舞者，
每個人都知道他必須問什麼，
每個人也都知道答案會是什麼。

我一手拿著酒，一手拿個酒杯。我把酒倒在杯裡。「仔細聽這一段。」比利提醒我。

所以我們乾掉這最後一杯，
利刃般把腦子割成碎片，
答案並不重要，
因為無人提問。

比利不曉得說了什麼，我充耳不聞，腦裡只有那首歌。

我那天心碎不已，
但明天自然修補完好，
如果帶著醉意出生，

我或許會忘掉所有悲傷。

「再放一遍。」我說。

「等等，還沒完呢。」

所以我們乾掉這最後一杯，

有句話不曾道破：

誰有一顆聰明剔透的心，

就會曉得何時應該心碎。

他說：「如何？」

「我還想再聽一遍。」

「『再彈一遍，山姆。你可以為她彈一遍，也可以為我彈一遍。如果她能忍受，我也能。』（譯註：這是電影《北非諜影》裡的台詞）這段棒不棒？」

「再放一遍，拜託。」

結果我們又聽了兩遍。之後，他把唱片放進套子裡，還問我明不明白為什麼要把我拖到他家來聽這首歌。我只點點頭。

「喂，」他說：「歡迎你睡在這裡。沙發看起來不怎麼樣，躺起來卻很舒服。」

「我可以自己回家。」

「我不大相信你。外面下雨了沒？」他朝窗戶外望了望，「沒有，但是隨時會下。」

「我可以冒這個險。我喜歡在我自己的地方醒來。」

「我必須要尊重這麼深謀遠慮的人。你上街真的沒問題吧？當然，你其實還好。來，我幫你準備個紙袋子，把那瓶丹尼爾帶回家吧。要不，用這個航空袋也成，人家會以為你是飛行員。」

「不，你留著吧，比利。」

「我要這瓶酒幹嘛？我又不喝波本。」

「我喝夠了。」

「你可能想在臨睡前喝一杯。你可能早上起來想喝一杯。這邊有個紙袋，拜託你。你什麼時候變得那麼講究品味，連剩下的東西都不肯帶啦？」

「有人告訴我，帶開過瓶的酒上街是違法的。」

「別擔心。首犯，有很高的機率可以假釋。嘿，馬修，謝謝你來我家玩。」

回家的路上，我心頭蕩漾著那首歌的旋律跟片片段段的歌詞。「如果帶著醉意出生，或許我會忘掉所有悲傷。」天啊。

我回到旅館，直接衝上房間，沒問櫃檯有沒有我的留言。我脫掉衣服，甩在椅子上，就著瓶口喝了一口酒，上床睡覺。

在似睡非睡之間，雨，開始下了。

13

整個週末都下雨。星期五近中午時，我張開了眼睛，雨水正在敲打窗子，不過，吵醒我的應該是那通電話。我坐在床沿。決定不接，它又響了幾聲才放棄。

頭痛得要命，胃好像被人狠狠搥了一拳。我又躺了回去，覺得屋子開始轉動的時候，倏地坐起。我跑進浴室，打開水龍頭，接了半杯水，灌下兩顆阿斯匹靈，我的頭腦跟胃腸才逐漸恢復正常。

我想起比利給我的那瓶酒。找了老半天，終於在航空袋裡找到它。我不記得昨天我喝過最後一口之後，把它又放回袋子裡去了。有很多事我都不記得。從比利公寓走回旅館，這一路上發生的事，腦裡一片空白。我不在意這種短暫的記憶喪失。你長途開車的時候，路上每個招牌、高速公路上的里程告示，難道你都記得？何必把生命中的每一分每一秒都記得清清楚楚？

瓶子裡的酒有三分之一不見了，這讓我很訝異。我只記得在聽唱片的時候，我跟比利乾了一杯；關燈前，我喝了一口。我現在並不想喝，但有的時候是你想喝，有的時候是你需要喝，現在的情況是後者。我倒了點酒到漱口杯裡。酒嚥進喉嚨裡的時候，不禁抖了抖。這杯無濟於事，但多少有點幫助，等下一杯來接力。如果我再倒半杯水，吃兩顆阿斯匹靈，或許這酒會更安分一點。

如果我帶著醉意出生……

我留在房間裡。天氣給了我很好的理由，但我其實不需要藉口。我知道我宿醉得很厲害，不能輕忽。要不是我還記得自己昨天實在喝太多了，像這樣的不舒服，我早就去醫院報到了。於是，我決定好好休息，把自己當做病人。事後回想起來，我那個決定好像不只隱喻而已。

下午，電話鈴又響了。我可以請接線生，不要把電話接進來，但我連跟他們講這幾句話都不想。隨鈴聲自生自滅還容易些。

接近傍晚的時候，電話鈴第三度響起，這一次我接了。史吉普．戴佛。

「我一直在找你。」他說，「你待會兒會過來吧？」

「我現在不想出去。」

「是啊，又開始下雨了。停了一會兒，現在又滴滴答答的。氣象報告說還有得下呢。我們昨天下午見過那幾個傢伙了。」

「已經見過了？」

「不是那些戴著黑帽子的壞蛋，是律師跟會計師。我們的會計師還帶了一支叫『猶太左輪』的傢伙。你知道那是什麼吧？」

「自來水筆。」

「你聽說過？反正他們告訴我們一堆我們早就知道的事，棒斃了。講了半天廢話建議，還說要寄帳單給我們。我們還得付錢。」

「你不早就知道了？」

「是啊，但我高不高興是另外一回事。我又跟那個人講過話了，『電話聲音先生』。我跟電話湯米說，我們得用週末的時間來籌錢。」

「你告訴狄樂瑞啦？」

「狄樂瑞？你在胡說些什麼？」

「你說——」

「哦，對了。我一時之間沒想到。不，不是狄樂瑞。我是說電話湯米。我應該說泰迪，或者T字開頭的名字。但我現在想不到，告訴我一個T字開頭的名字好嗎？」

「一定要嗎？」

電話兩端都沉默了一會兒。「你好像沒什麼精神。」他說。

「奇根把我拉到他家，聽唱片聽到天亮。」我說：「現在還沒百分之百清醒過來。」

「他媽的奇根。」他說：「我們喝酒還算節制，就只有他像玩命似的。」

「他有時是有點過分。」

「是啊。聽清楚啦，我不想打擾你，但我想知道的是：星期一整天你可不可以留給我們？白天跟晚上。因為我想我們會用這段時間處理那檔事。如果，非做不可，希望愈快結束愈好。」

「你到底要我幹什麼？」

「我們先商量一下，再幫我們擺平它，好嗎？」

我星期一到底要幹什麼？我不是還在為湯米，狄樂瑞幹活。但那個案子我根本不急。我跟傑克·戴柏德談過之後，證實了我的假設——我在浪費我的時間、糟蹋狄樂瑞的錢。警方根本沒打算鎖定他成案，也不大可能繼續找他麻煩。凱若琳·曲珊對他的批評，使得我完全不同情湯米，拿了他的錢，沒幹什麼事，也沒什麼好慚愧的。

下次再跟杜·卡普倫回報的時候，我有兩件事可以跟他講。這幾天還挖到不少細節，不用在日落公園附近的酒吧跟雜貨店裡花太多時間。

我告訴史吉普星期一我整天沒事。

∞

那天稍晚，我打電話到對街的酒店，點了兩夸脫的早年時光，還請他們派個小弟到附近的熟食店，幫我買半打麥酒和兩份三明治。店裡的人知道我出手素來大方，會讓小弟覺得他的額外服務很值得，我也沒讓他失望。這種服務對我很划算。

我先喝杯烈酒輕鬆一下，接著喝乾一罐麥酒，吃了半份三明治。我洗了個熱水澡，果然使得胃口大開。我又吃了半份三明治，喝了一罐麥酒。

我小睡片刻，待我醒來，我打開電視，看了一部亨佛萊·鮑嘉跟艾達·露畢諾的電影。我想叫

《狂徒末路》吧。我沒怎麼仔細看那部電影，只想有個伴。我不時走到窗邊，察看戶外的雨勢。我吃了剩下的三明治，喝了一點麥酒，還用波本潤了潤喉。電影結束，我關掉電視，吞了兩顆阿斯匹靈，上床睡覺。

∞

星期六，我的活動能力強多了。我需要喝一杯醒腦。我小飲一杯，這杯酒下肚之後，安分得多。我淋浴之後，幹掉最後一罐麥酒，跑到樓下，去火焰餐廳吃早飯。我剩下半個蛋，但是把馬鈴薯跟雙份的燕麥吐司吃個精光，還喝了好幾杯咖啡。我試著看看報紙，卻不大知道報上在說什麼。

吃完早餐之後，我踱進麥高文酒吧小酌一杯。然後我走到街角，坐進聖保羅，輕輕鬆鬆的呆坐半小時。

之後，我回到旅館。

我在房間裡看棒球，接著是「瘋狂體育世界」裡的拳擊，世界腕力冠軍大賽跟幾個女人表演單板滑水。我知道這種表演難度很高，但卻沒什麼好看的。我關掉電視，離開房間，到阿姆斯壯酒吧遛了遛，跟人聊了兩句，轉去喬易．法羅點了一碗三級警戒辣醬跟兩瓶墨西哥啤酒。

回旅館之前，我還喝了一杯摻了白蘭地的咖啡。我房間裡有很多波本，足夠撐過這個星期天，但我還是買了幾瓶啤酒，因為啤酒喝完了，雜貨店在星期天中午以前不開門。沒有人知道為什麼。也許這是教堂的陰謀；也許他們希望信徒到教堂報到的時候，宿醉劇烈發作，把他們逼到極致；也許是因為飽受折磨的人，比較容易真心懺悔。

我抿了口酒，看電視上放的電影。我在電視機前睡著了，醒來的時候，一部戰爭片剛好演到一半。我沖了個澡，把臉刮一刮，穿著內衣把電影看完，喝了點波本跟啤酒，倒頭睡去。

再起來的時候已是星期天下午。外面依舊在下雨。

8

大約三點三十分的時候，電話鈴響了。我在它響第三聲的時候，拿起話筒說了聲喂。「馬修？」是女人的聲音，起初我以為是安妮塔。接著她說：「我前天跟你聯絡，但找不到你。」話裡帶著濃濃的南方口音。

「我想謝謝你。」她說。

「沒什麼好謝的，凱若琳。」

「我要謝謝你保持了君子風度。」她說，輕笑了兩聲，「喝波本的紳士。我記得我在這個話題上扯了不少。」

「如果我記得沒錯，你本來就很健談。」

「別的我也能談。我跟比利道歉，說我的言行很放蕩，他跟我保證，我沒那麼差勁，但酒保都是那麼說的，是不？我要謝謝你送我回家。」她停頓了一會兒，「呃，我們有沒有——」

「沒有。」

一聲歎息。「我很高興，因為我不想一點記憶也沒有。我希望我的言行沒有太失態，馬修。」

「你好得很。」

「我怎麼可能好得很呢？這點我還記得，馬修，我說了不少有關湯米的壞話。我一定說得很難聽，不過，我希望你知道那只是醉話。」

「不用你說我也知道。」

「他對我很好的，你知道的。他是好人。他會犯錯。他有長處，也有弱點。」

有一次，我為我的同事守靈的時候，聽過一個愛爾蘭女人講到死者縱酒的習慣，「當然啊，強人也有弱點。」她是這麼說的。

「他很關心我。」凱若琳說：「我以前說的話，你別放在心上。」

我告訴她，我從來不懷疑湯米關心她，也不確定她到底說了什麼、沒說什麼，那天晚上，我自己也喝多了。

8

星期天晚上，我信步走到小貓小姐酒吧去。天空下起毛毛雨，雨勢始終不大。

我先在阿姆斯壯酒吧待了一會兒。小貓小姐有一種星期天夜晚的氣氛。只有幾個常客跟附近的鄰居在店裡廝混，情緒跟「謝天謝地，今天是星期五」剛好相反。點唱機放了一首小女孩唱的歌，很高興得到一雙新的溜冰鞋。她老是在音符間游移，聲音始終沒落在該落的音階上。

我不認識那個酒保，我向他問起史吉普，他指了指後面的辦公室。

史吉普跟他的合夥人約翰·卡沙賓都在。卡沙賓的臉圓圓的，戴一副細邊圓框眼鏡，讓他的眼睛顯得格外深邃。我想他年紀跟史吉普差不多，或者非常接近，但是樣子年輕些，有點像故作老成的學生。他的左右手臂上都有刺青，但是他實在不像是會刺青的那種人。

其中一個刺青很常見，但也不免俗氣：一條蛇盤在一把匕首上，作勢欲撲，匕首的尖端滴著血。另外一個就簡潔多了，甚至還有點品味——在他的右腕上，刺出一條手鍊。「如果我的刺青在另外一隻手上，」他曾經說過，「至少還可以用錶把它遮住。」

我真的不知道他對刺青的看法。似乎很不屑，覺得年輕的時候不懂事，留下了這麼個印記，有時他好像真的因為身上有刺青而覺得不好意思；但有時我又覺得他好像很自豪。

我跟他不熟。我只知道他沒史吉普那麼張揚。他不喜歡在吧台晃來晃去，通常是值早班，會在上工之前處理點行銷的事務。他也不像史吉普那樣，酒喝個沒完。他喜歡啤酒，但不像史吉普那樣猛灌。

「馬修。」他指了指椅子，「很高興你能幫我們忙。」

「我盡力。」

「明天晚上，」史吉普說：「我們應該待在這個房間，八點整，這支電話會響。」

「然後？」

「我們會得到指示。我要先準備一輛車，這也是他的交代之一。」

「你有車嗎？」

「我有車。也沒什麼好準備的。」

「約翰有車嗎？」

「我可以把它開出車庫。」約翰說：「你覺得我們需要兩輛車？」

「我不知道。他叫你準備車子，大概也會叫你把錢準備好——」

「是啊，突然提到這件事，我還覺得奇怪。」

「——但是他卻沒交代要你開到哪裡去。」

「沒。」

我想了想，「我擔心的是——」

「這是陷阱。」

「沒錯。」

「我有相同的顧慮。有點像是步行點（譯註：walking point，越戰期間前哨巡邏多半靠步行，經常會引來越共的猛烈砲火），剛好被迎頭痛擊。付贖金已經夠冤的了，誰知道我們付了錢，換回來什麼？說不定還被挾持，在交付贖金的時候，被他們做了。」

「他們幹嘛這麼做？」

「我不知道。『死人又不會說話。』大家不都這麼說？」

「不能說他們一定不會，但人一死，事情就鬧大了。」我說。我很想集中心思，但老是閃神。

我問說能不能給我一杯啤酒。

「天啊，我都忘了待客之道。你要什麼？波本，加一杯咖啡？」

「我只想要杯啤酒。」

史吉普去拿啤酒。他人一走，他的合夥人說，「神經，實在很像演戲。你知道我的意思吧？偷帳本、電話勒贖。不像真的。」

「是啊。」

「談到錢，又不像開玩笑，只是我沒辦法連在一起。講到數目——」

史吉普給我拿來一瓶嘉士伯跟一個鐘型的杯子。我淺啜一口，皺著眉頭，擺出一副在思考的模樣。史吉普點了根菸，把整包菸遞給我，然後說，「不對，你怎麼會想要呢？你又不抽菸。」又把菸盒放回口袋。

我說：「他們應該不會挾持你，但是有件事不可不防。」

「怎麼說？」

「萬一他們根本沒有帳本怎麼辦？」

「當然在他們手上。帳本不見了，我還在電話裡聽到他的聲音。」

「這樣說吧，有人不見得有這帳本，但卻知道帳本不見了。他只是利用這個機會，敲你們一點錢。」

「一點錢？」約翰．卡沙賓說。

史吉普說：「帳本誰拿去了？聯邦調查局？你的意思是說，他們抄走了我們的帳本，準備起訴我們；可是同時我們卻把贖金交給兩手空空的騙子？」他站起來，繞著桌子走。「我真是愛死這整件事了！」他說：「我真他媽的愛死它了，真他媽的想跟它結婚、生孩子，天啊！」

「我是說有可能而已，咱們不可不防。」

「怎麼防？明天不就要攤牌了？」

「他再打電話來的時候，你叫他唸一頁帳本的內容。」

他瞪著我。「你是剛剛想到的嗎？剛剛？大家都別動！」卡沙賓問他要到哪裡去？

「再去拿兩瓶嘉士伯！」他說：「這啤酒能夠刺激靈感，他們應該用這個做廣告的！」

∞

他真的拿了兩瓶啤酒回來。他坐在桌沿上，腳一搖一晃，直接從褐色的瓶子裡把啤酒灌進嘴裡。卡沙賓坐在椅子上，剝啤酒瓶上的標籤。他不急著喝。我們開起作戰會議，草擬應變方案。

約翰跟史吉普都會去，我當然也不能缺席。

「我覺得應該叫波比來。」

「你說盧斯藍德嗎？」

「他是我最好的朋友，也知道前因後果。我不知道在緊要關頭，他能不能助一臂之力，但是誰有把握呢？我會帶傢伙。如果這是陷阱的話，他們一定會先開槍，我會被打得全身是洞。你想到可以叫誰來幫忙嗎？」

「是不必亂找人來蹚渾水。馬修，你有沒有想到要帶誰？」

卡沙賓搖了搖頭。「我第一個想到的是我弟弟，」他說，「但是這關沙克什麼事，是吧？」

「沒有。」

「我在想說不定比利．奇根可以。」史吉普說，「你覺得如何？」

「有他作伴是滿好玩的。」

「是啊，沒錯。但你仔細想想，這當口要人作伴幹什麼？我們要的是重砲轟擊跟空中支援。設定位置，朝著他們一輪迫擊砲猛轟。約翰，跟他說，你上次看的那個迫擊砲。」

「哦。」卡沙賓說。

「告訴他嘛。」

「就是我看到的。」

「看到不得了的東西。你聽他說。」

「我忘記那是什麼時候，大概是一個月前吧。我在我女朋友家。她住西城，八十幾街。我幫她遛狗。走出公寓，對角線走到另一頭，看到那邊有三個黑人。」

「所以他就轉身，想走回公寓。」史吉普插嘴說。

「沒有，其實他們根本沒瞧見我。」卡沙賓說，「他們身上穿著軍隊的工作服，其中一個戴著棒球帽，感覺起來像是軍人。」

「告訴他他們做了什麼。」

「我真的不相信看到這種事。」他說。他拿掉眼鏡，按了按鼻梁。「他們左右張望了一下，就算看到我，也一定覺得我沒什麼好擔心的——」

「還真他媽的不能以貌取人。」史吉普又插嘴了。

「——他們很快就組好迫擊砲，就好像以前組裝過幾千次一樣，其中一人放了一枚砲彈，砰的一聲打到哈德遜河。乾淨俐落。他們站在角落裡，面對大河，落點看得一清二楚。我跟他們一樣，都想知道怎麼了，他們還是沒注意到我，只看到他們點了點頭，把迫擊砲收了，打包，一起走了。」

「天啊。」我說。

「整件事一下子就結束了。」他說：「我從沒想過竟然會有這種事，但是一點也不誇張，的的確確有人在紐約市開迫擊砲。」

「開砲的聲音很大嗎？」

「沒有，根本沒什麼聲音。砲彈打出去的時候沒什麼聲音，掉在河裡的時候說不定有爆炸聲，只是我沒聽見而已。」

「可能是個空包彈。」史吉普說：「他們可能，你知道，想要測試擊發機制，看看彈道。」

「是啊，可是這是為什麼？」

「他媽的。」他說：「你哪知道這城市裡，什麼時候用得上迫擊砲？」他一仰頭，把瓶裡剩下的啤酒一口氣喝光，腳跟在桌子底下踢啊踢的，「我喝這東西，腦筋也不怎麼靈光。馬修，咱們來談談錢。」

我以為他是指贖金，原來他說的是我的酬金。我有點糊塗了，不知道怎麼開價，就說大家是朋友，不用客氣。

他說：「是嗎？你不就是靠這個過日子嗎？靠幫朋友的忙？」

「是啊，但——」

「你已經在幫我們的忙了。卡沙賓跟我可不知道該幹什麼。我沒說錯吧，約翰。」

「一點也沒錯。」

「如果波比來幫忙，我是不會給他錢的：如果奇根來，他也不是為了錢。但你是職業的，職業偵探就該得到酬勞。狄樂瑞不是付錢給你了嗎？」

「這有差別。」

「差別在哪裡？」

「你們是我的朋友。」

「難道他不是嗎？」

「這不一樣。事實上，我愈來愈不喜歡他。他是——」

「他是個爛貨。」史吉普說：「沒什麼好爭的，但我們跟他沒差別。」他打開抽屜，點了點錢，折成一疊，遞給我。「拿去。」他說：「二五，不夠的話跟我說。」

「我不知道。」我慢吞吞的說：「二十五塊是不太多，但是——」

「兩千五百塊啦，你這個白癡。」我們都笑了起來，「『二十五塊是不太多。』喂，約翰，我們乾脆僱個喜劇演員算了？說真的，馬修，這價錢還可以吧？」

「坦白說，這報酬是高了點。」

「你知道他們到底勒索我們多少錢嗎？」

我搖搖頭，「大家都盡量不提。」

「是啊。在絞刑犯的家裡，誰會提繩子，對不對？我們要付那狗娘養的五萬塊。」

「我的天啊！」我說。

「我們已經求好幾次了。」卡沙賓說。「祂有沒有可能是你的朋友呢？明天記得把祂帶來。今天晚上，就別驚動祂了。」

14

我想要早點休息。我回家上床，到了四點左右，我知道我睡不著了。我家裡的波本足夠讓我醉到不省人事。但我也不想。我不想帶著宿醉，去跟那些勒索的傢伙糾纏。

我起床，坐了會兒，卻坐不住。電視上沒什麼我想看的節目。我穿上衣服，決定出去走走，走到半路上，才發現我的腳不由自主的把我帶到摩里西酒吧。

摩里西的一個兄弟站在樓梯口，對著我燦爛一笑，放我進去。上了樓，他另外一個兄弟，坐在正對門的板凳上，右手藏在白色屠夫圍裙下，我猜想裡面藏了把槍。自從提姆．佩特告訴我他們兄弟懸賞緝凶之後，我沒再到過摩里西酒吧；但我聽說他們兄弟輪流值班，守護酒吧，一進門，面對的就是一把裝滿子彈的槍。至於是哪種武器，眾說紛紜，從左輪到自動手槍、短管獵槍，什麼都有。我是覺得在酒吧裡，一屋子自己的顧客，使用獵槍，不管有沒有鋸掉槍管，行徑都太過瘋狂。不過，也沒人敢擔保摩里西兄弟是正常人就是了。

我走進酒吧，張望了一下，提姆．佩特見到我，打招呼要我去找他。我朝他的方向走了幾步，又聽到史吉普．戴佛在叫我。他跟波比．盧斯藍德坐在染黑的玻璃窗邊。我舉起手掌，告訴他們，我等會兒再過去坐。波比的手放在嘴邊，一聲尖銳的警哨聲劃過整間酒吧，全屋立刻靜了下來。史吉普跟波比縱聲長笑，其他的酒客這才發現不是警察臨檢，幾個人罵了波比幾句，大夥兒又聊開了。我隨提姆．佩特走到後面，尋了一張空桌子，相對坐下。

「自從我們上次談話，就再也沒有見過你了。」他說：「有什麼新消息嗎？」

我跟他說我沒有打聽到什麼新消息。「我只是來這裡喝一杯酒而已。」我說。

「連傳言都沒有？」

「沒有，我到處亂逛，跟人閒談，如果有什麼蛛絲馬跡，我早就來跟你回報了。我想這可能是你們愛爾蘭人的家務事，提姆．佩特。」我說。

「愛爾蘭人的家務事。」

「政治糾紛。」我說。

「那我們早就該聽到風聲了。好說大話的人總是會漏出口風的。」他用手指順了順鬍子。「他們知道哪裡有錢。」他陷入沉思，「連北援捐款也不放過。」

「所以我才想——」

「如果是小清（譯註：Proddie，Irish Protestants，愛爾蘭清教徒的簡稱），或者其他政治黨派下的手，我們不至於一無所知。」他嘴角揚了一下，皮笑肉不笑，「我們的派系內鬥，也不是祕密。獨立運動，意見多得很。」

「這我知道。」

「如果這真是『愛爾蘭人的家務事』，」他刻意強調這個句子。「應該不只這個搶案。但截至目前，只有這麼一樁。」

「你只知道這麼一件。」

「這是。」他說：「說不定我只知道這麼一件。」

我走出去，加入史吉普、波比。波比穿一件袖子剪掉的運動T恤，脖子上掛了一條男孩夏令營裡編的吊繩，下面懸了個藍色的塑膠口哨。

「這個演員已經開始入戲了。」史吉普說，用大拇指指了指波比。

「哦？」

「有人叫我去試一個廣告。」波比說：「我演裁判，一群孩子簇擁著我，算是重要場景之一。」

「他們簇擁著你？」史吉普說：「你們到底在賣什麼？如果是除臭劑，我勸你最好換件衣服。」

「主題是兄弟情誼。」波比說。

「兄弟情誼？」

「黑人小鬼、白人小鬼、西班牙小鬼，進攻籃框之際，精誠團結。那種公益廣告啦，在喬・法蘭克林秀〔譯註：Joe Franklin Show，美國第一檔脫口秀節目〕的新聞片段中播。」

「你拿錢了嗎？」史吉普問。

「哦，媽的，當然啦。我想，經紀公司免費支援，電視台免費播放，但是戲裡的天才演員卻有錢拿。」

「天才演員？」史吉普說。

「天才演員就是我。」波比用法文說。

我叫了一杯酒。史吉普跟波比的酒還沒喝完。史吉普點了根菸，煙霧緩緩散入空氣之中。我的酒來了，我淺啜一口。

「我以為你今天會早點休息，」史吉普說。我說我睡不著。「因為明天？」

我搖了搖頭，「只是因為不夠累。翻來覆去。」

「我也是。嘿，演員，」他說：「你什麼時候要開拍？」

「應該是兩點鐘吧。」

「應該？」

「你也可以去啊，坐在那邊看。我兩點鐘應該在那裡。」

「你有時間幫我們的忙吧？」

「哦，沒問題。」他說：「那些臨時演員，他們要趕五點四十八分的車，回到史卡斯代爾。幾個老爹在酒吧車上混，隨後要拷問傑森跟崔西在學校裡表現怎樣。」

「傑森跟崔西在放暑假，白癡。」

「所以他們回家會看到孩子從夏令營寄回來的卡片。營地在緬因州，很舒服，輔導員把卡片寫好，他們只要簽名就行了。」

兩個星期之後，我的孩子也會去參加夏令營。他們曾經編一條吊繩給我，跟波比掛在脖子上那條差不多，我好像把它塞到抽屜裡，還是不知道什麼地方去了，或者把它忘在我們西歐榭區的家裡？如果我是好父親，我應該把吊繩掛在脖子上，套個哨子之類的。

史吉普告訴波比，他要回家睡個美容覺。

「我得看起來像個運動員。」波比說。

「如果我們不把你架出去，你只會變成一團爛泥。」他看了看他的菸，往酒杯裡一扔，「我可不希望你們照做，」他跟我說，「噁心死了。」

8

屋外的天空已經漸漸亮起。我們在街上慢慢走著，沒說什麼話。波比假裝運球，在我們前方穿梭，閃過想像中的防守球員，快步上籃搶分。史吉普看著我，聳聳肩。「我能怎麼說？」他說：「誰叫這傢伙是我朋友，你叫我能怎麼說？」

「你是在嫉妒。」波比說：「你的身高不錯，可是基本動作不行。一個高竿的小個子在球場絕對可以打到你連襪子（譯註：socks，既是襪子，也是痛擊的意思）都不剩。」

「我啜泣，是因為我沒有鞋子（譯註：波斯俗諺，後一句是直到我見到一個沒有腳的人）。」史吉普嚴肅的說，「直到我見到一個沒有襪子的人——那他媽的是什麼聲音？」

在我們北方半哩的地方，傳來一聲爆炸聲。

「卡沙賓說的迫擊砲？」波比說。

「你媽的是個逃兵，」史吉普說：「你哪知道迫擊砲（譯註：mortar，迫擊砲的前身是砲管短短的臼砲，所以它也指臼或者缽）飛出子宮套（譯註：pessary，史吉普真正想說的字是pestle，杵，跟臼剛好是一對）——我不是說子宮套，在藥房裡用的那個叫什麼？」

「你到底在胡說些什麼？」

「我在說棒槌。」史吉普說，「從一根磨杵，你想得出臼的樣子嗎？這不是迫擊砲的聲音。」

「你愛怎麼說都行。」

「聽起來像是工地在炸地基。」他說：「現在這麼早，鄰居一定會殺掉這個擾人清夢的冒失鬼。跟你說，我很高興雨終於停了。」

「是啊，這陣子雨是下夠了，對不對？」

「也需要下點雨才行。」他說，「大家不都這麼說嗎？一陣子不下雨，就會有人叫說，雨有多麼重要。不是說水庫就要乾了，就是說農人需要雨好長莊稼。」

「聽你們兩個談話真有意思。」波比說，「在這個單純的城市裡，很少聽到這麼有意義的廢話。」

「幹！」史吉普說。他點了支菸，卻開始咳嗽，好不容咳嗽停了，他又吸了一口，這次順利吐出煙霧。我想這就像在晨間喝酒，只要能順利嚥下第一杯，後面就沒事了。

「風雨過後，空氣特別好。」史吉普說：「我想它是被清過了。」

「被洗過了。」波比說。

「也許吧。」他張望了一下，「我還真不想說，」他說，「但今天應該會是美好的一天。」

15

八點過六分，史吉普桌上的電話鈴響。比利・奇根正在大談去年他在西愛爾蘭度假三週認識的女孩。句子講到一半，話突然停了。史吉普把手放在電話上，瞅著我，我伸手按住檔案櫃上電話。他先點了點頭，又快速的點了幾次，我們同時拿起電話。

他說：「喂？」

一個男子的聲音，「戴佛？」

「我是。」

「錢準備好了嗎？」

「準備好了。」

「拿支鉛筆把我的話記下來。你把你的車開到——」

「慢點。」史吉普說：「請先證明你說的東西在你手上。」

「這話什麼意思？」

「唸六月第一個禮拜的進出帳目給我們聽。六月，七五年六月。」

對方停了一會兒，聲音轉為冷峻。他說，「輪不到你發號施令。我們喊青蛙，你就照著跳。」

坐在椅子上的史吉普挺直腰桿，身體前傾。我朝他比了個手勢，阻止了他即將脫口而出的髒話。

我說，「我們要確定在跟正主子打交道。只要確定你手上有我們想要的東西，我們就會付錢。沒弄清楚這一點，就玩不下去了。」

「你不是戴佛。現在講話的人是誰？」

「我是戴佛先生的朋友。」

「你有名字嗎？朋友。」

「史卡德。」

「史卡德，是你希望我們唸帳目嗎？」

史吉普又跟他講了一遍他該唸什麼。

「等會兒再說吧。」那個人說，隨即掛了電話。

史吉普看著我，手裡還拿著聽筒。我把電話掛了。史吉普卻把聽筒在左手、右手拋來拋去，像是燙手山芋。我叫他把電話掛掉。

「他們為什麼掛了電話？」史吉普很想知道。

「也許他們要開個會。」我說。「或者去找帳本，好唸給你聽。」

「也許帳本根本不在他們手上。」

「應該在，否則他們會拚命想要拖延。」

「掛掉電話真是最好的拖延方法。」他點了一根菸，把整盒菸塞回口袋。他穿著一件綠色的工作襯衫，口袋上繡著亞文德士古汽車服務的黃色字樣。「為什麼要掛電話？」他的語氣有點暴躁。

「也許他以為我們在追蹤電話。」

「做得到嗎？」

「就算有警察跟電話公司幫忙，也得花不少工夫才成。」我說，「目前是不可能，只是他們未必知道。」

「懷疑我們在追蹤電話？」卡沙賓插嘴，「我們連加裝一個分機都搞了一下午。」

他們是在幾個小時前才開始裝分機的。先從牆裡把機盒取出來，掛上一支分機線，再接上從卡沙賓女朋友公寓裡借來的電話，好讓我跟史吉普能同時接聽。在史吉普跟約翰裝分機的時候，波比不斷在揣摩兄弟情誼廣告片中的裁判角色。比利·奇根忙著找人代他在阿姆斯壯酒吧的班。我則是利用這段時間找間教堂，塞了兩百五十塊錢到教區基金箱，點兩根蠟燭，再打電話到布魯克林，跟卡普倫回報一堆廢話。之後我們五個人聚在小貓小姐的辦公室裡，等電話鈴響起。

「有點南方口音。」史吉普說：「你注意到沒有？」

「聲音有點假假的。」

「是嗎？」

「他生氣的時候，」我說：「或是假裝生氣的時候，特別明顯。什麼青蛙跳的那一段。」

「那時候，火大的可不只他一個人。」

「我注意到了。第一次生氣的時候，口音就不見了。但他講到青蛙的時候，口音很濃，比先前誇張，想要裝出鄉下人的模樣。」

他的眉頭皺了起來，拚命在追憶。「你說得不錯。」他短短的講了幾個字。

「就是這傢伙跟你聯絡的嗎？」

「我不知道。那個人的聲音也有點假，但是跟今晚聽到的不同。也許他是千聲人，只是裝得很差而已。」

電話鈴又響了。

「這傢伙應該去配音，」波比說：「幫我們的慈善廣告配音。」

這次我們就沒費什麼工夫，同步拿起話筒，反正他們已經知道有我這麼個人了。我把聽筒貼近耳朵，史吉普說：「喂？」我先前聽過的聲音問他，該唸哪幾段？史吉普跟他說了，那聲音就開始唸出各項收支，史吉普把假帳本攤在書桌上，一行一行對。

半分鐘之後，那傢伙住嘴了，問我們滿不滿意。史吉普好像是很有意見的樣子，但是還是聳聳肩，點點頭。我說，我們現在確定他就是正主了。

「那你們就照著我的話做。」他說。我倆拿起鉛筆，記下他的指示。

8

「兩部車。」史吉普說，「他們只知道我跟馬修會去，所以我們兩個坐我的車。約翰，你載比利跟波比。你覺得如何？馬修，他們要跟在我們後面嗎？」

我搖了搖頭。「可能有人會監視我們離開。」我說。「約翰，你們三個先走好了。你的車準備好了嗎？」

「我的車停在兩條街外。」

「那你們三個先從那裡出發好了。波比、比利你們先走，到車旁邊等。以防有人在前門盯我們，三個人要分開。你們先去等，約翰，兩三分鐘之後再到你的車那邊跟他們會合。」

「然後開到哪裡去？艾默斯大道？」

「在羊頭灣附近，你知道那裡嗎？」

「很模糊。我只知道在布魯克林的邊緣。有一次在那裡登船釣魚，但因為車子是別人開的，所以沒怎麼注意。」

「你們可以先上環城大道，再轉海濱大道。」

「好。」

「不對，讓我想想，也許你們走海洋大道比較好。那裡可能有標示。」

「等等，」史吉普說：「我想我們這裡有地圖。我前兩天才看到。」

他找到一份海格史東街道圖。我們三個人研究了一下。波比．盧斯藍德傾著身子，從卡沙賓的背後跟著看。比利．奇根找到一罐別人喝剩的啤酒，淺啜一口，做個鬼臉。我們規畫路線，史吉普叫約翰把地圖帶在身上。

「我不會折地圖。」卡沙賓說。

史吉普說：「誰管你會不會折這玩意兒？」他把地圖一把搶了過去，沿著折線撕下一塊來，遞給卡沙賓八吋見方的一小塊，其他部分往地板上一扔。「羊頭灣在這兒，」他說，「你只需要知道下了快速道路之後怎麼走就行了。布魯克林剩下的部分關你屁事？」

「天啊。」卡沙賓說。

「對不起啊，約翰，不過我真他媽的受夠了。你身上有傢伙沒？」

「我不想帶。」

史吉普打開抽屜，拿出一把閃著藍色金屬光澤的手槍。「我們在吧台後面放了把這個，」他告訴我說，「因為我們想在算前晚收入的時候，把我們自己的腦袋轟掉。你真不要嗎？約翰。」卡沙賓搖搖頭。「馬修？」

「我傾向不要。」

「你不帶著防身嗎？」

「能免則免吧。」

史吉普把槍拿了起來，想找個地方放。那是一把點四五，有點像是軍隊裡配發給軍官的那種。重得要命的大傢伙。軍隊裡管它叫「情有可原」，後座力小，可以彌補瞄準的不便，就算打在肩膀上，也可以把人撂倒。

「一噸重似的。」史吉普說。他把那把槍塞進牛仔褲的皮帶，皺著眉頭，看著自己的怪樣。他把襯衫拉出來蓋住那把槍。但他身上的襯衫，不是可以拉出來的那種，這麼穿，也很彆扭。「天啊，」他抱怨說，「我到底要把這玩意放在哪裡？」

「辦法是人想出來的。」卡沙賓告訴他，「我們該走了。你說是不是？馬修。」

我說對。在奇根跟盧斯藍德往外走的時候，我們再把流程核對一遍。他們要先開到羊頭灣，把車停在餐廳的對街，不過不要停在正對面，免得惹眼。他們在車裡等著，引擎跟燈關掉，觀察動靜，等我們趕到。

「不要冒險，」我告訴他，「就算看到什麼可疑的東西，只要觀察。記下車牌號碼之類的就行了。」

「我應不應該跟蹤他們？」

「你怎麼知道該跟蹤誰？」他聳了聳肩。「豎起耳朵來，」我說：「他們很可能就在你們身邊，眼睛放亮點。」

「明白。」

他們離開之後，史吉普把一個有彈簧鎖的手提箱放桌上，啪一聲打開皮箱。一疊疊舊紙鈔整整齊齊的放在箱子裡。「五萬塊就這樣。」他說，「看來好像沒有那麼多，對不對？」

「就是堆紙。」

「它能幫你做到任何事情，信不信？」

「不見得吧。」

「我也不相信。」他把點四五手槍放在鈔票上，關上皮箱。感覺怪怪的。他把鈔票挪了挪，騰出個空隙，把槍安置好，關上手提箱。

「上車之後再拿出來。」他說：「我可不想像賈利・古柏在《日正當中》那樣走路。」他把襯衫塞進褲子裡，在去開車的路上說，「你說有人監視我們。我穿得像是個油膩膩的修車工人，手裡卻拎個銀行家用的手提箱。去他媽的紐約客，我套個猩猩裝上街，也沒有人會看我兩眼。記得提醒我，上車之後，把槍從手提箱裡拿出來。」

「好。」

「他們抄傢伙朝咱們開槍，已經夠糟了。如果還拿我的槍殺我，那就更慘了。」

∞

他的車停在五十五街。他給泊車的小弟一塊錢，把車開過街角，停在消防栓前。他打開手提箱，把手槍拿出來，檢查彈匣，把槍放在我們座位中間，又想了想，還是把槍塞進座墊跟椅背中間的空隙。

史吉普開的是雪佛蘭黑羚，車齡兩年左右，車身長，底盤低，彈簧都鬆了。車子是白色的，米色與白色相間的內裝，感覺起來這車從底特律出廠之後，就沒有再洗過。菸屁股塞滿了菸灰盒，車子到處都是啤酒罐。

「這車像我的人生，」車開到第十大道，在紅燈前停了下來。他說：「亂七八糟但是很舒服。現在我們要怎麼辦？走剛剛跟卡沙賓研究出來的路線嗎？」

「不要。」

「你知道比較好走的路嗎？」

「好不好走無所謂，路線不一樣就行了。現在我們走西城大道，不要走環城大道，走布魯克林的平面小路。」

「比較慢，不是嗎？」

「可能吧，讓他們先到。」

「你說了算，有什麼特別的理由？」

「這樣比較容易知道有沒有人在跟蹤我們。」

「有人會跟蹤我們？」

「現在沒有跡象，因為他們知道我們要去哪裡。但我們也沒搞清楚我們面對的是一個人，還是一群人。」

「那倒是真的。」

「下個街角右轉，從五十六街轉到大道上去。」

「了解。馬修？你要不要什麼？」

「什麼意思？」

「你要不要來一口？把置物箱打開，裡面應該有點東西。」

置物箱裡有一瓶一品脫的黑白威士忌。事實上也沒一品脫了，大概還剩十分之一。我記得那個瓶子，綠色玻璃，有點弧度，方便塞進褲子後口袋裡。

「我不知道你，」他說：「但我有點興奮。我不想喝得大醉，但是，來點什麼振奮精神也無傷。」

「就喝一小口。」我同意，扭開了瓶蓋。

8

我們從西城大道轉到運河街，經過曼哈頓橋，橫貫了布魯克林，再走佛萊布許大道，接上海洋大道。我們每逢紅燈必停，有好幾次，我發現他的眼睛盯著置物櫃。但他沒說什麼。除了先前一人喝了一小口之外，那瓶黑白威士忌始終擱在那裡沒動。

史吉普把玻璃窗搖到底，手肘架在窗邊，手指按在車頂，不時敲出鼓點聲。有的時候，我們聊兩句，有的時候，我們沒說話。

他曾經問我，「馬修，我想知道這是誰搞的。應該是自己人吧，你說是不是？有人看準這個機會，就把帳本偷走了。這個人應該見過帳本，很清楚他要幹什麼。會是以前在店裡的員工？問題是他們是怎麼混進來的？就算我開除過幾個混蛋、醉醺醺的酒保跟大腦麻痺的女侍。他們又是怎麼混進辦公室，偷走我的帳本呢？你想得明白嗎？」

「要進你的辦公室並不難，史吉普。只要熟悉酒吧格局的人，可以用上廁所做為掩護，溜進你的辦公室，不會驚動任何人。」

「可能吧。我想我的運氣不壞，他們偷帳本的時候，沒順便在檔案櫃上撒泡尿。」他從胸前口袋抽出一根菸，還在方向盤上敲了敲。「我欠約翰五千塊。」他說。

「怎麼回事？」

「贖金啊。他拿三萬，我拿了兩萬。我知道他的私房錢比我多得多，說不定有個五萬塊，但三萬也夠他受的了。」他踩下煞車，讓一部黑牌計程車超過我們。「看那個王八蛋，」他的話裡卻沒有怨氣，「所有人都這樣開車，還是只有在布魯克林？我確定大家一過河，就開始亂開車。我剛才說到哪裡？」

「你說到卡沙賓多出了些錢。」

「對啊，所以他每個禮拜都會多扣一點錢，直到補齊五千塊為止。馬修，我在銀行金庫裡有兩萬塊錢，現在放在箱子裡，等著拱手送人。幾分鐘之後，我就兩手空空了。感覺不像真的。你明白我意思嗎？」

「我想我明白。」

「我不認為那只是一堆紙而已。不只是紙，如果只是紙，大家不會瘋狂的去追逐。錢放在銀行金庫裡，感覺不真實；不見了，感覺也不真實。我一定要知道這是誰幹的，馬修。」

「也許我們會知道。」

「我他媽的一定要知道！我相信卡沙賓，你知道的。幹我們這行，如果信不過合夥人，那就完了。兩個人開酒店，你盯著我，我防著你，沒半年，兩個人都會瘋掉。這是行不通的，這種地方的氣氛是包厘混混（譯註：Bowery bum，特指一九七〇到九〇年代，無法融入社會的越戰退伍軍人。包厘街是曼哈頓橋西面出口遇到的第一條街）受不了的。充其量，你一天盯他二十三個小時，剩下的那一個小時，他照樣可以搞鬼。卡沙賓負責採購。你知道幫酒店採買，上下其手，能撈多少錢嗎？」

「你到底想說什麼？史吉普。」

「我想說的是：我腦子裡不斷有個聲音，告訴我這也許是卡沙賓設下的陷阱，想從我這裡搾出兩萬塊。這不合理啊，馬修。這筆錢是我們兩個人一起拿出來的，他還得把自己手上的現金丟進去，他為什麼要用這種方法從我這裡弄錢？除了我相信他之外，我也找不到理由懷疑他。他跟我素來直來直往，如果他想要占我便宜，他有上千種比這容易的方法，我可能根本不知道我吃虧了。但是如果我的腦子裡有這種聲音，那他的腦子裡想來也有這種聲音，因為我發現他看我的眼神有點怪怪的，我想我看他的眼神一定也不正常。誰想搞這些？這比我們賠的這筆錢還要糟糕。這種猜忌會讓酒店在一夜之間關門大吉。」

「我想前面就是海洋大道。」

「是嗎？開了六天六夜也應該要到了。我應該在海洋大道上左轉嗎？」

「你應該右轉。」

「你確定？」

「確定。」

「我老是在布魯克林迷路，」他說：「我沒騙你，這裡一定是十個消失支派〔譯註：Ten Lost Tribes，西元前七二二年，亞述人征服以色列王國，當地十二個支派，有十個被驅逐，下落不明〕建立的。他們找不到路回家，乾脆破土興建房屋。挖好下水道，接通電力，就這麼過起日子來了。」

在艾默斯大道上的餐廳以海鮮著名。其中之一，藍迪海鮮店，就是美食寶庫，真正的饕客都知道在這裡能吃上最好的海鮮大餐。我們的目的地是兩條街之外角落的那一家，凱洛貝殼屋。一個霓虹燈圈出來的貝殼，一張一闔，閃閃發光。

卡沙賓的車停在對街，距離並不太遠。我們把車挨了上去。波比坐前座，比利．奇根坐在後面。卡沙賓，當然，在方向盤後面。波比說，「距離你們夠遠吧？但是萬一出了什麼事，這裡可看不到。」

史吉普點了點頭。我們又往前開了半條街一點，在消防栓旁停了下來。「拖吊車不會來拖吧？」他說：「會不會？」

「我想不會吧。」

「現在我們需要的是……」他說。他關掉引擎，我們交換了眼神，隨後他的眼睛移向置物箱。他說，「你見到奇根沒有？坐在後座？」

「是啊。」

「他在出發之後大概就喝了一兩杯。」

「大概吧。」

「再等一會兒，好吧？慶功的時候再喝。」

「好。」

他把手槍插回腰際，把襯衫拉出來，遮好它。「也許是這裡的風格。」他說，開了車門，提起手提箱。「羊頭灣，不紮襯衫的所在。緊張嗎？馬修。」

「有一點。」

「很好。我可不想就我一個人窮緊張。」

∞

我們越過寬廣的街道，接近餐廳。這晚實在很舒服，甚至可以聞到海水的味道。我遲疑了一會兒，是不是該把槍拿過來？我也懷疑，他會不會開槍，還是帶著求心安而已。我真不知道帶槍對他有沒有好處。他在軍隊服役過，但並不代表他會用手槍。

我很會用手槍。如果子彈沒有異常彈跳的話。

「你看看這個招牌，」他說：「貝殼一張一闔，夠猥褻了吧。『來吧，寶貝，讓我看著你打開貝殼！』裡面怎麼空蕩蕩的？」

「今天是星期一，現在也很晚了。」

「只有在這個地方才會覺得現在很晚。這槍重得要命，你注意到嗎？我的褲子快要掉到我的腳踝了。」

「你想不想把槍放車上？」

「你開什麼玩笑？『這是你的傢伙，阿兵哥，它會救你的命。』我沒事啦，馬修。我只是有點緊張而已。」

「我知道。」

他把門打開了，讓我先進去。這並不是太高級的用餐地點，建材用的多半是抗熱塑膠板跟不銹鋼。左邊有一個長條桌，右邊則是一排小包廂。後面有許多散座。四個十來歲的小朋友，坐在前面的包廂，用手抓盤子裡的東西吃。再遠一點，一個灰髮、滿手都是戒指的婦人，在翻閱一本被圖書館塑膠書套包好的精裝書。

櫃檯後面站了一個又高又胖的禿頭男子。我猜他刮過頭皮，前額是成串的汗水，襯衫也濕了。這地方其實很涼快，冷氣也開得呼呼響。吧台上有兩個顧客：一個男子肩膀很厚實、穿了一件短袖襯衫，看起來很像失業的會計師；另外一個是腿很粗、皮膚很差、神情呆滯的女子。櫃檯後面有個正在抽菸休息的女侍。

我們在吧台前找了位子坐定，點了兩杯咖啡。有人把一份《郵報》丟在鄰座的高腳椅子上。史吉普把它拿過來，胡亂翻了起來。

他點了一根菸，抽了兩口，往門邊望了幾秒鐘。我們兩個喝了口咖啡。史吉普拿起菜單來看，

「他們起碼有幾千種不同的菜色，」他說：「隨便說一樣，上面都找得到。我這是在幹什麼？我又不餓。」

他又點了一支菸，把盒子放在吧台上。我拿了一支，啣在雙唇之間。他的眉毛一揚，卻沒有說什麼。他替我點了火，我抽了兩三口，就把菸熄掉了。

我應該早就聽到電話鈴，但直到女侍走過去接了起來，又走回來問我身邊這個有著厚肩膀的男子是不是亞瑟．戴佛，我才意識到這一點。史吉普被她的問題嚇了一跳，但隨即起身去接電話，我尾隨在後。

他把電話接了過來，聽了一會兒，作勢要我把鉛筆跟紙遞給他。我掏出筆記本，把他告訴我的記下來。

餐廳前方爆出一陣爆笑聲，那些孩子把薯條丟來丟去。大塊頭靠著隔熱塑膠板，不知道跟他們說什麼。我把我的眼光收回來，集中心思，把史吉普的話記下來。

16

史吉普說：「第十八大道跟歐威頓街的交口，你知道在哪裡嗎？」

「大概知道。我知道歐威頓街在哪邊，貫穿灣脊，可是十八大道又在西邊，所以應該在班森赫斯特一帶，華盛頓公墓南邊一點的地方。」

「誰他媽的知道這些？你說十八大道是不是？這裡有沒有路通到十八大道？」

「我想我們應該先到二十八大道。二十八大道很短，就只有兩個街區長，從科布西到史迪威那一小段而已。」

「那是在哪裡？」

「康尼島。從這裡去並不太遠。」

他向這個區域還有陌生的街道揮手道別。「你真的知道該怎麼走嗎？」他說，「我們還是跟卡沙賓拿地圖吧。哦，他媽的，那個地方在他們手上嗎？」

「應該不在吧。」

「媽的，我沒事把地圖撕掉幹嘛？天啊！」

我們出了餐廳，站在門口，霓虹燈在我們背後閃閃發光。史吉普說：「馬修，我真是搞不懂。

為什麼他們要我們先到這裡來，再打電話叫我們去教堂？」

「我想他是先想看看我們。擾亂我們的通訊線。」

「你覺得有人在看我們嗎？現在要怎麼告訴約翰跟在後面呢？他們是不是應該要跟著我們？」

「我想他們應該回家。」

「為什麼？」

「因為他們會看見約翰跟著我們。我們去告訴約翰下一站在哪裡的時候，約翰的行蹤就會曝光。」

「你是說有人監視著我們？」

「有可能。這可能是他們要這麼設計的緣故。」

「媽的，」他說：「我不能叫約翰回家。如果我懷疑他，他可能也懷疑我，所以我不能……如果我們擠一部車呢？」

「兩部車比較好。」

「你剛才才說兩部車不好。」

「我們這樣辦吧。」我說。我扶著他的臂膀引導他。我們沒有去找卡沙賓他們，直接走向史吉普的黑羚。在我的指示下，史吉普發動引擎，閃了幾次車燈，開到角落，右轉，開過一條街，停了下來。

幾分鐘之後，卡沙賓的車跟了上來，停在我們旁邊。

「你說得沒錯。」史吉普跟我說完，轉頭跟卡沙賓說，「你們比我想得精明多了。那批傢伙打了個電話，叫我們去尋寶，只不過我們就是活寶。我們要到十八大道跟什麼街交叉口的教堂去。」

「歐威頓街。」我說。

沒有人知道在哪裡。「跟我們來吧。」我告訴他們。「跟在後面，保持半條街的距離。我們停車之後，你們再往前兜一圈，停在我們後面。」

「如果我們跟丟了呢？」波比想要知道。

「回家。」

「怎麼回？」

「那跟好一點，」我說：「就不會迷路了。」

∞

我們走康尼島大道、金恩高速公路，進入海灣大道，然後我們迷路了。我們又開了幾條街，重新辨識方向。我們穿過好幾條街道，最終找到十八大道，發現我們要找的教堂就在歐威頓街的角落。在灣脊區，歐威頓街在灣脊大道南邊，兩條路大致平行。不遠的地方就是漢密頓堡大道，也跟灣脊大道平行，但它偏北一點，就在六十八街原先的位置。就算你熟悉這區域，這種街道安排還是會把你弄得頭昏腦脹，布魯克林就是這樣一個會讓人發瘋的地方。

教堂對面禁止停車，史吉普照停不誤。他關掉車燈，熄掉引擎。我們靜靜等待卜沙賓的車子超過我們，在街角轉彎。

「他有沒有看到我們？」史吉普有點懷疑。我說他們看到了，所以才會在街角轉彎。「大概吧。」他說。

我們轉頭，看著後車窗。兩分鐘之後，我見到他們的車燈。他們在半條街的地方，找到了個停車位，關掉車燈。

這附近大多是二戰前的木構建築，房子很大，前面有草坪，後面有樹。史吉普說，「我討厭紐約的這個區塊，你知道我的意思吧？這裡很像美國其他正常的地方。」

「布魯克林有很多地方是長這樣的。」

「皇后區有些地方也是。我老家可不是這個模樣，很偶然才會撞見這種地方。你知道這讓我想起哪裡？里其蒙丘。你知道里其蒙丘嗎？」

「不太清楚。」

「我們田徑隊在那裡舉行過比賽。好玩得不得了，房子跟這裡差不多。」他把菸丟出窗外，「我必須把這場戲唱完，對吧？」他說。

「我不太安心。」我說。

「你不太安心？打從帳本不見之後，我就沒有安心過。」

「這個地方是公共區域。」我說，打開我的筆記本，把我記的東西唸一遍，「教堂左手邊有一道階梯，可以通到地下室。地下室的門應該是開的。我沒見到燈光，你呢？」

「沒有。」

「這意味著我們很容易中暗算。我想你最好留在車上，史吉普。」

「你覺得你一個人去比較安全？」

我搖搖頭，「我想目前我們兩個分開比較安全。錢你帶著。我一個人先下去探路，看他們打算怎麼招待我們。如果我找到安全的辦法開燈，我會把燈開關三次。」

「什麼燈？」

「你看得見的燈光就對了。」我挨近他，指著地下室說，「那邊有個窗戶，燈光應該可以透出來，你看得見的。」

「你把燈開關三次，我就把錢拿下去。如果你發現情況不對怎麼辦？」

「我就告訴他們，我得叫你拿錢過來。只要我一脫身，我們就開回曼哈頓。」

「那我們也得找得到路才成。」他皺著眉頭，「如果——當我沒說。」

「什麼？」

「我本來想說：如果你出不來怎麼辦？」

「那你就得自己找路回家了。」

「好好笑。你在幹什麼？」

我取下車內小燈的蓋子，把燈泡轉下來。「以防他們在看我們。」我說，「我不想讓他們知道開了車門。」

「你這傢伙什麼都想到了。還好你不是波蘭人。否則我們得找十五個人轉這部車，讓你握著燈泡（譯註：這是個老笑話，波蘭人換燈泡是一個人握著燈泡，四個人在下面轉梯子）。要不要槍，馬修？」

「我想不用了。」

「『赤手空拳，單槍匹馬，對抗整支部隊？』拜託把槍帶身上吧？」

「給我吧。」

「想不想臨行前乾一杯？」

我的手伸向前座置物箱。

∞

我走出車外，彎腰潛行，車子保持在我跟教堂窗戶之間，走過半條街，來到另外一輛車子旁邊，把情況告訴他們。我叫卡沙賓留在車上，看到史吉普走向教堂，立刻發動引擎。我把其他兩個人安置在街區前後的位置。如果他們是想從另外一邊落跑，先出教堂後門，再翻過籬笆，穿過後院的話，波比跟比利應該看得見才對。我沒指望他們能辦成什麼大事，只要記下車牌號碼就好了。

我回到黑羚，把我的安排告訴史吉普，再把小燈裝回去，然後推開車門，車內的小燈亮了起來。我關上門，過街。

那把槍插在腰際，露了槍柄，這麼一來，我拔槍就得橫過我身體的前方。我比較習慣把槍放在屁股後面的槍袋裡，但現在只能湊合。這樣走路實在很彆扭，在我走進教堂陰影裡的時候，我把槍拔出來拿在手上，但也覺得不對勁，又把它插回原處。

地下室的樓梯很陡。裝在牆邊的扶手鬆垮垮的，滿是鐵鏽。有一兩個釘子大概掉了。我順著樓梯一路往下，感覺自己逐漸融入黑暗之中。樓梯盡頭是一道門。我摸到了門把，遲疑了一會兒，才把手放了上去，側耳靜聽，想知道裡面有什麼動靜。

什麼聲音都沒有。

我轉了轉門把，把門推開些許，確定沒有鎖，隨後關上門，敲了敲。

還是什麼聲音都沒有。

我再敲。這次我聽到裡面有活動的聲音，還有一句含糊不清的話。我又轉了門把，開門，踏進玄關。

我在漆黑的走道待了好一陣子，這是我的優勢。地下室前方的窗外，隱約透出一點光線，我的瞳孔已經放大，可以隱隱約約的看到東西。我站在一間大約三十乘五十呎的房間裡。地板上有好些椅子跟桌子。我把門關上，靠著牆，縮進陰影裡。

有人問道：「戴佛？」

「史卡德。」我說。

「戴佛到哪裡去了?」
「在車上。」
「沒有關係。」另外一個聲音說。我覺得這兩個聲音都不像是電話裡的那個。不過那聲音是裝出來的,而我對面的那兩個人,顯然也不是原音重現。聽他們講話不像紐約人,但也沒有什麼特殊的口音。
第一個人說:「錢帶來了嗎?史卡德。」
「在車上。」
「在戴佛那裡?」
「在戴佛那裡。」我說。
房間裡講話的就這兩個人。其中一人在比較遠的一端,另外一個人在他右邊。我是靠講話的聲音,判斷出他們位置,但是,黑暗把他們全都裹起來了。其中一個人好像躲在什麼後面說話,也許是豎起來的桌子,或者類似的東西。如果他們走到我看得見的地方,我就可以用槍瞄準他們,必要的話就扣扳機。不過,換個角度想,這兩個人可能已經把槍口對準我了,說不定我還沒把槍從皮帶裡抽出來,就被撂倒了。就算我先開槍,把他們兩個幹掉,陰影裡可能還有好幾支槍在等我,而我在察覺他們存在之前,就已經被射得千瘡百孔了。
坦白說,我並不想開槍。我只想給錢、拿回帳本,離開這鬼地方。
「叫你朋友拿錢過來吧。」其中一個人說。我相信這個人就是跟我講電話的人,只是他現在沒有裝出軟綿綿的南方口音。「難道他希望我們把帳本寄給國稅局？」

「他當然不希望。」我說：「但他也不想走到伸手不見五指的暗巷。」

「繼續說。」

「首先把燈打開。我們不想在暗中交易。」

那兩個人嘀咕了一會兒，接著我聽到身體移動的聲音。其中一個人打開了牆邊的開關，天花板中央閃出光芒，一次亮起了一根燈管。

我眨了眨眼，眼前就是不斷在亂閃的光線，過一會兒，我還以為見到嬉皮或山裡的野人，不曉得是什麼怪物。回過神來，才發現那是他們的偽裝。

對面站了兩個人，都比我矮一點，身材很苗條，也都是滿臉大鬍子，恐怖的假髮蓋住前額，別說他們的髮色，就連頭型也看不出來。在假髮跟鬍鬚之間，還戴了橢圓形的面具，遮住了眼睛周圍跟鼻子的上半部。開燈的是兩人中比較高的那個，戴的是淺黃色假髮、黑面具。另外一個藏身在疊起椅子的桌子後面，帶著深褐色假髮、白色面具。兩個人的鬍子都是黑的，矮個子手裡端把槍。

在燈光下，我們三個都變得很脆弱，幾近赤裸。我的感受我知道，從他們的姿勢看來，他們跟我一樣緊張。拿槍的那個人倒沒用槍指著我，但也沒有調轉槍口。原本保護我們的黑暗，現在已經被燈光趕走。

「問題是：我怕你們，你們也怕我。」我告訴他說。「你們怕我們拿了帳本不給錢：我們怕你們拿了錢卻不肯給帳本，再敲我們一筆，或是轉賣給別人。」

高個子搖搖頭，「我們只做這次買賣。」

「我們都是啊。我們付錢，大家一筆勾銷，如果你們留了複本，請自行銷毀。」

「沒有複本。」

「很好。」我說：「帳本你們帶來了嗎？」黑色假髮的矮個子把一個深藍色的洗衣袋，踢到房間中央。我說我怎麼知道裡面是什麼？也可能是一堆髒衣服。所以，還是請他們把帳本取出來。

「等我們看到錢再說。」高個子說。「自然拿帳本給你們看。」

「我並不想細看，只要把袋子裡的東西拿出來，我就叫我的朋友拿錢下來。」

兩人對望了一眼，拿槍的那個聳聳肩，把槍口對準我，另一個解開洗衣袋的繩子，取出一個文件夾裝訂的帳本，跟我在史吉普那裡看到的假帳本一樣。

「好吧。」我說：「把燈開關三次。」

「你在跟誰打信號？」

「海岸防衛隊。」

他們兩個又交換了一個眼神，站在開關旁邊的人，把燈開關了三次。燈光拖泥帶水的明滅三次。我們三個人尷尬的站著，感覺等了好長一段時間。我開始懷疑史吉普沒看到信號，或是他獨自在車裡待了太久，終於發瘋了。

接著，我就聽到史吉普下樓梯，走到門邊的聲音。我叫他進來。門打開了，史吉普走了進來，左手拎著手提箱。

他看了我一眼，接著目不轉睛看著那兩個戴著假髮、鬍鬚跟面具的人。

「我的天啊。」他說。

我說，「雙方各派一個人來交換，另外一個在旁邊掩護，這樣就不怕對方開槍，一手交錢，一手交帳本。」

高個子，站在開關旁邊的人說，「聽起來你像是個老手。」

「我有時間把細節想清楚。史吉普，我掩護你，把手提箱拿過來，放我的腳邊。好。你跟我們的一個朋友，把一張桌子支在房間中央，再把其他家具推到角落邊。」

兩個人又對看了一眼，一如預期，高個子把袋子踢到他朋友身邊，往前走了兩步。他問我要他幹什麼，我指揮他跟史吉普把桌子放到適當的位置。

「我不知道工會對這點有沒有意見？」他說。雖然鬍子掩住他的嘴巴，面具蓋住他的眼睛，但我覺得他在笑。

他跟史吉普依照我的指示在房間中央支開一張桌子，就在日光燈的正下方。那張桌子有八呎長、四呎寬，剛好把我們四個人隔成兩邊。

我膝蓋略曲，躲在一堆椅子後面。房間的另一端，另一個人也擺出同樣姿勢藏好。我叫史吉普去拿手提箱、黃頭髮的高個子去拿帳本。兩個人小心翼翼，緩緩的把交易品，放在長桌的一邊。史吉普先把皮箱放在桌上，打開彈簧鎖。黃頭髮高個子從袋子裡面取出厚厚的帳本，輕輕的放在桌上，動作有些猶豫。

我叫他們兩個人退開幾碼，把桌子調個頭。史吉普打開厚厚的帳本，確定不是假貨；他的對手打開手提箱，取出一疊的鈔票，劈哩啪啦的翻，又拿起一疊。

「帳本沒錯。」史吉普說。他闔上帳本，放進洗衣袋，提起來，朝我的方向走來。

拿槍的那個人突然說：「別動。」

「幹嘛？」

「等他把錢點清楚了再走。」

「我要站在這裡等他把五萬塊點清楚嗎？別鬧了。」

「數快點，」拿槍的告訴他的夥伴，「確定裡面都是錢，不要回家一看，裡面都是裁好的報紙。」

「我會做這種事情？」史吉普說，「我被槍指著，還帶著一箱大富翁的玩具鈔票來亂嗎？把槍指到別的地方去好不好？拜託，我快要發神經了。」

對方沒反應。史吉普僵著沒動，身體重量平均放在腳掌上。我的背部開始痙攣，我的膝蓋，就是我半蹲的那一隻出現問題了。黃頭髮那傢伙一疊疊的翻鈔票，確定裡面沒有夾著白紙或者一元小鈔，時間似乎完全靜止了。他可能已經盡快了，但好像過了一輩子，他才滿意，闔上箱子，扣好鎖。

「好吧。」我說：「現在你們兩個——」

史吉普說，「等等，我們拿到洗衣袋，而他們手上卻是手提箱對不對？」

「那又怎樣？」

「這不公平啊。那箱子接近一百塊錢，用不到兩年，我手上的洗衣袋能值多少錢？頂多兩塊吧。」

「你想幹什麼？戴佛。」

「你們可以補償我。」他說，聲音突然緊張起來，「告訴我幕後的主使是誰。」

那兩個人狠狠瞪著他。

「我不認識你，」他說，「也不認識另外一個人。你敲了我們一筆，沒關係，也許是因為你的小孩要動手術，或者怎麼了。每個人都有日子要過嘛，是不是？」

沒有答案。

「但是幕後有個主謀者，這個人我認識，他也一定認識我。告訴我他是誰，這樣就夠了。」

很長的一段沉默。戴深褐假髮的人說，「省省吧。」語氣平板，不留餘地。史吉普的肩膀塌了，垂頭喪氣。

「至少我們試過了。」他說。

史吉普跟那個黃頭髮的高個子退回到桌子後面，一個人拎著手提箱，一個人拿著洗衣袋。我發號施令，叫史吉普退回他先前進來的那扇門邊，毫無意外的看著他們一個人退入後方由布幕遮住的拱門。史吉普正待開門，想要脫離現場，只聽到那個戴著褐色假髮的人叫道，「別動！」

他手上的長管槍口始終在史吉普身上打轉。有一段時間，我甚至認為他要開槍了。我兩手托住點四五，瞄準他。就在這個時候，他移開槍口，指著天花板，「我們先走。你們十分鐘之後才可以離開，明白嗎？」

「好吧。」我說。

他朝天花板開了兩槍。頭頂上的日光燈管爆開，屋裡陷入一片漆黑。槍聲很響，燈管爆裂的聲音更驚人。儘管震耳欲聾、屋內一片漆黑，我卻不為所動。我看著他退進拱門，陰影亂晃，但我的點四五始終鎖定他，手指也一直扣在扳機上。

8

我們並沒有遵照指示待上十分鐘，便急匆匆的離開那裡。史吉普拿著裝帳本的洗衣袋，我的手還是牢牢的握著手槍。我們還沒過街奔到雪佛蘭車邊，卡沙賓早就發動引擎，猛踩油門，衝出大街，一個煞車，發出尖銳刺耳的聲音，急停在我們身邊。我們慌忙跳進後座，叫他往前衝，在街角轉彎，話還沒有說完，車已經動了。

我們先左轉，再左轉，轉到十七街的時候，見到波比·盧斯藍德一隻手吊在樹上，好像連氣都喘不過來。比利·奇根在對街，慢慢朝我們走來，還停下腳步，一隻手摀住火柴，點根菸。

波比說：「哦，天啊，我真是嚇到了。他們沒命的一直往前衝，一定是他們，拎著裝錢的手提箱。我在他們四間屋子的後方，見是見到他們了，但我卻不想迎上去，你知道吧？我想其中一個人手裡好像有槍。」

「你沒聽到槍聲嗎？」

他沒聽到，其他人也沒聽到。我不意外。那個戴褐色假髮的傢伙，用的是小口徑的槍，在密閉的屋裡，槍聲或許聽來像焦雷，但傳不遠。

「他們跳上車子，」波比說，手指著車子原先停的地方，「車子很快就衝出來，我一看到他們上車，立刻就朝他們的方向移動，想要記下車牌號碼，我趕上前幾步，但是街燈壞了，所以——」

他聳聳肩，「什麼也沒見著。」他說。

史吉普說，「至少你試過了。」

「我的身體不行了。」波比說，拍拍肚子，「腿軟軟的，走路沒力，現在連眼睛也不行了。如果是真的籃球賽，我根本沒法當裁判，球場前前後後跑，我非他媽的累死不可。」

「你剛才應該吹哨子的。」史吉普說。

「如果我帶了哨子，說不定會吹。你覺得他們聽到哨聲會停下來投降嗎？」

「我想他們會開槍。」我說，「別再想車牌號碼的事了。」

「至少我試過了。」他說，把眼光射向比利，「奇根在那裡，離他們比較近，卻是動也沒動。他坐在樹底下，活像是費迪南公牛，聞花香（譯註：Ferdinand the bull，迪士尼的老卡通，費迪南是西班牙鬥牛，但不喜歡逞強鬥狠，只喜歡在樹蔭底下聞花香）。」

「聞狗屎啦。」奇根說：「我們必須要就地取材，配合周邊的環境，聞點別的。」

「聞你身上的樣品酒嗎？」

「人總是要保養嘛。」奇根說。

我問波比記不記得那輛車的型號。他噘起嘴，吹了個口哨，搖搖頭。「只知道是深色的新型房車，」他說，「這陣子的車看起來都差不多。」

「這倒是真的。」卡沙賓說。史吉普同意他的話。我還想問一個問題，比利．奇根卻發聲說，那輛車是福特水星侯爵，出廠三到四年，顏色是黑或深藍色。

所有人都住嘴瞧著他。他很刻意的抹掉臉上的表情，從口袋裡掏出一張紙，慢慢的打開。

「LJK－九一四，」他唸道：「有人聽過這個號碼嗎？」我們依舊瞪著他，「車牌號碼，紐約市。我剛剛在打發無聊的空檔，把周遭的車款跟車牌號碼都記下來了。這總比跟隻短腳獵犬一樣在後面窮追要簡單一點吧？」

「他媽的奇根。」史吉普喜出望外，跑了過去，緊緊抱住奇根。

「各位先生，請不要用異樣的眼光看待一個喝了點小酒的人。」奇根說，又從口袋裡拿出樣品酒，扭開蓋子，頭一仰，乾掉那瓶威士忌。

「人總是要保養的嘛。」他說。

17

波比沒法恢復過來。比利的創意讓他很受傷害。「你為什麼不提醒我？」他好像在追究責任，「我也可以同時把號碼記下來，這樣我們不就有更多的線索？」

奇根聳聳肩。「我想還是不要先說得好。」他說，「萬一這兩人從所有汽車旁邊跑過，在傑洛米大道上攔部公車走了，那我不就變笑柄了？」

「傑洛米大道在布朗克斯。」有人說。比利說他知道傑洛米大道在哪裡，他有個叔叔以前就住在傑洛米大道。我問，那兩人衝出車道的時候，是不是還有偽裝？

「我不知道。」波比說：「他們應該長什麼樣子？好像戴了個小面具。」他用他的食指跟大拇指圈成面具的樣子。

「他們臉上有沒有鬍子？」

「當然有鬍子，難不成還停下來刮鬍子？」

「鬍子是假的啦。」史吉普說。

「哦。」

「他們也還戴著假髮吧？」深一淺。」

「應該是吧。我倒不知道他們戴假髮。我——那個地方不是很亮，亞瑟。街燈是有沒錯，但他們衝出來，一溜煙的鑽進車子，可沒停下來開個記者會，讓記者拍張照什麼的。」

我說，「我們最好離開這裡。」

「為什麼？我站在布魯克林中央。我從小就在這裡晃，讓我緬懷一下舊日時光吧。你怕警察？」

「剛才有人開了幾槍，別留在這裡引人注目。」

「有道理。」

我們走到卡沙賓的車旁，坐了進去，在這區塊再兜一圈。我們在一個紅燈前停下，我告訴卡沙賓怎麼回曼哈頓。帳本到手，贖金付了，我們都活著，這故事愛說就說，不說也行。除此之外，我們還有奇根醉醺醺的創意可以慶祝。大家的心情變得好多了，我能提供清楚的回家路線，卡沙賓也能心領神會。接近教堂之際，我們見到前面有一小群人，穿著內衣的男人、十幾歲的青少年，圍在周遭，好像在等什麼人。我聽到隱約的警笛聲在遙遠的地方響起。

我本來想叫卡沙賓直接把我們送回家，第二天再回來開史吉普的車子。可是史吉普的車停在消防栓的旁邊，可能太顯眼了。他靠邊——一時之間他可能沒法把群眾跟警笛聯想在一起——我跟史吉普下了車。對街一個頭髮快全禿、挺著啤酒肚的男子一直打量我們。

我走了過去，問他這裡發生了什麼事。他想知道我是不是管區警員，我搖搖頭。

「有人闖進教堂。」他說：「也許是些孩子。我們現在看著出入口，警察就要來了。」

「孩子？」我特別強調了一下。他笑了。

8

「我覺得我剛才比在地下室的時候還要緊張。」在我們把車開出幾條街之後，史吉普說，「我肩膀上背了個洗衣袋，一副剛幹了一票的樣子，你腰間還有一把點四五。如果他們看到那把槍，就有好戲看了。」

「我完全忘了我有把槍。」

「我們從一批醉鬼的車上下來，這對洗刷我們的嫌疑又是一大利多。」

「只有奇根喝醉了。」

「醉歸醉，可還是很精明，你得考慮這一點，好不？講到喝酒——」

我把威士忌從置物箱裡拿了出來，扭開蓋子遞給他。他狠狠的喝了一口，把瓶子交給我。我們就這麼傳來傳去，直到喝光為止。史吉普冒了一句，「幹他媽的布魯克林！」順手把酒瓶往外一扔。如果他不扔，我可能會更開心一點——我們的呼吸中有濃濃的酒氣，身上有把沒牌的黑槍，也沒辦法解釋我們為什麼在這裡——不過，這些話我忍住沒說。

「他們好像很老練，」史吉普說：「偽裝之類的。他們為什麼要把燈管打滅？」

「拖延我們行動。」

「我還以為他要開槍打我呢。馬修？」

「幹嘛？」

「你那時候為什麼不開槍打他？」

「他的槍口對著你啊。如果我覺得他要開槍的話，我會動手的。我的槍口指著他。但不能輕舉妄動。我開槍打他，他就會開槍打你。」

「我說過在那之後，他把燈光打滅之後，你的槍口不是還指著他嗎？他奔到門邊的時候，你還是瞄準著他啊。」

我想了一會兒才回答，「你決定要破財消災，免得帳本落到國稅局手裡。你可知道在班森赫斯特教堂裡發生槍戰，會有什麼後果嗎？」

「天啊，我倒沒有想到這點。」

「殺了他，錢不見得能拿回來。拎著手提箱的人早就從後門跑了。」

「我知道。我只是忍不住要想。如果槍在我手上，我說不定就開槍了，倒不是情勢所逼，而是現場的氣氛太緊繃了。」

「坦白說，」我說：「你根本沒法知道在那種氣氛裡，你會做出什麼事來。」

∞

在車子碰到第二個號誌的時候，我掏出筆記本開始素描。史吉普問我在畫什麼。

「耳朵。」我說。

「畫那個幹嘛？」

「我在警校的時候，有個教官教的。他說，耳朵的形狀，有很大的差別。而且，一般人不會想去偽裝耳朵，或者是去美容。世上沒有哪兩個耳朵是一樣的，所以我想在忘記前把它們畫起來。」

「你記得他們耳朵的樣子？」

「哦，我只能記重點特徵。」

「那就不同了。」他抽出一根菸，「我還不知道他們有沒有耳朵呢，假髮不是蓋住了？我想沒有，否則你哪裡畫得出來？不過，你總不可能在檔案裡找到吧？跟指紋一樣？」

「我只想找個方法辨識他們而已。」我說：「如果他們沒有假裝的話，我想我認得出來。我覺得今天晚上他們用的是真正的聲音。至於他們的身高，其中一個大概是五呎九吋或十吋的樣子，另一個可能矮一點，不過，也可能是因為他站在比較遠的地方。」我看著我的筆記本，搖了搖頭。

「我不知道哪個耳朵是誰的。我應該剛剛就畫下來的，我的記性愈來愈壞了。」

「你覺得這很重要嗎？馬修。」

「你說耳朵長什麼樣子嗎？」我想了想。「大概沒什麼要緊吧，」我承認，「在調查中，至少有百分之九十的工夫是白花的。也許高到百分之九十五——跟人講話、清查手裡的線索。但只要工夫下得深，總能查到派得上用場的資訊。」

「你懷念過去的日子？」

「當警察？不怎麼想。」

「有的人到這種時候就會想起過去的生涯。」他說：「不管了，我不是說耳朵，我是說，你有沒有發現什麼案情的關鍵？他們敲了我們一筆，逃之夭夭。你覺得從那個車牌號碼上，能查出什麼端倪嗎？」

「不大可能。他們這麼聰明，用的一定是贓車。」

「我想也是。我沒說什麼，是因為我想要回去之後好過一點，也不想去嘲笑比利的笨拙，但是，他們費了那麼大的工夫，又是偽裝，又是把我們騙到餐廳，故布疑陣，才指使我們到真正的交款地點，我真不覺得他們會栽在車牌號碼上。」

「有時真會發生這種事情。」

「可能吧。其實他們用贓車做案也不壞。」

「這話怎說？」

「也許他們經常開贓車上街，被哪個眼尖的巡警瞧見了。警方不是都有一張失蹤車輛清單嗎？你們是不是這樣叫？」

「贓車表。不過車子要申報遺失之後好一陣子，才會被列在表上。」

「也許他們在事前就計畫好了。一個禮拜前先偷一部車，開熟了再來犯案。他們還會被指控什麼罪名？褻瀆教堂？」

「天啊。」我說。

「怎麼啦？」

「教堂。」
「教堂怎麼啦？」
「停車，史吉普。」
「啊？」
「停一會兒好不好？」
「你是說真的嗎？」他看著我，「你是說真的。」他說，把車停在路邊。
我閉上眼睛，集中心思。「教堂。」我說，「是哪種教堂，你注意到沒有？」
「教堂不都那樣？我不知道。磚頭、石頭，這有什麼差別？」
「我是說那是新教還是天主教？」
「我哪知道是哪個教派？」
「教堂前面不是有個標示嗎？一個玻璃櫃裡，黑底白字，告訴你什麼時候舉行儀式，布道的內容又是什麼。」
「不就是那一套？你該做什麼，又有什麼不能做。」
我閉上眼睛，好像還能瞧見那告示，只是牌上的字始終看不清楚。「你沒注意到嗎？」
「我一堆心事啊，馬修。這到底有什麼相干？」
「是不是天主教的？」
「我不知道，你是不是反天主教？你小時被修女用戒尺扁過是不是？『滿腦子髒東西，啪！賞你一戒尺，小混蛋！』是不是還是要停在這裡，馬修？」我閉著眼睛，絞盡腦汁，跟記憶搏鬥，無暇回答。「對街有家賣酒的舖子，雖說我討厭把錢花在布魯克林，但還是花一點好了，如何？」

「好啊。」

「就把它當成是祭壇的紅酒吧。」他說。

∞

回來的時候，他手裡多了一個褐色袋子，裝著一品脫的教師牌蘇格蘭調和威士忌。他撕開封條，扭開瓶蓋，也沒把酒瓶從紙袋中拿出來，直接喝了一口，再把袋子交給我。我拿了一會兒，喝了一口。

「我們現在可以走了。」我說。

「上哪去？」

「回家，回曼哈頓去。」

「我們不用回教堂，連續禱告個九天九夜（譯註：novena，天主教的儀式）啊？」

「那家教堂是路德教派的。」

「就是說我們可以回曼哈頓就對了。」

「對！」

他啟動引擎，把車開離路邊。他伸出手來，我把瓶子遞給他，他喝了一口，又把酒瓶還給我。

他說，「我不是想探你的隱私，史卡德探長，但是——」

「你想知道我在搞什麼鬼？」

「對啊。」

「說起來是有點傻。」我說，「幾天前，狄樂瑞跟我說了件事情。我根本不知道是不是真的，不過那間教堂在班森赫斯特。」

「是天主教教堂。」

「應該是吧。」我說。我把狄樂瑞告訴我的故事跟他說了：兩個小混混，偷了黑手黨角頭母親常去的教堂，結果那兩個小混混遭到怎樣的下場。

史吉普說，「真的？真有這種事？」

「我不知道，我想狄樂瑞也不確定。故事這麼傳而已。」

「掛在肉鉤上，活生生把皮剝掉？」

「土托可能就喜歡這一套。大家都叫他唐（譯註：Dom，天主教高級教士的尊稱，有時也等於Don，先生、閣下的意思）．屠夫，我想他對屠宰業很有興趣吧。」

「天啊，如果那是他家的教堂——」

「他媽媽的教堂。」

「之類的。你非要把那個瓶子握到融化，才肯鬆手是不是？」

「對不起。」

「如果那是他的教堂，或是他媽媽的教堂，或是不管誰的教堂——」

「我可不想讓他知道今天晚上我們在場。雖然在教堂裡開槍跟行竊不一樣，但他還是會覺得我們是衝著他來的，誰知道他會有什麼反應？」

「天啊。」

「可是今天這家教堂是新教的，他媽媽上的是天主教教堂。就算是天主教教堂好了，在班森赫斯特附近，至少還有個四五家，也許更多，我不確定。」

「一定要找一天算個清楚。」他吸了一口菸，咳了一聲，把菸頭往窗外一扔。「為什麼有人會做這種事？」

「你是說——」

「把兩個小鬼吊起來剝皮？我就是說這個。為什麼有人會做這種事情？那兩個小混混也不過是從教堂裡偷了點東西不是嗎？」

「我不知道。」我說：「也許土托是故意這麼幹的。」

「為什麼？」

「殺一儆百。」

他想了想，「這招有用。」他說：「至少那兩個小鬼沒法再搶教堂了。」

18

我們到家的時候，那瓶酒已經空了。我沒喝多少，史吉普卻一口一口不停的灌，最後順手把空瓶子往後座一扔。我想他要過到河的那一邊，才會把這些空瓶統統扔到窗外去。

談完屠夫土托之後，我們就沒再說什麼。酒精開始發威，史吉普把車開得東搖西晃，闖了兩個紅燈，轉了一個很猛的彎，幸好沒撞上什麼人或什麼東西，也沒有被交通警察攔下來。那年，在紐約市，你要壓過一個修女，才會因為觸犯交通法規被傳喚出庭。

我們停在小貓小姐前，史吉普的身子前傾，手肘放在方向盤上，「酒吧還開著，」他說，「今天晚上我們請了個人幫忙顧店，這傢伙大概跟班森赫斯特那兩個小鬼一樣，偷了我們不少東西。進來吧，我要把帳本放回去！」

走進辦公室，我建議他把帳本放保險箱。他看了我一眼，開始旋轉組合號碼。「只在這裡放一夜，」他說：「明天我就把這狗屁玩意兒分送到幾個焚化爐裡燒掉，再也不要弄什麼真帳本了，只要把眼睛瞪大點就好了。」

他把帳本放進保險箱裡，正想關門，我伸手擋住他。「也許這東西也該留在裡面。」我把那支點四五遞給他。

「你別鬧了。」他說，「這東西怎麼能放在保險箱裡？有人來搶劫的時候，難道要跟他說，『對不起，請稍候，讓我從保險箱把槍拿出來，把你的腦袋轟掉好嗎？』槍要放在吧台。」他把槍從我手上接去，想找個不起眼的東西裝好；剛巧瞥見桌上有一個沾了咖啡跟三明治污漬的白紙袋，便把槍放了進去。

「好了。」他說。他關上保險箱，號碼鎖隨意一轉，試了試把手，確定保險箱的門關妥了。「完美。」他說，「現在讓我請你喝杯酒吧。」

我們走到前面，他往吧台一鑽，倒了兩杯我們在車上喝的那種威士忌。「也許你想喝波本。」他說，「我想不到……想不起來這瓶酒是什麼時候買的。」

「沒關係。」

「真的假的？」他很快的把槍藏在吧台後面。臨時僱用的酒保過來，想跟他開個會，兩人離開講了幾分鐘話。史吉普走回來，把酒乾掉，說他想把車停到後面車庫去，免得被拖吊。他很快就會回來。要不，他乾脆順便送我回家。

「你去停車吧。」我跟他說：「我等下自己回去就行了。」

「今晚早點休息？」

「這主意不壞。」

「是不壞。如果我回來沒見到你，那就明天見。」

8

我沒直接回家，先到好幾家酒吧轉轉。沒去阿姆斯壯酒吧，我不想跟人說話，也不想喝醉。我不確定我想幹什麼。

我離開寶莉酒吧的時候，見到一輛湯米的那種別克車，在五十七街西邊晃。我沒看見在方向盤後面的人是誰。我尾隨著它走了幾步，看它在下一條街中間的停車格，停好車。駕駛走出來，鎖好車門，我現在的距離已經可以分辨的確是湯米。他穿了一件夾克，打了領帶，手裡還拿了兩包東西，其中一包扇形的，像是一束花。

我見到他走進凱若琳的公寓。

為了某些理由，我站在對街。我看著她家的窗戶，或者是我認定的她家窗戶。她房間的燈亮著，我站了好一會兒，直到燈光熄滅。

我找了個電話亭，撥了四一一（譯註：美國查號台的號碼）。接線生告訴我，她查了我給她的地址，屋主的確是凱若琳．曲珊，但是號碼卻不能公開。我又打了個電話，另外一個人接的，用上警方辦案的程序，這次順利拿到那個不公開的電話號碼。我把它寫進筆記本裡，跟嫌犯耳朵素描同一頁。我想，那對耳朵實在沒有出奇之處。出現在人群中，你也不會注意。

我投了一個零角子，撥了號碼。電話響了四五聲，她接起來說聲喂。我不確定我是不是希望換一個人來接。我沒說話，她又喂了一聲，把電話掛了。

一陣緊縮從我的上背部傳到肩膀，我想找人打一架，流很多血。我想要打什麼東西。這怒氣是打哪來的？我想衝到樓上去，把湯米拖出來，在他臉上揍兩拳。可是湯米做錯了什麼？幾天前，我氣他不理會凱若琳；現在他對她好了，我又不舒服。這是嫉妒吧？可是為什麼？我對她又沒興趣。瘋子。

我走了回去，看看那扇窗戶，燈還是暗的。一輛羅斯福醫院的救護車開上第九大道，減速，警笛開始低泣。等待號誌變換的同時，車裡的搖滾音樂震耳欲聾。然後那輛車加速，救護車警笛聲褪入遠方，一度這城市彷彿完全沉寂下來。但沉寂消退，我又重新聽到周邊背景的噪音。它們從未徹底消失。

奇根放給我聽的那首歌，又在腦海響起。片片段段。我抓不住曲調，只記得幾小段歌詞。關於詩與不同姿態的夜晚。你可以這麼說，發現在神聖的酒店關門之後，只剩你獨自一人。

我在回家的路上，買了幾瓶啤酒。

19

第六分局在西十街上，村區，布利克街與哈德遜街中間。幾年前，我在那附近巡街。那時警局還是一棟典雅的建築，在查爾斯街的那一頭，之後，它被改為合作公寓，取名「警方」。

新警局是棟醜陋的現代建築，沒人會想把它改建為公寓。我在星期二接近中午的時候，經過詢問台，直直走進艾迪．柯勒警官辦公室。我不用問，因為我知道在哪裡。

柯勒正在看報告，他抬頭看到我，眨了眨眼，「我真是愛這門禁，」他說，「誰都可以進來。」

「你氣色不錯。」

「你知道的，乾淨生活。請坐，馬修。」

我坐下來，聊了兩句。談起往事，艾迪跟我。憶舊接近尾聲，他說，「你是湊巧路過這裡吧？」

「我突然想到你，覺得你需要一頂新帽子。」

「在這種天氣？」

「也許巴拿馬帽，麥桿做的，可以擋太陽。」

「探險家帽也成，不過在這附近，」他說：「有的女孩會很感冒。」

我攤開筆記本。「牌照號碼，」我說：「我想你也許能幫我查一查。」

「你是說打給交通部門？」

「先查贓車表。」

「怎麼啦，肇事逃逸？你的顧客想要知道誰撞他，在提出告訴前弄筆錢？」

「你的想像力很豐富。」

「你給我個號碼，卻要我先查贓車表？媽的，號碼是幾號？」

我唸給他聽。他匆匆記了下來，離桌而起。「等等。」他說。

他走後，我盯著耳朵素描。耳朵的確不一樣，你得訓練自己去注意它們。

艾迪沒去多久。回來在旋轉椅一屁股坐下，「不在贓車表上。」他說。

「你可不可以幫我查查一般車輛？」

「可以，但用不著，失竊車輛本來就不會那麼快登錄在表上。我打過電話，最新的，沒錯，趕印在下一批清單上。昨天晚上報案，下午或傍晚失竊。」

「我想也是。」我說。

「七三年水星，對吧？房車，深藍色？」

「沒錯。」

「你還想知道什麼？」

「在哪裡失竊？」

「布魯克林，海洋大道，門牌號碼數很大，顯然在很遠的地方。」

「合理。」

「合什麼理？」他說，「為什麼？」

我搖搖頭，「沒什麼。」我說：「我本以為車輛是重要線索，但偷來的，就沒什麼意思了。」我掏出皮夾，取出二十五塊，這是送警察帽子的公定價格。他用手遮住，並沒有立刻收起來。

「現在我倒有個問題了。」他說。

「哦？」

「為什麼？」

「私事，」我說：「我在幫別人的忙，不能——」

他搖了搖頭，「明明打通電話就可以解決的事，何必花二十五塊錢？天啊，馬修，你當了那麼久的警察，怎麼會不記得可以跟交通局要贓車表？拿起電話，告訴他們你是誰——『你知道規矩，是吧？』」

「我想這資料應該很新……」

「如果你想查最新失竊車輛，你就隨便打個電話給局裡的人，跟他說，你是正在監視嫌犯的警官，胡亂編個理由，說你湊巧看到一輛形跡可疑的車輛，能不能幫你查一下？不是省你跑一趟，還有這頂帽子錢？」

「假冒警官是犯法的。」我說。

「哦，真的嗎？」他拍了拍那二十五塊，「這個，」他說：「賄賂警官。這罪名總是坐實了吧？

在這個地方劃清界限，真好笑。」

這對話讓我很不舒服。不到十二個小時之前，我才假冒警官，從接線生口中套出不公開的電話號碼。我說，「可能我沒法了解你的意見，艾迪，這麼說行嗎？」

「可能吧，也可能是你腦子生鏽了。」

「那也有可能。」

「也許你該戒酒，回到正常人的行列。可能嗎？」

我站了起來。「很高興見到你，艾迪。」他顯然還有話要說，可是我不想坐在那裡聽說教。

附近，靠河邊的克里斯多福街，有座紅磚教堂，聖薇若妮卡。有個遊民把自己安頓在教堂台階上，手裡緊握著一個夜車（譯註：Night Train，這是一種被稱為遊民酒的加香強化葡萄酒）空酒瓶。我突然覺得這人是艾迪派來的，告訴我醉死酒店的慘狀。想到這裡，我不知道是該笑還是該發抖。

我爬上階梯，走進教堂。偌大的教堂裡面空蕩蕩的。我找了張椅子，閉上眼睛，想到我的兩個客戶——湯米跟史吉普，他們兩個的事都沒辦好。湯米根本不需要我的幫忙，而我也真沒幫什麼忙。至於史吉普，雖然有我在場，讓交易順利進行，但我也犯了錯誤。我應該在事前就叫比利跟波比，把附近的車牌號碼記下來，不能只靠比利的突發奇想。

我很慶幸那輛車是偷來的，奇根的線索斷了，否則，我的錯誤就太致命了。

真是笨。但之前也是我叫他們守在那裡的不是？如果他們跟卡沙賓一道，在街道的對面，甭說是車牌，就連車都看不見。

我在濟貧箱裡放了一塊錢，點支蠟燭。我左邊幾碼跪著一個婦人。等她站直身子之後，我才發現她是一個變性人，比我還高兩吋，五官看來是拉丁裔跟東方的混血，肩膀跟前臂肌肉虯結，胸部卻有哈密瓜大小，把一件斑點細肩洋裝都快撐爆了。

「你好！」她說。

「你好。」

「你剛剛是不是在聖薇若妮卡面前點了一支蠟燭？你知道她是誰嗎？」

「不知道。」

「我也不知道。不過我總愛把她想成——」她把一縷掉到額前的頭髮撥回去，「——聖・薇若妮卡・蕾克〔譯註：Veronica Lake，活躍於一九四〇年代美國女星，留著一頭遮住右半邊臉的柔順金髮，時稱躲貓貓髮型〕。」

8

N線地鐵把我帶到幾條街外，歐威頓街與十八街交口的教堂。一個精神有點渙散、牛仔褲滿是泥斑、身穿陸軍短袖上衣的婦人，指給我看牧師辦公室。服務台前沒人，一個滿臉雀斑的矮胖年輕人，一腳踩在椅子扶把上調吉他。

我問他牧師在哪裡。

「我就是。」他說，挺直了身子，「有我幫得上忙的地方嗎？」

我說，我知道昨天晚上在地下室發生了一起惡作劇。他衝著我笑笑，「只是惡作劇嗎？有人開槍打壞了我們的日光燈。損失不大，你想下去看看嗎？」

我們走的不是昨天我下去的那道階梯，而是屋內的樓梯，穿過走廊，進到由布幕遮住的拱門，這就是我們戴假髮、裝鬍子的朋友的逃離路線。房間整理過了，椅子疊在一起，桌子也收了起來。光線透進房間。

「那就是日光燈管。」他指著說，「我們把一地的玻璃都掃起來了。我想你看過警察的報告。」

我沒說話，只是四處看。

「你也是警察吧？」

他倒不是在刺探，只是想確定一下而已。有件事讓我停了下來，也許是我跟艾迪．柯勒交談的最後幾句話。

「不是，」我說，「我不是警察。」

「哦？那你今天來是——」

「我昨天晚上在這裡。」

他瞧著我，等我解釋。我覺得他是一個很有耐心的年輕人，讓你覺得他很想傾聽你要說的話。

我想這種特質對神職人員很派得上用場。

我說：「我以前是一個警察，現在是私家偵探。」這是技術性的謊言，但離事實也不遠。「我昨天晚上代表我的客戶，繳了筆贖金，換回一點東西。」

「我明白了。」

「另外一邊，是偷了我客戶東西的壞蛋，選這個地方一手交錢一手交貨。開槍的就是他們。」

「我明白了。」他又說了一遍，「有人被……打到嗎？警察到處在找血跡。也許某些傷是不會流血的。」

「沒有人受傷。他們只開了兩槍，全都打在天花板上。」

他鬆了一口氣，「那就好。呃，請問怎麼稱呼？」

「史卡德。馬修．史卡德。」

「我叫納爾森．佛爾曼。剛才我們忘了自我介紹。」他用手扶住滿是雀斑的額頭，「我想警察一定不知道這些吧？」

「對，他們不知道。」

「你也不希望他們知道。」

「如果他們不知道的話，事情會簡單一點。」

他想了會兒，點點頭。「反正我也不覺得我有機會見到他們。」他說，「他們應該不會再來了，是不是？這也不是什麼大案子。」

「還是有人會追查下去的，但就此沒下文的話，也不要覺得訝異。」

「他們會把報告歸檔，」他說，「就當沒事了。」他又嘆了一口氣，「好啦，史卡德先生，你要不要冒個險，跟我說你來這裡想幹什麼，好讓我跟警方回報？你還想知道什麼？」

「我想知道他們是誰。」

「你說那些壞人啊？」他笑道，「除了壞人之外，我不知道該管他們叫什麼。如果我是警察，我可能會叫他們嫌犯。」

「你應該叫他們罪人。」

「可我們全都是罪人，不是嗎？」他對我笑了笑，「你不知道他們的身分？」

「不知道，他們化了妝，戴假髮假鬍子，我連他們長什麼樣都不知道。」

「我覺得我幫不上忙。你不會認為他們跟這間教堂有什麼關聯吧？」

「當然不會，但是他們既然選了這個地方，佛爾曼牧師——」

「叫我納爾森就好了。」

「——顯然他們很熟悉這間教堂，特別是這間地下室。警察有發現強行侵入的證據嗎？」

「我想是沒有。」

「我可不可以看看那扇門？」我檢查那道通往外面樓梯的門鎖，看不出有什麼修理更換過的痕跡。我問他還有沒有別的門通到外面，他帶我兜了一圈，完全找不到任何破壞的跡象。

「警察說有一道門沒鎖。」他說。

「如果這是一起惡作劇，或者小型的破壞行動，這麼想當然合理。好比幾個孩子發現有一扇門沒鎖，就跑了進來，在裡面惡搞。但這是一樁有計畫、安排妥當的預謀案件。我不相信我們的罪人是算準了這裡有一道門沒鎖，所以才選在這裡犯案；或者，這裡的門經常沒鎖好，也沒人知道？」

他又搖了搖頭，「我們一向把門鎖得好好的，從不會掉以輕心，儘管附近的治安不差。警察昨晚到這裡來的時候，這道門跟後面那道門都是開的。但我們非常清楚，這兩道門先前全鎖上了。」

「如果有一道門沒鎖，那另一道門根本不用鑰匙，也可以從裡面打開。」

「沒錯，不過——」

「很多人都有這裡的鑰匙對不對？牧師，很多社團跟你們借用場地。」

「哦，那當然，」他說：「我們的原意就是這樣。當我們不用這塊場地的時候，所有人都能來利用。更何況，租金還是我們很重要的收入。」

「地下室晚上通常都有人使用。」

「哦，當然。我看看，戒酒無名會每個星期四晚上在這裡聚會，每個星期二是阿儂戒酒家族團體（譯註：Al-anon，這是由戒酒者親戚、朋友組成的輔助性社團）。我突然想到，他們今天晚上會來。星期五，星期五是誰在用？我在的這幾年，這裡一年到頭都沒閒過。有個小劇團在這裡彩排，每個月小熊隊童子軍全隊大會也在這裡。反正，有很多不同的團體會用到這個地方就對了。」

「可是星期一就沒有人。」

「對，三個月前，有一個婦女自覺團體每星期一會在這裡開會，可是我想她們大概找到別的地方了。」他仰起頭來，「我想你的意思是說，呃，那些罪人可能很清楚這個地方昨天晚上是空的。」

「我是這麼想。」

「他們也可能在事前打電話來問過。想租借場地的人常常會打電話來查詢、登記，看看場地是不是空的。」

「那你有沒有接到類似的電話？」

「哦，經常有這樣的電話，」他說，「實在沒辦法記得那麼清楚。」

∞

「你為什麼一天到晚到這兒來？」一個女人不解的說，「米老鼠的事有什麼好問的？」

「誰？」

她放聲大笑，「麥古利多．克魯茲。麥古利多就是小麥克的意思，你知道嗎？小米奇。大家都叫他米老鼠，我也跟著這麼叫。」

我現在在第四大道的波多黎各酒吧裡，夾在植物店跟禮服出租店中間。我坐地鐵N線，從班森赫斯特的路德教堂，想要回城，卻突然在日落公園的五十三街興起了一個念頭，隨即下了地鐵。這個白天，我沒什麼事情好做，史吉普的案子，已經失去頭緒，所以或許我可以花點時間在湯米．狄樂瑞的案子上，免得他那筆錢花得太過冤枉。

而且，也到了吃午飯的時候，一碟黑豆米飯聽起來不錯。嚐起來跟聽起來一樣可口。我用一瓶冰啤酒把食物沖了下去，叫了一份水果餡餅當甜點，外帶兩杯義式濃縮咖啡。通常在義大利咖啡店，他們只倒給你一丁點：波多黎各人卻會給你一大杯。

我一間酒吧、一間酒吧的逛，點幾杯啤酒，喝完就算，直到我碰到想知道為什麼我對米老鼠會感興趣的女人。她差不多三十五歲，有黑色的頭髮跟眼睛，沙啞的聲音跟她粗糙的臉很相配，菸、酒跟辛辣的食物，讓她說話的聲音跟切割玻璃發出的響聲差不多。

她那雙大眼睛倒是柔情似水，她身體其他部分大概也跟眼睛一樣柔軟溫暖。她身上有好多亮麗的顏色，用一條螢光粉紅色的絲巾裹住頭髮，青銅色的上衣配了一條緊緊的鵝黃七分褲，腳上則是一雙閃閃發光的橘紅色高跟鞋。她那件上衣的鈕釦開得極低，可以看到她胸部的隆起。她的皮膚是銅色的，好像只要用刷子一刷，就會發光似的。

我說：「你認識米老鼠？」

「當然認識。我一天到晚在卡通裡見到他，是隻好玩的老鼠。」

「我是說麥古利多．克魯茲。你認識這隻米老鼠吧？」

「你是警察？」

「不是。」

「你的模樣像警察、舉止像警察，問問題的樣子也像警察。」

「我以前是。」

「你是盜用公款被踢出來的嗎？」她笑道，露出兩顆金牙，「拿了黑錢？」

我搖了搖頭。「誤殺小孩。」我說。

她笑得更大聲了。「別鬧了。」她說，「哪有為了這種事被踢出警界的？你誤殺了小孩，應該升你的官，讓你幹局長才對。」

她倒沒有波多黎各口音，可能是在布魯克林長大的。我又問了一遍，她認不認識克魯茲？

「幹嘛？」

「算了吧。」

「呃？」

「算了。」我說，轉頭去喝我的啤酒。我是故意吊她胃口的，改用眼角瞄著她。她用吸管在吸一杯五顏六色的飲料，吸到一滴不剩。

「嘿，」她說，「請我喝杯酒吧？」

我看了她一眼，黑色的眼毫不迴避。我跟酒保比個手勢，陰鬱胖酒保的眼神，好像看整個世界都不順眼，但還是幾乎用盡了他身後的酒瓶，調了一杯那女的要喝的飲料。他把杯子放在她面前，順便瞧了我一眼，我朝他揚了揚杯子，告訴他我還有酒。

「我跟他非常熟。」她說。

「是嗎？他會笑嗎？」

「我不是說他，我是說米老鼠。」

「喔。」

「你說這話是什麼意思？『喔』？他是個小寶貝。等他長大，會來看我。如果他長得大的話。」

「告訴我有關他的事。」

「有什麼好說的呢？」她喝了一口飲料，「他只要一想逞強，想證明他勇敢、聰明的時候，就會惹麻煩。他一點也不強，你知道的，也不聰明。」她的嘴角變得柔和了，「他長得滿好看的，衣著永遠光鮮，頭髮永遠梳得整整齊齊，鬍子刮得乾乾淨淨。」她伸手摸我的面頰，「光滑，你知道嗎？他好小，好可愛，你只想伸手抱住他，帶他一起回家。」

「你沒帶他回家嗎？」

她又笑了，「嘿，我的麻煩已經夠多了。」

「你覺得他是麻煩嗎？」

「如果我帶他回家，」她說：「他一定一天到晚都在想：『我要怎樣才能得到這個婊子，把她弄到街上去？』」

「他是個皮條客嗎？我倒不知道。」

「如果你以為他是戴頂紫帽、在埃爾多拉多拉客的那種，那你就錯了。」她笑道，「這是米奇鼠輩夢想的工作。有一次，他釣到了個新馬子，從桑圖爾西（譯註：Santurc，波多黎各聖胡安附近）鄉下來的。很嫩，腦筋也不靈光。你知道嗎？她就中了他的圈套。他就在她的公寓外面做生意，每天帶一兩個客人，叫他女朋友賣。」

「『嘿，老哥，想搞我妹妹嗎？』」

「你的波多黎各口音真差。不過他大概真這麼說。她做了兩個禮拜，噁心死了，搭飛機回去了。這就是皮條客米老鼠的故事。」

她又點了一杯喝的，我也叫了一杯啤酒。她還叫酒保送一小袋芭蕉片，一把扯開袋口，把芭蕉片倒在我們中間的吧台。芭蕉片的味道介於薯片與木屑之間。

她告訴我說，米老鼠的問題就是他拚命想證明自己。高中時，他為了證明他很凡，跟著幾個兄弟跑到曼哈頓去，在西村彎彎曲曲的街道裡，想找個同性戀揍一頓。

她說，「他只不過是個誘餌而已。小可憐蟲。你知道嗎？結果他們真的找到一個同性戀，他整個人都抓狂了，把對方痛毆一頓，差點連命都沒了。跟他混的人最初都說他是有心人，後來卻說他沒有腦子。」她搖了搖頭，說，「所以我從來不帶他回家。他很可愛，但等你把燈關掉之後，就不可愛了。你知道嗎？我不覺得他有什麼搞頭。」她用她塗著指甲油的手指輕撫我的臉頰，「我不要一個男人太可愛，你知道嗎？」

那只是序曲，可是我不想再繼續下去。了解這一點，一股莫名的悲傷席捲而來。我不能給她什麼，她也不能給我什麼。我連她名字都不知道，就算我們曾經自我介紹過，我也不記得了。我們提到的人名就只有麥古利多．克魯茲跟米老鼠。

我又講起安吉爾．海利拉。她就不大肯說這個人了。這個人還不錯，她說。他不怎麼可愛，也不大聰明，這樣可能比較好。除此之外，她就不肯講海利拉了。

我跟她說我得走了。我放了一張鈔票在吧台，請他為她再加一杯。她笑了，不知道是嘲笑，還是這情境很幽默，我沒法分辨。她的笑聲有點像是有人在樓梯間倒了一地碎玻璃，一直跟我到門邊才消失。

20

回到旅館，安妮塔跟史吉普都有留話。我先打電話回西歐榭區，跟安妮塔和孩子講了一會兒話。我跟她談到了收入，說我最近收到一筆錢，會盡快寄給她。我跟孩子們談棒球，談他們馬上就要去的夏令營。

我又打電話到小貓小姐，找史吉普。不知道誰接了電話，叫我等一等，他去叫史吉普。

「我想跟你見個面，」他說：「我今晚當班，稍晚過來一趟？」

「好啊。」

「現在是幾點？十點還是九點？我在這裡還不到兩個小時？感覺起來像五小時。兩點左右關門，你那個時候來，我們喝兩杯。」

∞

我打開電視看大都會隊，他們出城比賽。芝加哥吧，我想。我盯著螢光幕，卻心不在焉。

還有一瓶昨天晚上剩下的啤酒，在比賽的過程中，我把它幹掉了，卻提不起精神。比賽結束，我又看了半個小時新聞，關掉電視，在床上躺了下來。

我翻起一本叫做《聖徒列傳》的平裝書，讀著讀著，我想起了聖薇若妮卡。這本書說究竟有沒有這個人，還不能十分肯定，傳說中，她是一個住在耶路撒冷的婦人，在耶穌背著十字架、前往髑髏地的路上，曾經用了一塊布拭去耶穌的汗水，結果耶穌的聖容便留在那塊布上。

我想像那個讓聖薇若妮卡享譽兩千年的場景，不禁失笑。我眼前的那婦人，伸手去擦耶穌的額頭，有著一張薇若妮卡．蕾克的臉，還留著她的髮型。

∞

等我到的時候，小貓小姐已經打烊了，我還以為史吉普懶得等我，直接回家去了。接著我發現鐵捲門儘管已經拉了下來，卻沒有用掛鎖扣上，吧台後方隱隱約約透出低瓦的黯淡燈光。我把鐵捲門掀開一呎，敲了敲門。他就走了過來，幫我拉起鐵捲門，然後關好大門，鎖上。

他一臉倦容，拍了拍我的肩膀，說很高興見到我，帶我到吧台的另一端，問也沒問，倒了一杯野火雞給我，給自己一滿杯的蘇格蘭威士忌。

「今天的第一杯。」我說。

「是嗎？印象深刻。當然是第一杯，今天只過了兩個小時零十分鐘而已。」

我搖了搖頭。「起床到現在的第一杯。中間我喝了點啤酒，但不算多。」我把眼前的波本乾掉，感覺真好。

「其實我也一樣。」他說，「我有好幾天沒喝了。有的時候，連啤酒都沒喝。你知道是怎麼回事嗎？對你跟我來說，喝酒是我們的選擇，不醉不歸是宿命。」

「每天早上醒來，我都不覺得這是一個最聰明的選擇。」

「天啊，別說教好不好？不管如何，這是我們的選擇。這就是你我跟比利・奇根那種人的差別。」

「你真的這麼認為？」

「你不這麼想嗎？那傢伙一天到晚都在喝酒。就拿昨晚來說，我們其他幾個，對，我們酒都喝得凶，但昨天晚上可沒這麼猛灌，對吧？有的時候該喝，有的時候不合適。我說得對吧？」

「大概對吧。」

「緊張之後是另外一回事，大家當然想輕鬆一下。可是老天，昨天我們趕到目的地之前，他的臉已經跟狗屎一樣了。」

「結果他卻是我們裡面唯一的英雄。」

「是啊，居然想到那一招。那個車牌號碼，你有沒有——」

「是偷來的。」

「媽的，我們早料到了。」

「是啊。」

他喝了一口酒。「奇根，」他說，「就是非喝不可。我隨時都停得下來，因為我不想讓酒精控制我。我可以說不喝就不喝，我想你也一樣。」

「我想是吧。」

「你當然是，奇根，我就不知道了，我不想說他是酒鬼——」

「別叫人酒鬼，不大好。」

「你說得沒錯。我真不想這麼說他，老天爺知道我有多喜歡他，但我想這傢伙有問題。」他直了直身體，「不管他了，讓他去當包厘混混吧。我還是希望那部車不是贓車。來吧，我們到後面去，舒展輕鬆一下。」

我們進到辦公室，桌上放了兩瓶威士忌，史吉普往椅子上一靠，把腳擱桌上。「你查過車牌號碼，」他說，「所以已經開始查案了。」

我點了點頭，「我到布魯克林去了。」

「哪兒？不是我們昨天去的地方吧？」

「我到教堂去了。」

「到教堂去能查到什麼東西？其中一個人的皮夾掉在那裡啦？」

「你永遠不知道會查到什麼，史吉普。你得到處看看。」

「說得也對。我根本不知道該從哪裡開始。」

「從哪裡開始都可以，想到什麼就做什麼。」

「你查到什麼沒有？」

「幾件事。」

「比如說什麼？算了啦，你查你的，我可不想說三道四的。你找到什麼有用的線索沒有？」

「可能有。不到最後關頭，你也分不出什麼有用、什麼沒用。舉個例子來說，知道那部車是贓車，也能告訴我一點訊息，儘管它並沒有告訴我駕駛是誰。」

「至少車主沒什麼嫌疑了，從八百萬個嫌疑犯中剔掉一個。車主是誰？是不是偶爾開車到賭場的老太太？」

「我不知道，車是在海洋大道被偷的，距離那家海鮮餐廳不遠。」

「意思是他們住在布魯克林？」

「或者把他們的車開到那裡，停好，再偷了我們見到的那輛車。也有可能是坐計程車或者地鐵——」

「所以我們沒掌握全貌。」

「還沒有。」

他用手枕著後腦勺。「波比又要參加廣告演員甄選，」他說，「籃球裁判，對抗什麼偏見的那部。他明天要去試鏡。只剩下他跟四個男的，所以他們要把幾個候選人全部看一遍。」

「這是好事吧，我想。」

「你怎麼知道？有這種職業嗎？大老遠的跑去，還要跟對手打上一架，取得在螢光幕前亮相二十秒的機會。你知道換一個電燈泡要用到幾個演員嗎？九個。其中一個爬上去換，其他八個圍在梯子邊大叫，『上去的那個人應該是我！』」

「這故事不壞。」

「不敢掠美，這笑話是一個演員告訴我的。」他把酒喝光，坐回椅子上，「馬修，昨天晚上真奇怪，真他媽的是個奇怪的夜晚！」

「你說在教堂的地下室啊。」

他點了點頭，「裝成那副怪樣。為什麼不帶個葛丘（譯註：Groucho，指的是美國喜劇演員葛丘・馬克斯，他的眉毛鬍鬚跟玳瑁邊的眼鏡很搶眼，日後成為一種搞笑玩具）的鼻子、八字鬍跟眼鏡？你知道，就是孩子玩的那種。就是因為他們那德性，假髮、鬍鬚，看起來完全不像真的，也不好笑，手裡拿把槍，誰笑得出來？」

「他們為什麼要偽裝？」

「讓我們認不出他們來了啊。偽裝不是就為了這個目的？」

「你認得出他們嗎？」

「不知道，我又沒見過他們的廬山真面目。難道我們對付的是高腳七跟矮冬瓜（譯註：Abbott and Costello，一九四〇年代，美國紅極一時的喜劇搭檔）嗎？」

「我想他們應該不認識我們。」我說：「我進到地下室的時候，其中一個叫了你名字。裡面很黑沒錯，但是他們進來比較久，眼睛應該已經適應了。但你跟我長得又不像。」

「我長得比較好看。」他猛吸一口香菸，吐出一堆煙霧。「你想講什麼？」

「我不知道。我只是覺得，既然我們不認識他們，他們一開始又何必偽裝呢？」

「讓我們之後很難追查他們的下落吧，我猜。」

「我想是。但他們怎麼知道我們會追查他們的下落？我們又不能拿他們怎麼樣。我們做了筆生意，用錢換你們的帳本。順道一提，你最後怎麼處置那批帳本？」

「照我說的，把它們燒了。你為什麼說我們不能拿他們怎麼樣？我們可以在他們床上殺掉他們。」

「是可以。」

「找到那家教堂，把一堆屎丟在聖壇上，然後再告訴多明尼克．土托是他們幹的。現在我想想，這還真是個好主意。搞定他們，幫他們跟屠夫敲個約會。也許他們為了相同的理由，偷車也偽裝呢，因為他們是行家。」

「你覺得那兩個人面熟嗎，史吉普？」

「你是說戴著假髮、鬍鬚跟那堆屁東西嗎？我不覺得我能看穿他們的真面目，聲音聽起來也很陌生。」

「是啊。」

「好像有什麼熟悉的地方，卻又說不上來。可能是他們的動作吧，不知道。」

「我想我知道你的意思。」

「動作精確簡練。至少我覺得他們的步伐很輕盈。」他笑道，「找他們來，看他們想不想要跳舞。」

我的杯子空了。我倒了點波本，坐定，慢慢的啜著。史吉普把菸頭丟到咖啡杯裡，警告我——毫無例外的——他不想看到我這麼做。我跟他保證，絕對不會。他點了另一根菸，我們坐著，靜靜的，很悠閒，沒說一句話。

過了一會兒，他說，「先不談偽裝，能不能跟我解釋一件事情：他們為什麼要開槍打燈管？」

「掩護他們離開啊，早我們一兩步。」

「你真覺得他們以為我們會去追嗎？他們手上有槍啊，一路追他們過後院，到車道去？」

「也許他們故意要製造黑暗，認為這樣對他們比較有利。」我皺眉，「可是他們只要上前一步，把電燈關掉就行了。你知道開槍最糟糕的壞處是什麼？」

「嚇得我屎尿齊流。」

「惹出不必要的麻煩。行家們都知道，千萬不要把警察招來。如果你忍得住的話。」

「也許他們覺得這是值得的，警告我們——『甭想翻本』。」

「也許。」

「增加一點戲劇效果。」

「也許。」

「天知道，昨天的場景已經夠戲劇化了。他用槍指著我的時候，我還真以為他會開槍，沒想到他竟然朝打天花板開了兩槍，我一時之間不知道是拉屎，還是眼睛瞎了。怎麼了？」

「哦，老天。」我說。

「幹嘛？」

「他用槍指著你，卻朝天花板開了兩槍！」

「我們是不是錯過了什麼？從剛才的談話中，你是不是找到什麼線索？」

我舉手制止他。「讓我想一想。」我說，「我一直在想他們為什麼要把燈管打破，我就是在這裡想岔了。」

「想岔了什麼？馬修？我怎麼——」

「最近你有沒有碰過什麼人，用槍指著別人，結果並沒有傷人，而是朝天花板開了兩槍？」

「我的天啊。」

「是啊。」

「我的天啊。法蘭克與傑西？」

「你在想什麼？」

「我不知道我該想什麼。這種想法實在有點瘋狂。這兩個人沒什麼愛爾蘭口音。」

「我們怎麼知道在摩里西酒吧裡的那兩個是愛爾蘭人？」

「我們不知道。那只是我的假設。手帕蒙住臉，搶走北援基金，感覺起來很政治。其實他們的動作也很經濟，你知道嗎？動作精準，沒有多餘的花招，整起搶案就是一齣精心排練的芭蕾舞。」

「說不定他們真的是舞者。」

「對。」他說，「『亡命之徒芭蕾舞團七五年特展』。對不起，我一直想把心思集中在這上面。兩個綁了紅手帕的小丑，搶了摩里西兄弟五萬元；然後又勒索我和卡沙賓，嘿，剛好也是同樣的數目。犯案模式大致成形了。」

「我們根本不知道摩里西兄弟被搶了多少。」

「不知道，他們也不知道保險箱裡有多少錢。模式就是模式，這點我可以接受。他們的耳朵長什麼樣子？你昨天晚上畫下那兩個人耳朵的樣子，是不是法蘭克與傑西的耳朵？」他開始笑了，「我真的不相信我會講出這樣的話，『是不是法蘭克與傑西的耳朵？』聽起來好像是從外國話翻譯過來的。是不是？」

「史吉普，我不知道他們耳朵長什麼樣子。」

「我還以為你們偵探隨時隨地都在工作。」

「我那時只在想，要怎樣才不會被子彈打到，假設那個時候我的腦子還在動的話。他們的皮膚不錯（fair-skinned），法蘭克與傑西。昨晚也還算公平（fair）。」

「公平溫暖。你看到他們的眼睛嗎？」

「我看不出他們眼珠是什麼顏色。」

「在我跟那個人交易的時候，距離夠近，應該有機會分辨。但就算我瞧見了，我那時也沒注意。反正沒差別了，他們有提到摩里西嗎？」

「我想沒有。」

他閉上眼睛，「我試著回想。我覺得那天的事有點像齣默劇，兩聲槍響之後，現場寂靜無聲，直到出門、下樓梯。」

「我的印象也是這樣。」

他站了起來，繞著房間走。「瘋了，」他說：「嘿，也許我們不該再想我們身邊的人，應該不是內部有人搞鬼。我們面對的可能是專門在地獄廚房搶酒吧的壞胚子。你覺得是不是本地的愛爾蘭幫派，叫，叫什麼來著？」

「西方幫。不是，要不然我們會略有耳聞，至少，瞞不過摩里西兄弟。如果真是他們愛爾蘭的家務事，一天之內，就會有風聲。」我拿起杯子，喝了一口裡面的東西。天啊，現在的味道更好了。我們逮到他們了，我知道。我完全不知道他們是怎樣的人，一個小時前，我甚至連這兩個人是幹嘛的，都沒概念，但，我現在知道他們逃不了了。

「所以他們才會偽裝。」我說，「喔，或者他們不管怎樣都會偽裝，因為他們不想讓我們看到他們的真面目，他們露出馬腳了，我們一定抓得到他們。」

「天啊，你看看你，馬修。就好像是聽到警鈴的救火隊看門狗一樣。你要到哪裡去抓他們？你連他們是誰都不知道。」

「我知道是法蘭克跟傑西。」

「那又怎樣？摩里西兄弟很早以前就想抓他們了。他們還請你幫忙呢。你現在為什麼這麼有把握？」

我又給自己倒了一點點野火雞，「如果你在車上裝了一個發報器，想要追蹤訊號，一部車是不行的，你需要兩部車才能用三角定位法，鎖定它。」

「我不大明白你在說什麼。」

「這跟我們現在說的事不太一樣，不過也差不多。我們在摩里西酒吧見過他們，我們在班森赫斯特教堂的地下室也見過他們。我們現在有兩個參考點，可以定位他們的訊號了。朝天花板開兩槍是他們的註冊商標。難道是他們想要被抓，故意留下簽名？」

「是啊，我替他們難過。」他說：「他們真的要尿褲子了。到目前為止，他們這個月已經弄到十萬塊，但他們不知道馬修·『牛頭犬』·史卡德已經盯上他們了嗎？可憐的混蛋，一毛錢也花不了。」

21

我被電話鈴吵醒，坐了起來，眼睛在天光下眨了好幾次。電話鈴還在響。

我拿起話筒。湯米．狄樂瑞說：「馬修，那警察來了。他居然到這兒來了，你相信嗎？」

「在哪裡？」

「辦公室。在我辦公室。你認識他，至少他說他認識你。一個很難纏的刑警。」

「你到底在說誰啊？湯米。」

「我忘了他名字了，他說——」

「他說什麼？」

「他說你們兩個曾經到過我家。」

「傑克．戴柏德。」

「對了。他也去了？你們在我家幹什麼？」

我揉了揉太陽穴，伸手取來手錶，看了一眼。十點多。我想知道我是什麼時候睡的。

「我們不是一起去的，」我說：「我先到，四處看看，然後他才出現。我認識他很久了。」

沒有用，在我跟史吉普保證，法蘭克跟傑西逍遙法外的時間已經不多了之後，我什麼也想不起來。也許我隨後就回家了，也許我又跟他喝到黎明。我無從得知。

「馬修？他已經騷擾過凱若琳了。」

「騷擾她？」

我的門鎖上了。這是個好徵兆。如果我還記得鎖門的話，表示情況還不算太壞。不過，我的褲子卻是胡亂往椅子上一甩；如果褲子掛在衣櫥裡，可能就更好一些。大偵探釐清線索，想要知道他昨天究竟有多糟。

「他騷擾她，打過幾次電話給她，還到過她家一次。你知道的，旁敲側擊，好像凱若琳在幫我遮掩似的。馬修，這讓凱若琳很生氣，也讓我在辦公室很難堪。」

「我明白你的處境。」

「馬修，我想你跟他是老朋友，可不可以叫他別來煩我？」

「天啊，湯米，我也不知道。警察不會賣老朋友的帳，不追查謀殺案。」

「哦，我不會要求過分的事情，馬修，不要弄錯我的意思。調查謀殺案件是一回事，騷擾又是另外一回事，你說對不對？」他根本不給我回答的機會，「現在的問題是他根本是衝著我來的。在他的腦裡，我就是一個爛貨，也許你能跟他打聲招呼，告訴他我是好人。」

我拚命回想我到底跟傑克說了什麼，可就是想不起來。不過，我相信我沒透露太多，不至於影響他對湯米的判斷。

「你把這件事情也告訴杜好不好？就算幫我一個忙。他昨天還問我你有沒有回報什麼新發現。

我知道你很努力在幫我查案，馬修，只是最好也把進展告訴他一聲，讓他心裡有個底，你明白我的意思嗎？」

「我明白，湯米。」

他掛電話之後，我從水龍頭接了一杯水，灌下兩顆阿斯匹靈。接著我開始洗澡，鬍子刮到一半，這才明白我已經答應湯米去找傑克·戴柏德談一談，請他放過湯米。我第一次發現湯米這個王八蛋還真的有辦法在電話裡要人去買不動產合夥憑證，或者兜售其他的東西。大家說得沒錯，他在電話裡的口才實在是一等一。

8

外頭的天氣晴朗。太陽亮得有點過分。我在麥高文酒吧喝了一小杯，提提神，向街角的拾荒婦人買了一份報紙，丟給她一塊錢，帶著她千恩萬謝的祝福離開。很好，怎樣的祝福和幫忙，我都需要。

我在火焰喝咖啡、吃英式鬆餅，看看報紙。我很在意為什麼我不記得我是怎麼離開史吉普辦公室的。我告訴自己，情況不至於太壞，因為我的宿醉不厲害，但是，這兩件事可能沒什麼關聯。有時候我一夜痛飲，第二天還是神清氣爽，身體絕無異狀。有的時候，宿醉害我整個白天都起不了床，連晚上都很慘，但其實前一晚我並無醉意，什麼麻煩事都沒發生，記憶並沒喪失。

沒關係，算了吧。

我又點了一杯咖啡，整理我的思緒，想三角定位法鎖定代號法蘭克跟傑西的嫌犯，我還記得我之前滿滿的自信，現在卻不知道跑到哪裡去了。也許我那時有個計畫，也許有個厲害的想法可以逮住他們。我翻開筆記本，希望我有記下我靈機一動的吉光片羽。運氣沒那麼好。在我離開日落公園那家酒吧之後，就再也沒有寫任何東西了。

不過，在那之前，我是記了點東西。我記下了米老鼠在村區晃蕩，痛毆同性戀的過往。好些工人家庭裡的青少年，都玩過這種運動。他們放任自己的憤怒，想要在這過程裡，證明自己的男子氣概，卻不知道他們只是試圖毀掉自己心裡某些不敢面對的部分。有的時候，他們玩得太過火，把同性戀打死，或者打成殘廢。我自己就抓過幾個這樣的小朋友，到那時候，孩子們才發現自己闖了大禍，警察並沒有站在他們那邊，他們會因為自己的莽撞，付出代價。

我收起我的筆記本，走了一段路，丟了個銀角子到電話投幣口裡。我找到杜·卡普倫的電話號碼，撥給他。我想到那個告訴我米老鼠故事的女人，慶幸我沒在這樣亮晃晃的太陽底下見到她那身鮮豔的洋裝。

「我是史卡德。」我說。祕書把電話轉給卡普倫，「我不知道有沒有用。但是我掌握更多證據，證明我們的朋友不是什麼善類。」

8

打完電話，我散了一個好長的步，一路走到第九大道。在小貓小姐停了一會兒，跟約翰・卡沙賓打了個招呼，但沒待多久。我走進四十二街的一家教堂，再往下城方向前進，經過港務局後門的巴士站，隨後來到地獄廚房和喬爾西，再到西村。我經過肉類處理區，還在華盛頓街跟十三街交叉口的屠夫酒吧歇腳，站在一群綁著血淋淋圍裙的屠夫之間，喝了幾杯烈酒，又點了一小杯啤酒，緩和一下。我站在外頭，看著牛羊的屍體掛在鐵鉤上，蒼蠅嗡嗡作響，在中午的驕陽下，圍著它們打轉。

我繼續往前走，頭頂著大太陽，在珍恩街與第四大道的「街角酒吧」喝了一杯，又在哈德遜街的「餅乾酒吧」喝了另外一杯。我坐在「白馬」，吃了個漢堡，喝了杯啤酒。

這一路上，我一直在思考紛至沓來的線索。

我對天發誓，我不知道任何一個人是怎麼推理的，包括我自己在內。如果看電影，有人會跟你解釋他怎麼發掘線索，拼湊證據，答案最後又是如何浮現。我一路聽下去，會覺得很有道理。

但我自己的工作很少像這樣。我以前在警隊的時候，案子通常是用兩種方法偵破的（如果偵破得了的話）。第一種是我完全不知道答案，直到新的關鍵事證出現，案情就此急轉直下；第二種是我從頭到尾都知道嫌犯是誰，幹了什麼，只是需要蒐集足夠的證據，就可以把他送上法庭。只有很少的比例，是靠著我當時不明白、現在也搞不清楚的過程，意外偵破的。我蒐集事證，就這麼瞪著，瞪著，再瞪著，突然間，靈光一閃，之前沒看出端倪的事證突然連結在一起，答案就在手上。

你有沒有玩過拼圖？你有沒有受困的經驗？你拿了一片又一片，試了這裡又試那裡，突然間，你發現捻在拇指與食指間千百遍，顛來倒去，不知何處安身的那一片，竟然有了落腳的位置。那裡你明明一分鐘前才試過，明明一直都很明顯，而你直到現在才驚覺。

我坐在白馬的桌前，有好些人在桌面，刻下他名字的字首。這是一張深褐色的桌子，油漆在好些地方都斑駁脫落了。我吃完漢堡，喝完啤酒，正喝著我的咖啡，裡面有我很小心滴進去的一滴波本。破碎的訊息跟影像一段段掠過心頭：我聽見納爾森·佛爾曼告訴我，很多人可以進到教會的地下室；我看到比利·奇根從封套中取一張唱片，放在唱盤上；我看見波比·盧斯藍德把藍色的哨子放在他的雙唇之間；我見到那個戴黃色假髮的罪人，法蘭克與傑西，不情不願的搬家具；我看到自己跟法蘭，那個護士，看那齣叫做《怪人》的舞台劇，跟她的朋友一起走回小貓小姐。

有的時候，我一片茫然；有的時候，我找得到答案。

我說不上來什麼事情起了關鍵作用。我也不知道從何推理。我只是拿起一片一片的拼圖，把它們顛過來，倒過去，突然之間，我發現圖拼完了，一片拼圖連上了另外一片，全部正確的落在它們應該在的位置。

在此之前，在我午夜夢迴之際，我糾結的諸般思路會不會在一片渾沌中，像潘妮洛普的紡織（譯註：Penelope's tapestry，潘妮洛普是希臘史詩《奧迪賽》男主角奧德修斯的妻子，為了擺脫追求者的糾纏，宣誓要完成給公公的壽衣才要再嫁，但是她白天織好的布匹，到了晚上，她又拆了）一樣鬆開？我不認為，雖說我腦海裡的這片渾沌，本質是什麼，我也說不上來。但它感覺起來就是這樣。答案出現的時候，你會發現它竟然這麼明顯——就跟那片拼圖一樣，一旦就位，你實在沒法相信自己居然看不穿——有時它們明顯到讓我覺得我只是找到身邊熟悉的事物一樣。

∞

我打了通電話給納爾森·佛爾曼。他沒有我要的資訊，不過，他的祕書卻給我一個電話號碼。我找到了一個女人，解決我部分疑惑。

我又打了通電話給艾迪·柯勒，這才發現我距離第六分局不過兩條街而已。我走過去，在他辦公室裡找到他，問他需不需要我把前兩天幫他買的那頂帽子，全部送給他？他沒離開座位，打了幾通電話，我在筆記本上又多記了幾行字。

我自己也在街角電話亭打了通電話，然後穿過哈德遜街，招輛計程車到上城去。我在十一大道跟五十一街的交會處下車，走到河邊，在摩里西酒吧前停了下來，不過我沒敲門，也沒有按門鈴，而是站在樓下戲院，端詳一張海報。《怪人》剛剛結束短短的檔期。約翰·B·奇恩（譯註：John B. Kean，愛爾蘭劇作家）的劇作明晚上檔，名稱為《來自克萊爾的人》。海報上有男主角的照片，鐵絲般的紅色頭髮，有著一張陰森憂鬱的臉龐。

我推了推劇團的門，鎖上了。我敲了敲門，沒有反應，我又狠敲了一陣子，門終於打開了。一個二十幾歲的矮個少女瞪著我。「對不起，」她說，「票房明天下午之後才開。我們現在人手不足，排演到了最後關頭，而且——」

我告訴她，我不是來買票的，「只想耽擱你幾分鐘而已。」我說。

「每個人都耽擱我幾分鐘，我就什麼都別幹了。」她這句話講得輕鬆，好像是劇本上的台詞一樣。「對不起，」她的口氣回歸現實，「下次再聊吧。」

「不行，非現在不可。」

「天啊，這是怎麼回事？你不是警察吧？我們怎麼了？忘了付保護費？」

「我是樓上那幾個兄弟找來的。」我說，指了指，「他們希望你能跟我合作。」

「摩里西先生？」

「如果你不相信的話，儘管打電話問提姆．佩特。我叫史卡德。」

在戲院的後方，傳來一個很濃的愛爾蘭土腔叫道，「瑪麗．珍，你他媽的怎麼去那麼久？」

她轉了轉眼睛，嘆了口氣，幫我把門打開。

∞

我離開愛爾蘭劇場之後，打了個電話到史吉普家，隨後到酒吧找他，都沒找到，卡沙賓叫我試試健身房。

我先到阿姆斯壯酒吧去碰碰運氣。他不在那裡，根本沒來過。不過丹尼斯說有別人來過。「有個傢伙找你。」他告訴我。

「誰？」

「他沒說他是誰。」

「長什麼樣子？」

這個問題讓他想了一會兒，「如果你在玩警察抓小偷，要給他安排個角色的話，」他的口氣意味深長，「你不會找他當小偷。」

「他有留話嗎？」

「沒，也沒留小費。」

我去到史吉普的健身房。百老匯某處的二樓，很寬敞，樓下是一家熟食店。前身是一家保齡球館，一兩年前倒閉。健身房裡的那種氣氛，給人它拖不過租約期滿的感覺。有兩個人在做自由重量（譯註：free weights，沒有輔助設備的運動器材，像是啞鈴）運動。一個黑人掛了一身汗珠，正在練習仰臥舉重，他的同伴在一旁照顧。右邊，有個大漢下盤沉穩，正在練習打沙包。

史吉普坐在健身器前，練習滑輪下拉。他穿了一條灰色的運動褲，沒穿上衣，滿身大汗。他的背部、肩膀跟前臂的肌肉，全都緊繃。我站幾碼之外，見他做完最後一輪。我叫了他的名字，他轉過身來，看到我，笑了笑，有點訝異。他又拉了幾下，站起身，過來握住我的手。

他說：「怎麼啦？你怎麼知道我在這裡？」

「你合夥人說你在這裡。」

「來得正是時候。我正想休息會兒。我先去拿菸。」
健身房有個抽菸的地方，飲水機旁，放了兩把椅子。他點了根菸說，「運動有效。早上醒來的時候，一個頭兩個大。我們昨天晚上喝得可痛快了，是不是？你回家沒事吧？」
「怎麼？我昨天很難看嗎？」
「沒我慘。你說你的感覺還不壞。你昨天講話很有氣勢，你說法蘭克與傑西難逃報應，你已經是蓄勢待發了。」
「你覺得我太樂觀了？」
「嘿，無妨無妨。」他猛吸了一口駱駝菸，「我，現在覺得自己又像是個人了，血液流動，毒素跟汗水一道流出，讓我煥然一新。你有沒有做過重量訓練？馬修。」
「這些年沒有。」
「那你以前有囉？」
「一百年以前，我有點想當拳手。」
「你說真的？你想當拳手？」
「在高中的時候。我經常混青年健身房，舉重啦，訓練啦。我在青年俱樂部裡打過幾場，然後我發現我討厭別人打我的臉，而且我在場上很笨拙。至少我是這麼覺得，我不喜歡這種感覺。」
「所以你找了個可以帶槍上街的工作？」
「還有警徽跟警棍。」

他笑了，「跑步的，打拳的，」他說：「看看他們。你來這裡是有原因的吧？」

「有。」

「說啊。」

「我知道他們是誰了。」

「法蘭克跟傑西？你開玩笑吧？」

「不是。」

「他們是誰？你是怎麼查出來的？而且——」

「能不能把大家集合在一起？在酒店關門之後？」

「大家？誰是大家？」

「前兩天跟我們在布魯克林一起東奔西跑的那幾個。我們需要幫手，但不用找新人。」

「幫手？要幹什麼？」

「今晚沒有行動。開個作戰會議，如果你覺得可以的話。」

他把菸屁股扔進菸灰缸裡，「我覺得可以？」他說，「我當然可以。你要找誰？『豪勇七蛟龍』（譯註：The Magnificent Seven，美國相當賣座的西部片）？不，我們只有五個人，『豪勇七減二蛟龍』——你、我、卡沙賓、奇根、盧斯藍德。今天星期幾？星期三？如果我好好跟他講，比利大概會在一點半左右打烊，卡沙賓跟波比由我來通知。你真的知道他們是誰嗎？」

「我真的知道。」

「我是說你只知道某個環節，還是——」

「全盤掌握之中，」我說，「姓名、住址、幹哪行的。」

「全盤掌握之中？那他們到底是誰？」

「我兩點左右到你辦公室。」

「去你媽的，如果你在那之前被汽車撞死了怎麼辦？」

「這個祕密我只好帶進棺材裡了。」

「夠賤的你。我要去做點仰臥舉重。要不要跟我一道，暖暖筋骨？」

「不要。」我說，「我要去喝一杯。」

∞

我沒去喝酒。我往一家酒吧裡望去，發現裡面滿滿是人。我回到旅館，見到傑克·戴柏德坐在大廳的椅子上等我。

我說，「我就知道是你。」

「什麼，那個中國酒保跟你提起我？」

「他是菲律賓人。他說有個胖老頭沒留小費給他。」

「誰會在吧台給小費？」

「每個人。」

「你沒開玩笑吧？我在桌上留小費。我站在吧台旁喝酒，哪用得著小費？我不覺得別人會給。」

「拜託，你都是在哪裡喝酒？布拉尼史東？白玫瑰（譯註：兩家都是廉價酒吧）？」

他瞧了我一眼，「你今天怪怪的。」他說，「這麼有精神。」

「哦，那是因為我有事在進行。」

「哦？」

「你有沒有線索各就各位、案情迎刃而解的時候？我剛剛就過了這樣一個下午。」

「我們不是在談相同的案子吧？」

我瞧了他一眼。「你剛有講什麼嗎？」我說，「你在辦哪件案子？哦，湯米的案子，天啊，不是，我不是在說那個，那事沒半點進展。」

「我知道。」

我想起我今天早上是怎麼醒的。「他今天早上打電話給我，」我說，「抱怨你。」

「真的嗎？」

「他說你騷擾他。」

「是啊，難道我很愉快嗎？」

「我應該提供你一些參考，告訴你他其實是好人。」

「真的嗎？他真的是好人嗎？」

「不是，他是個混蛋，不過我可能有偏見。」

「那當然，畢竟他是你的客戶。」

「對。」我們在開始聊天的同時，他就站了起來，如今我們倆已經走到旅館外面的街道邊。有個計程車司機跟花店的送貨員在吵架。

我說，「傑克，你今天找我幹嘛？」

「我恰巧在附近，過來看看你。」

「哦。」

「他媽的。」他說，「我想知道你有沒有查到什麼。」

「狄樂瑞？我沒有查到什麼關於他的事情，就算有——他可是我的客戶。」

「我指的是那兩個西班牙小鬼。」他嘆了一口氣，「因為我開始擔心這個案子在法庭上贏不了。」

「你是說真的嗎？他們不是已經承認行竊？」

「是啊，如果他們以竊盜罪起訴，也就沒事了。但是地方檢察官還想辦他們殺人，如果現在就開庭，整個案子就會輸。」

「你手上有贓物，流水編號也完全符合。你有指紋，還有——」

「屁咧。」他說：「你知道在法庭上會發生什麼事。突然之間，因為蒐證過程有技術上的瑕疵，贓物就不是證據了。我們找到一架被偷的打字機，但我們只被授權找一架收銀機，諸如此類的屁事。至於指紋呢，你別忘了，有個人在幾個月前幫狄樂瑞家倒過垃圾，這可以解釋為什麼留下指紋。狡猾的律師在如山的鐵證裡，都找得到漏洞。所以我才在想，如果你有什麼好發現的話，請跟我說一聲。鎖死克魯茲跟海利拉，不也等於在幫你的客戶嗎？」

「話是不錯，可惜我什麼也沒查到。」

「一點也沒有？」

「目前沒有。」

∞

我帶他去阿姆斯壯，點幾杯酒。我還給丹尼斯好多小費，看傑克有什麼反應，引以為樂。然後我回旅館，請櫃檯明早叫醒我，為了保險，我還調好鬧鐘。

我沖了個澡，坐床邊，看著這個城市。天色逐漸暗沉，在很短的時間裡，一度呈現豔藍色。

我躺在床上，舒展四肢，但卻不怎麼想睡。我知道的下一件事是電話鈴響了，我沒說話，直接掛掉，接著我的鬧鐘也響了。我穿好衣服，在臉上灑點冷水，出門賺錢。

22

我到了那裡，大夥兒還在等奇根。史吉普拿檔案櫃權充吧台，放了四五個瓶子、一些調酒，還有一盒冰塊。地板上有個保麗龍冰桶，裡面塞滿啤酒。我問有沒有剩下的咖啡。卡沙賓說，廚房可能還有一點，他回來，手裡卻拿了一整個塑膠保溫壺的咖啡，一個馬克杯，還有奶精跟糖。我給自己倒了一杯黑咖啡，目前，還不想滴烈酒進去。

我嚐口咖啡，聽到外面有人敲門。史吉普去開門，比利到了。「遲到（譯註：late，也有已故的意思）的比利．奇根。」波比說。卡沙賓給他倒了一杯十二年的愛爾蘭威士忌，這是比利在阿姆斯壯喝的酒。

大家開起玩笑，你來我往。突然之間，靜了下來，在大夥重新起鬨的空檔，我站起來說，「我想跟你們說幾句話。」

「人壽保險。」波比．盧斯藍德說：「我說，你們有沒有想過買保險。我的意思是，比方說，認真的思考一下。」

我說，「史吉普跟我昨天晚上談過了，也找到一些線索。我們相信那兩個戴假髮、鬍子的傢伙，我們以前也見過。兩個禮拜前，摩里西酒吧的搶案，就是他們幹的。」

「那次他們是用手帕蒙臉。」波比說。「昨天晚上，他們戴了假髮、鬍子跟面具，但你怎麼知道是他們？」

「是他們。」史吉普說：「真的，朝天花板開兩槍，記得嗎？」

「我不知道你在說什麼。」波比說。

比利說，「波比跟我只在星期一晚上，遠遠見過他們一眼。你根本沒看過他們不是嗎？約翰。不，當然不對，你那時在附近。搶案發生那天，你有去摩里西嗎？我不記得有看到你。」

卡沙賓說，他從沒到過摩里西酒吧。

「我們裡面有三個人沒意見。」比利繼續，「你說這兩起搶案是同一批人幹的，我說好吧。但只有這樣嗎？除非是我漏聽了什麼，不過就算這樣，我們還是不知道他們是誰，不是嗎？」

「不對，我們知道他們是誰。」

所有人都看我。

我說，「我昨天晚上非常狂妄，告訴史吉普，那兩個人跑不掉了。一旦我們知道這兩起案子是同一批人做的，剩下的問題只是清查身分而已。我原本以為這是酒喝多了之後發出的豪語，但裡面多少有些真相，今天我運氣來了，我知道他們是誰了。史吉普跟我昨晚料得不錯，他們幹了兩起案件，身分我查出來了。」

「接下來呢？」波比想要知道。「我們現在要幹什麼？」

「那個待會兒再說。」我說：「我想先告訴你們是誰幹的。」

「你說吧。」

「那兩個人的名字叫葛雷·艾特伍跟李·大衛·凱特勒。」我說：「史吉普口中的法蘭克跟傑西，就跟詹姆斯兄弟（譯註：法蘭克跟傑西是兄弟，姓詹姆斯）一樣，史吉普無意之間點出他們的家族淵源。這兩人是表兄弟。艾特伍住在東村，字母市，B跟C之間的第九街。凱特勒跟他的女朋友同居。他女朋友叫麗妲·朵妮珍，是個老師，住華盛頓高地。」

「亞美尼亞人。」奇根說：「她大概是你的表妹，約翰。情節愈來愈複雜了。」

「你是怎麼找到他們的？」卡沙賓懷疑道，「他們以前幹過搶案？有犯罪紀錄嗎？」

「我想他們沒前科。」我說，「這點我沒有查證，因為我覺得不重要。不過，我相信他們有工會證。」

「呃？」

「演員工會證。」我說：「他們是演員。」

史吉普說，「你開玩笑吧？」

「沒有。」

「我真是個白癡。沒錯，前言搭上後語了。」

「你明白了？」

「我當然明白了。」他說，「所以他們才有口音。所以他們才會在摩里西酒吧的時候，看起來像愛爾蘭人。他們沒有什麼口音，也沒有露出跟愛爾蘭人有關的線索，可是感覺起來就像愛爾蘭人，因為他們在演戲。」他轉過身去，瞪著波比・盧斯藍德，「演員？」他說：「我竟然被兩個戲子搶了。」

「你只是被兩個演員搶，」波比說，「跟我們這行可沒關。」

「戲子？」史吉普說，「約翰，我們竟然付了五萬塊給兩個戲子！」

「他們手裡可是真槍實彈。」奇根提醒他。

「戲子！」史吉普說，「我們應該給他們道具鈔票的。」

我從保溫壺裡倒了更多的咖啡。我說，「我不知道我是怎麼想到的，但我就是想到了。而一旦我琢磨通了之後，我就知道好些徵兆是打哪兒來的。其中一點是我們共同的印象，這兩個人有點不對勁，舉手投足，好像在演戲。當然他們在摩里西酒吧跟星期一晚上的那一幕有點不同。在我們確定他們是同一批演員，演出兩次之後，他們態度上的差異就很明顯了。」

「我不知道這兩人是怎麼當上演員的。」波比說，「頂多是兩騙子。」

「還有別的線索。」我說：「他們行動看起來對動作很有概念。史吉普，你說他們很像舞蹈家，說他們的動作可能經過設計。其中有一個人說過一句話，完全不像一般人會講的話，只能是行話——如果不是他幹的那行，就是他扮演的角色的那行。」

史吉普說：「哪一句？我怎麼沒聽到？」

「在教堂的地下室裡。你跟那個戴黃色假髮的傢伙在搬家具的時候。」

「我想起來了，他說什麼？」

「他說工會不曉得會不會同意。」

「對，他是說了這麼一句。有點點怪，可是我當時沒太注意。」

「我也沒有，但卻留下了印象。而且他在講這句話的時候，聲音又有點不同。」

他閉上眼睛，努力回想。「你說得對。」他說。

波比說，「這怎麼能證明他是演員？頂多是個工會成員而已。」

「舞台工作人員工會很強勢。」我說，「他們會確認演員不會搬布景或者做類似的工作，好要求劇組僱用他們的成員。這是演員才會想到的台詞，被他用聲音詮釋得很傳神。」

「可是你又怎麼知道他們是誰？」卡沙賓問道，「就算你知道他們是演員，想弄清楚他們的姓名跟地址，還得大費周章吧？」

「耳朵。」史吉普說。

大家都在看他。

「他畫下他們的耳朵。」他說，指著我，「在他的筆記本裡。耳朵是人體中最難偽裝的部分。別看我，這是權威人士的說法。把那兩個人耳朵畫下來的人是他。」

「幹嘛？」波比說，「登個廣告，搞個試鏡，檢查大家的耳朵？」

「你可以去看相片簿啊。」史吉普說。「去看經紀公司的演員公關照，找找類似的耳朵。」

「在拍證件照片的時候，」比利・奇根說，「必須要露出雙耳。」

「要不然？」

「要不然他們不給你護照。」

「可憐的梵谷，」史吉普說，「沒有國家的人。」

「你是怎麼找到他們的？」卡沙賓還是想知道，「總不可能單靠耳朵吧？」

「不是，當然不是。」

「車牌號碼。」比利說：「難道大家都忘了車牌號碼嗎？」

「車牌號碼最後出現在贓車表，」我告訴他。「在我想到他們是演員之後，我就從新的角度打量教堂。我想他們絕對不是隨便挑一間教堂，破門進入地下室。他們有辦法進去，也許有鑰匙。根據牧師的說法，很多社團借用那個場地，所以可能有很多把鑰匙在流傳。順便一提的是，他提到一個業餘的劇團曾經用過那地方挑選演員跟排演。」

「啊哈！」有人叫道。

「我打電話給教堂，查到某個跟劇團有關的人的名字。然後再打電話給他，跟他說，我想要聯絡一個演員，這個人幾個月前曾經跟劇團合作過。我描述的特徵，大致符合兩個人的相貌。記得，除了身高差兩吋之外，這兩人外貌差不多。」

「你就查出一個名字來了。」

「我查到了兩個，其中一個是凱特勒。」

「這就真相大白了。」史吉普說。

「什麼白？」卡沙賓說，「不就出現了第一個名字而已。還是我沒弄懂什麼事情？」

「不，你說得對。」我告訴他。「在那個時候，凱特勒只是我筆記本中的一個名字而已。我必須要把某個名字跟其他的犯罪案件連在一起。」

「什麼犯罪案件？哦，摩里西酒吧搶案。不可能吧，那個地方不會僱用失業演員當侍者、酒保。他們是家族企業，兄弟幾個包辦了所有工作。」

我說：「一樓是幹什麼的，史吉普？」

「哦。」他說。

比利．奇根說，「愛爾蘭劇團。不曉得是叫驢子（Donkey）固定劇碼戲團（譯註：Repertory Company，這種劇團只定期演出某些劇目），還是什麼鬼的。」

「我今天下午去過了。」我說：「他們正在排一齣新戲，到了最後關頭。我報了提姆．佩特的名字，耽擱一個小姐幾分鐘。他們在大廳張貼海報，還有替每一個演員做宣傳的獨照。我想他們是叫大頭照吧？那個女孩把他們歷年劇目、不同卡司的海報翻給我看。他們的檔期短短的，幾齣戲翻來覆去的演。」

「然後呢？」

「李．大衛．凱特勒在唐尼布魯克（譯註：Donnybrook，發音跟驢子有點像，所以是比利弄錯了）劇團，五月最後一個禮拜跟六月第一個禮拜推出的布萊恩．佛萊爾（譯註：Brian Friel，還是愛爾蘭劇作家）的劇作裡，演出過一個角色。我還核對他的名字，一看到照片就認出人來了；當然，他表弟的照片也在裡面。他們卸下偽裝之後，家族的遺傳更明顯。絕對不可能弄錯。也許這就是為什麼他們能得到演出機會的緣故，他們並不是這個劇團的固定成員，但他們飾演兩兄弟，所以長得像是一大優勢。」

「李．大衛．凱特勒，」史吉普說：「另外一個叫什麼名字？什麼艾特伍？」

「葛雷．艾特伍。」

「演員。」

「對。」

他在手背敲了敲菸，放進嘴裡，點著。「演員。他們在一樓底層，想要登到上一層的天堂，是不是？所以才動腦筋去搶摩里西酒吧。」

「可能吧。」我喝了一口咖啡。野火雞酒瓶就放在檔案櫃上，我忍不住瞄了一眼，但我現在還不想要喝什麼東西，避免鈍化我的認知。我很高興忍著沒喝，也很高興看到大家在痛飲。

我說：「他們可能在舞台劇上演的時候，上樓喝過一兩次酒。也許他們聽到牆後另有玄機的消息，也可能看到提姆．佩特取錢出來，或者放錢進去。無論如何，他們發現搶摩里西酒吧並不難。」

「如果你有命去花的話。」

「也許他們根本不知道摩里西兄弟的厲害。這有可能。反正很開心的計畫搶案，把它當做一齣戲來編，分配自己飾演愛爾蘭的其他派別，劇情是北愛麻煩（譯註：the Troubles，也譯做北愛問題。起源於北愛前途的看法紛紜，導致了長期的暴力衝突，直到一九九〇年代才逐漸平息）的老劇碼中，出現兩個沉默槍手。

他們被可能到手的鉅款沖昏了頭，興沖沖的弄了兩把槍，好戲上演。」

「就這樣嗎？」

我聳了聳肩，「也許他們以前就搶過別的地方。我們沒有理由假設摩里西是他們登台首演。」

「我想這總比幫人遛狗，或者到辦公室當臨時工好一些。」波比說，「演員也要過日子啊，也許我該弄個面具、弄把槍來。」

「你有的時候當酒保，」史吉普說，「簡單得多，還不用道具。」

「他們是怎麼找上我們的？」卡沙賓問道：「是不是他們在愛爾蘭劇團演戲的時候，也來過我們這裡？」

「也許吧。」

「這沒法解釋他們知道帳本的事情啊。」他說，「史吉普，我們以前僱用過他們嗎？艾特伍跟凱特勒是吧？這名字我們以前聽過嗎？」

「我想沒有。」

「我想也沒有。」我說：「他們也許知道這個地方，但這並不重要。他們應該是沒有在這裡工作過，因為他們不認識史吉普。」

「也可能是他們編出來的戲劇情節。」

「有可能。但我說過，這並不重要。有個內應偷了帳本，交給他們，進行勒索。」

「內應？」

我點了點頭，「我們一開始不就這樣猜想嗎？記得吧，這是你僱用我的原因啊，史吉普。部分原因是要我幫忙交易，不要出什麼意外；部分原因也是要我追出幕後的黑手，不是嗎？」

「對。」

「這也就是為什麼他們一開頭就有帳本，為什麼會找上你們的緣故。我始終知道他們沒踏進小貓小姐半步，犯不著，早就有人安排好了。」

「靠內應？」

「沒錯。」

「你知道內應是誰嗎？」

「我知道。」我說。

房間陷入死寂。我在桌子邊繞了一圈，從檔案櫃上拿起野火雞，倒了一兩盎司進我的矮酒杯，又把瓶子放回去。我沒喝的意思，也不想拖延下去，讓緊張逐漸升高。

我說，「這個內應事後還有戲分，他讓艾特伍跟凱特勒知道，我們掌握了他們的車牌號碼。」

波比說，「那輛車不是偷來的嗎？」

「是偷來的，所以它才會出現在贓車表上。失竊時間是星期一的傍晚五點到七點之間，地點是海洋大道。」

「那又怎樣？」

「報告是這麼說的，我們姑且不論。在那個時候。今天下午，我做了我當時就該做的事情，查出汽車的主人叫做麗妲・朵妮珍。」

「艾特伍的女朋友。」史吉普說。

「其實是凱特勒的女朋友。不過，這並沒有差別。」

「我搞不懂。」卡沙賓說：「他偷他女朋友車幹嘛？」

「所有人都喜歡捉弄亞美尼亞人。」奇根說。

我說，「他們開了她的車。艾特伍跟凱特勒開走了麗妲的車子。稍後，他們的同謀告訴他們說，有人瞧見他們的車牌。所以他們那個時候才打電話報警，謊稱他們的車子已經失竊，被偷的時間往前挪了好幾個小時，地點是海洋大道很遠的地方。今天下午，我挖得深了一點，我這才發現報案時間已經接近午夜。

「我好像沒把前因後果交代清楚。贓車表上，那輛水星的車主，登記的並不是麗妲・朵妮珍，而是一個愛爾蘭名字，叫佛萊賀迪或佛利之類的，我忘記了，地址是海洋大道。表上有電話號碼，我撥過去，卻是錯的，屋主並不姓佛萊賀迪或是佛利。於是我聯絡交通局，從車牌著手，查出這部車的主人是麗妲・朵妮珍，住卡布里尼大道，就是在華盛頓高地再上面一點的地方，距離海洋大道或是布魯克林其他區域，都有一段路。」

我喝了口野火雞。

「我打電話給麗妲・朵妮珍。」我說：「假裝是一個清查贓車表的警察，照章行事而已，確認哪些車真的被偷了，又有哪些車已經被找回來了。喔，對，她說，她的車一下子就找到了。她覺得她的車子其實沒被偷，她的先生喝了兩杯，忘記自己停在哪裡了。在她報警之後沒多久，車子就在兩條街外發現了。我說，我們的紀錄可能有點筆誤，因為車子遺失的地點在布魯克林，她卻住在上曼哈頓。她說沒錯，那時她跟她先生在布魯克林探望她先生的弟弟。我說，那我們大概連姓名都弄錯了，因為報案的人姓佛萊賀迪。沒有錯，她說，她小叔就是叫這個名字，接著又嘮嘮叨叨解釋說，那個人其實是她先生的妹夫，她先生的妹妹嫁給佛萊賀迪。」

「可憐的亞美尼亞女孩，」奇根說，「毀在愛爾蘭人手裡。想想，約翰。」

史吉普說，「到底有沒有說半句真話？」

「我問她是不是叫麗妲．朶妮珍，水星侯爵，車牌LJK－九一四，是不是她的？兩個答案都是肯定的。自此之後，她就沒再說實話了，扯了一連串的謊。她在替那兩個人掩飾，而且創意無窮。她根本沒有先生，也許她所謂的先生指的是凱特勒，但她又冒稱自己冠夫姓，說她的先生姓朶妮珍。我看只有她爸爸才是真正的朶妮珍先生吧。我並不想把她逼得太緊，因為我不想讓她懷疑這並不是例行調查。」

史吉普說，「有人在我們交錢之後，打電話給他們，說我們掌握車牌號碼。」

「沒錯。」

「還有誰知道呢？不就是我們五個人嗎？奇根，你是不是又喝得爛醉，告訴全屋子的人，你是英雄，抄下車牌號碼的人就是你？是不是這樣？」

「我去教堂告解過，」比利說，「我告訴胡立安神父了。」

「我是說真的，混蛋。」

「我從來就不相信那些畏畏縮縮的傢伙。」比利說。

約翰．卡沙賓慢吞吞的說，「史吉普，我想不是誰告訴了誰。馬修的意思是說，我們裡面出了內奸，對不對？馬修。」

史吉普說，「我們裡面？其中一個？」

「是真的嗎？馬修？」

「沒錯。」我說：「是波比。」

23

好一陣沉默，所有的人都看著波比。史吉普放聲狂笑，笑聲在辦公室裡迴盪。

「馬修，你媽的，」他說，「你說得也太過分，你覺得我會相信嗎？」

「是真的，史吉普。」

「就因為我是演員嗎？馬修。」波比衝著我笑了笑，「你以為演員一定認識同行嗎？照這麼說，比利一定認為卡沙賓認識所有的老師吧？天啊，這城裡的演員可能比亞美尼亞的全部人口還多呢。」

「兩個邪惡的族群，」奇根好像在朗誦，「演員跟亞美尼亞人，活該餓死。」

「我沒聽過這兩個人。」波比說：「他們是不是姓艾特伍跟凱特勒？兩個人我都不認識。」

我說，「沒有用的，波比。你跟葛雷．艾特伍是紐約戲劇藝術學院的同學。去年在第二大道的蓋林達劇院，你跟李．大衛．凱特勒還同台演出過。」

「你是說斯特林堡（譯註：August Stringberg，瑞典戲劇家，現代戲劇的奠基者之一）那齣戲？六個演員面對空蕩蕩的椅子，就連導演都不知道在演什麼的那齣戲啊？哦，那是凱特勒啊，演布蘭特的那個？你是指那個人嗎？」

我沒吭聲。

「李這個名字把我弄糊塗了。大家都叫他戴夫，我想我記得他，可是——」

「波比，你這個王八蛋，你說謊。」

他轉頭，瞧著史吉普，「我說謊，亞瑟？你懷疑我說謊？」

「我就是他媽的知道，我認識你一輩子，看得穿你。你說謊我會不知道嗎？」

「人體測謊機。」他嘆了一口氣，「這次你對了。」

「我不敢相信。」

「拿定主意好不好，亞瑟。你這個人還真難伺候，我說謊，你不信；我說實話，你也不信。你到底要我怎麼辦？」

「你打劫！偷了我的帳本，背叛你的好朋友！這種事你怎麼做得出來？你這狗娘養的，你怎麼做得出來？」

史吉普站起來。波比倒還坐椅子上，手裡拿著個空杯子。奇根跟卡沙賓原本在波比兩邊，在對話中，卻不斷向外挪，好像要給他們多騰出一點空間似的。

我站在史吉普的右邊，盯著波比。波比慢條斯理，沒打算立刻回答，彷彿史吉普的質疑，需要好好的思考。

「媽的。」他終於說話了，「為什麼這麼做？我需要錢。」

「他們分給你多少？」

「跟你說實話吧，沒多少。」

「多少？」

「最早我是說三分之一，他們笑得要命，我接著說一萬，他們還價五千，最後的成交價是七千。」他雙手一攤，「我不太會跟別人討價還價，我是演員，不是生意人，不會跟人斤斤計較。」

「你敲詐我，最後只拿了七千？」

「拜託，我真的希望能多弄點，相信我。」

「你他媽的還開玩笑！」

「那你就不要逼我講笑話啊，王八蛋！」

史吉普閉上眼睛，汗水一串串的從額頭滴了下來，脖子的肌肉在顫抖。他雙手緊握、鬆開，又握緊。他從口中喘出氣來，好像是中場休息的拳擊手。

他說，「你到底要錢幹什麼？」

「我小妹妹要錢動手術，而且——」

「波比，你別耍我。我真的會殺了你，我發誓。」

「是嗎？我真的需要錢。相信我。要動手術的人是我，我的腿快斷了。」

「你在胡說八道些什麼！」

「我借了五千塊錢，投資古柯鹼買賣，結果卻被人騙了。我可不是跟大通曼哈頓借的。我在銀行界可沒有好朋友。我是跟伍塞德（譯註：Woodside，在皇后區）那邊的人借的。那人告訴我，我的兩條腿就是附帶抵押品。」

「你沒事搞毒品買賣幹什麼？」

「我想弄一筆錢，改變生活啊，脫離底層啊！」

「聽起來還真像美國夢。」

「結果是一場噩夢。買賣砸鍋了。我背了一屁股債，利息每週就是一百塊，付給放高利貸的，本金還是五千。一開始，我的生活就周轉不過來了，現在每星期還得多這一百。我連利息都付不出來，利上滾利，我從凱特勒跟艾特伍那邊分來的七千塊，一毛都不剩了。六千塊我還高利貸，擺脫他的糾纏，再還了其他幾筆債，現在皮夾裡就兩百塊。就這麼多了。」他聳了聳肩，「來得容易，去得也快。是吧？」

史吉普的嘴上叼了根菸，摸了半天打火機，找到，又掉了，一彎腰，又把打火機踢到桌子底下去了。卡沙賓一手扶住他的肩膀，掏出一盒火柴，替他點菸。比利．奇根趴在地上，終於找到打火機。

史吉普說，「你知道你搞掉我多少錢？」

「我害你賠了兩萬，約翰三萬。」

「我們每個人被你敲掉兩萬五千塊。我欠約翰五千塊，你知道我會還他的。」

「隨你怎麼說吧。」

「我們賠了五萬，你結果只弄到七千！我還有什麼好說的？我們沒了五萬，你只拿了七千！」

「我說過，我沒什麼生意頭腦。」

「你根本就沒有頭腦，波比。如果你要錢，你不會向提姆．佩特檢舉你的朋友嗎？摩里西兄弟懸賞一萬。他們給得心甘情願，還比他們分給你的多三千。」

「我不出賣我的朋友。」

「哦，當然。不過，你不是出賣了約翰跟我嗎？」

波比聳聳肩。

史吉普把菸扔在地板上，惡狠狠的踩了一腳。「你要用錢，」他說，「為什麼不跟我要？直說就好。在找高利貸之前，為什麼沒來找我？人家逼你還債，你需要錢，也可以找我周轉啊。」

「我不會跟你借錢。」

「你不會跟我借錢？偷我的錢就可以嗎？就是因為不用開口借？」

波比轉過頭去，「是啊，沒錯，亞——瑟——我不會跟你開口借錢。」

「我有拒絕過你嗎？」

「沒有。」

「我有給你難堪過嗎？」

「有。」

「什麼時候？」

「一天到晚。叫那個演員去演一下酒保。我們請演員到吧台後面去，希望他不會把整個店送掉。我最討厭人家開我演技的玩笑。我根本就是你的小玩具，寵物演員。」

「你覺得我不把你的戲當回事。」

「你當然沒有。」

「我真他媽的不相信我的耳朵。你在第二大道，演那個斯特林堡的破爛玩意兒的時候，我帶了多少朋友去捧場？劇場裡有二十五個人，起碼二十個是我帶的。」

「那是去看寵物演員。『去看那個破爛玩意兒。』你說這叫做當回事嗎？史吉普寶貝。這真的是支持。」

「我真他媽的不敢相信。」史吉普說，「你恨我。」他環顧室內眾人，「他恨我！」

波比只是看著他。

「你做這種事來報復我！就這麼回事。」

「我是為了錢！」

「錢我會借給你！」

「我不要跟你拿！」

「你不想跟我拿錢？那你的錢從哪裡來？是上帝賞給你的？是天上掉下來的？」

「我覺得是我賺的。」

「你什麼？」

波比聳聳肩，「我說了，我覺得是我賺的。我花了工夫。從我拿到帳本開始，我就時時刻刻跟你們在一起，不曉得多少次。我星期一晚上陪你們拿帳本，什麼活都幹。你連一丁點的懷疑都沒有。這種演技算很差嗎？」

「不過是場戲？」

「你也可以這麼看。」

「猶大也演得不錯。他得到奧斯卡提名，可是沒法出席頒獎典禮。」

「你的表情很差勁，亞瑟，這個角色並不適合你。」

史吉普瞪著他。「我不明白。」他說，「你好像一點不覺得丟臉。」

「你會比較開心嗎？如果我裝出羞恥的樣子？」

「你覺得這無所謂？陷害你的老朋友，害他賠了一大筆錢。偷錢是對的嗎？」

「你沒偷過嗎？亞瑟。」

「你在胡說些什麼？」

「你那兩萬塊錢是從哪裡來的？亞瑟，是午飯錢省下來的？」

「我們逃稅啊，這又不是祕密。你說我偷了政府的錢？紐約收現金的行業，哪一個不這樣幹？」

「你開酒吧的錢是哪裡來的？你跟約翰是怎麼起家的？也是逃稅逃來的嗎？收了沒申報的小費？」

「那又怎樣？」

「放屁！你在傑克．貝金酒吧打工的時候，用兩隻手偷來的吧？你幹了人家一大堆東西，拿到雜貨店換錢。你幾乎把店都搬空了，傑克的酒吧不用關門，真是奇蹟。」

「他賺錢啊。」

「是啊，你也賺了不少吧。你偷，約翰工作的時候也在偷。您瞧瞧，你們兩個最後還偷出一家酒吧來。講到美國夢，這就是美國夢。偷自己的老闆，偷到自立門戶，開店跟他競爭。」

史吉普嘟囔了幾句。

「你說什麼？我聽不到，亞瑟。」

「我說，酒保偷東西，可以想見。」

「有本事就說實話吧。」

「我沒有惡搞傑克，我幫他賺錢。隨你花言巧語，波比，你不管說什麼，也沒辦法解釋你的惡質。」

「你他媽的是個聖人？亞瑟。」

「天啊。」史吉普說，「我束手無策了。接下來，我該幹什麼？」

「我知道。什麼都不用做。」

「不用做嗎？」

波比搖了搖頭，「做什麼呢？回吧台那邊，把槍拿出來，一槍把我幹掉？你不會這麼做的。」

「我真應該幹掉你！」

「是啊，但你不會動手的。你想殺我嗎？你已經沒那麼生氣了，亞瑟。你覺得你應該生氣，卻感受不到。你根本沒感覺了。」

「我——」

「聽好，我累了。」波比說，「如果沒人反對，我今天想早點回去休息。兄弟們，有一天我會還的。五萬塊，一毛不少。等我當上大明星，知道吧？我很有機會的。」

「波比——」

「再見啦。」他說。

∞

我們三個陪史吉普走到街角，跟他說晚安。約翰．卡沙賓招輛計程車到上城。我陪比利．奇根站了一會兒，跟他說，我錯了，或許我不該把我知道的事情和盤托出。

「你沒錯。」他說，「你應該說的。」

「現在他知道他最好的朋友恨死他了。」我轉身，看著凡登大廈，「他住在很高的地方，」我說，「我希望他不會跳出去。」

「他不是那種人。」

「我想也不是。」

「你應該跟他說清楚的。」比利．奇根說：「要不然你要怎麼辦？讓他一直以為波比是他的朋友嗎？遮掩沒有好處。沒錯，你的確是潑了他一桶滾水。現在疼得要命，但是傷口總會癒合。你悶不吭聲，結果只會更糟。」

「你說得對。」

「當然對。如果波比這次逃過了，下次還會再幹的。史吉普遲早會知道。波比跟史吉普卯上了，這次沒把史吉普整死，下次，波比還是會動他的腦筋。你知道我的意思吧？」

「明白。」

「我說得沒錯吧？」

「可能吧。比利？我想聽那首歌。」

「啊？」

「神聖的酒店。把腦子割成碎片。那天你放給我聽的。」

「〈最後的點酒〉。」

「可以嗎？」

「嘿，來吧，順便喝兩杯。」

我們沒喝多少。我跟他回到他公寓，他把那首歌放了五六次。我們聊了一會兒，但多半時間就是靜靜的聽唱片。我走之前，他再次跟我保證，拆穿波比・盧斯藍德並沒有錯。我始終不確定他說得對不對。

24

第二天我起得很晚。那天晚上，我跟丹尼男孩和他兩個朋友到皇后區向陽花園看拳賽。有個中量級的未來之星，來自貝德福－史杜維沙特（譯註：Bedford-Stuyvesant，布魯克林區，非裔的聚居地），丹尼男孩的朋友很感興趣。他很巧妙的擊敗對手，但我不認為他展現了多少實力。

接下來是星期五。我很晚的時候，才在阿姆斯壯酒吧吃午餐。史吉普走了進來，跟我喝了一杯啤酒。他剛剛離開健身房，口渴得要命。

「天啊，我今天精神好得很。」他說，「怒氣跟著汗水流出來了。我渾身都是力道，覺得連屋頂都舉得起來。馬修，我是不是有點過分？」

「你在說什麼？」

「就是波比說把他當成寵物演員。是不是真的？」

「我想他只是在找個理由，解釋自己的行為罷了。」

「我不知道，」他說，「也許他說得也沒錯。記不記得有一次我付了你的帳單，還惹得你老大不高興？」

「那又怎樣？」

「也許我也把他惹毛了。更過分一點。」他點上一根菸，咳了好一陣子，緩過氣來之後，他說，「幹，那傢伙是垃圾。算了，這事就這麼忘了吧。」

「要不然還能怎麼辦？」

「我要知道就好了。他說等到他名利雙收之後，就會把錢還給我。我滿喜歡他這句話。有沒有辦法從那兩個渾球那邊弄點錢回來？我們知道他們是誰了。」

「你要怎麼威脅他們？」

「我也不知道。嚇不倒他們吧。前兩天，你把大家叫到一塊兒，說要開作戰會議，結果只是布置個舞台，是不是？等大家都到了，好揭發波比的陰謀。」

「我覺得這個主意不壞。」

「是啊，既然你連作戰會議都開了，或者你愛取別的名字也成。總之，你應該也可以想到方法，逮住那兩個演員，逼他們把錢吐點出來——」

「我想不出辦法。」

「我也沒輒。我們要怎麼辦，搶那兩個搶匪？這不是我的風格。這只是錢的問題。本質就是這樣。以前這筆錢存在銀行，我也沒從它那邊得到什麼。現在錢沒了，我的生活又有什麼差別？你明白我意思吧？」

「明白。」

「我只希望我能放開這一切。」他說：「這事一直在我心頭打轉。實在想要忘個精光。」

8

我跟孩子一起度過那個週末。之後，他們就要到夏令營去了。星期六我在火車站接他們，星期天晚上再把他們送上火車。我們看了場電影，我記得，星期天早上，我們在華爾街跟富爾頓魚市場閒逛，這應該是一個很特別的週末。但是，在我的記憶裡，已經無法分辨了。

星期天晚上，我到村區，直到天將破曉才回到旅館。電話鈴聲把我從噩夢中驚醒。可能是我的懼高症吧，我不斷從危險的人行道上摔下來，卻始終跌不到地面上。

我拿起電話筒，只聽到沙啞的聲音，「大出我的意料之外，不過至少在法庭上，不會輸掉這個案子。」

「請問您是？」

「傑克．戴柏德。你是怎麼啦？感覺還沒睡醒。」

「我剛剛起來。」我說：「你說什麼？」

「你沒看報？」

「我才睡醒，怎麼了——」

「你知道現在幾點了？都快中午了。你是在拉皮條嗎？過的什麼日子？」

「胡說。」我說。

「趕快買份報。」他說，「一個小時之內再打電話給你。」

《新聞報》登載在頭版上。「殺人嫌犯自縊牢房」，詳細內容見第三版。

麥古利多．克魯茲把他的衣服撕成碎條，編成繩索，把鐵床豎起來，搆著上頭的水管，把自製的繩索繞上去，踢翻床架，奔向下一個世界。

∞

傑克．戴柏德並沒有再打電話過來，傍晚六點的電視新聞卻交代了整個故事。在知道朋友的死訊之後，安吉爾．海利拉翻供，承認他跟克魯茲預謀潛入狄樂瑞家行竊，並沒有受到任何人的指使。在過程中，麥古利多聽到樓上傳出聲音，便從廚房裡抄了把菜刀上樓查看。他把那婦人連刺數刀致死，海利拉在旁邊看得都呆了。麥古利多的脾氣很容易失控，海利拉說，但他們不但是朋友，還是表兄弟，所以，他只好編謊話來保護麥古利多。如今麥古利多死了，海利拉決定實話實說。

∞

好笑的是：我竟然想到日落公園去。這個案子結了，案子的關係人也都沒事了。但我卻覺得，我應該設法到第四大道的酒吧，給裡面的小姐買輪酒，吃幾袋芭蕉片。

我當然沒出去，甚至沒認真想過，那只是一種我該這麼做的感覺而已。

那天晚上，我去阿姆斯壯。我喝得並不特別快，也不特別猛，就這麼一路喝著，大概十點半、十一點之間，走進來一個人，我不用回頭，也知道是誰來了。湯米．狄樂瑞，一身光鮮，頭髮剛剪過，自從他太太遇害之後，這還是他第一次現身。

「嘿，看是誰回來了。」他叫道，笑得好開心。大夥兒衝過去跟他握手。站吧台後的比利正準備請這個英雄喝一杯酒，湯米卻堅持要幫在座的酒客付一輪酒錢。這個舉動破費不少，因為現場起碼有三四十個人，但我想酒吧裡就算有三四百人，湯米也不會在乎。

我安坐不動，任憑大家圍著他。可是湯米卻分開眾人，走來我身邊，摟住我的肩。「就是這個人！」他向大家宣布，「跑破一雙鞋的名偵探！這個人的錢，」他跟比利說，「一整晚都不管用。不能買酒，不能買咖啡。如果我不在的這段時間，你們的廁所改成要收費的話，這傢伙也別想在那裡花上一毛錢。」

「廁所還是免費，」比利說，「你可別去跟我們老闆說。」

「別告訴我他沒想過。」湯米說，「馬修，哥兒們，我愛你。我退無可退，全世界都看衰我，是你救了我。」

我到底做了什麼？又不是我把麥古利多．克魯茲吊死的，也不是我叫安吉爾．海利拉翻供的。我甚至沒見過這兩個人。但是，我拿了他的錢，現在看來也非得喝他請的酒不可。

我不知道我們在那裡待了多久。有趣的是：我放慢速度的同時，湯米卻一杯一杯加速猛灌。我不知道他為什麼不帶凱若琳來。案子結了，出雙入對，就沒有什麼好顧忌的。我覺得凱若琳過一會兒就會來。這酒吧是她的鄰居，大家都知道，她經常會一個人走進來。過了一會兒，湯米把我推出阿姆斯壯酒吧，也許他不是唯一覺得凱若琳會來的人。「我們要好好慶祝一下，」他跟我說，「我們可不要在同一個地方，待到腳底生根。我們要出去，到處遛遛。」

他還是開那輛別克，我搭便車。我們逛了好幾家酒吧。在東城，有一家很吵的希臘酒吧，裡面的服務生看起來像是黑道的打手。我們也到一兩家時髦的單身酒吧，其中一家還是傑克・貝金開的，據說史吉普偷了他好多錢，開了自己的小貓小姐。最後我們到村區的一家小酒館。過了一陣子，我發現，這間小酒館讓我想起在日落公園的挪威酒吧，峽灣。這家店我以前沒來過，之後再也找不到了。也許它根本不在村區，也許是在喬爾西。開車的人是湯米，我沒太注意周圍環境。

不管這地方在哪裡，反正小酒館很安靜，適合改變氣氛，講上幾句話。我發現自己在問他，我到底做了什麼，值得他那樣大力吹捧？一個人自殺，另一個人翻供，到底跟我有什麼相干？

「你找到很有力的東西。」他說。

「什麼東西？我應該給你一片指甲，讓你交給巫毒師傅，給他們下蠱。」

「克魯茲的童話故事。」

「他因為謀殺入獄。警方加在他身上的罪名，可不是因為他在青少年的時候，揍過同性戀。」

湯米喝了一口蘇格蘭威士忌。他說，「兩天前，有個黑鬼，身材跟西格拉姆大廈（譯註：Seagrame's Building，紐約著名的摩天大樓）一樣，找上了正在排隊領飯的克魯茲。『你等著上天堂吧。』他說，『我們這個圈子都想找你當女朋友。醫生會幫你挖一個新的屁眼，等你從這裡出去的時候。』」

我沒說話。

「卡普倫，」他說，「找了個人，放話給另外一個人，問題就解決了。克魯茲思前想後，實在是沒法在牢裡天天陪著裡面的同性戀，玩這種『撿肥皂』（譯註：Drop the Soap，同性性侵的隱語）的遊戲。接下來，我們就發現這個謀殺犯在空中慢舞了。很好的解脫。」

我有點喘不過氣。在我調整呼吸的同時，湯米又去吧台拿酒。眼前的酒，我碰都沒碰，但他還是端來兩杯。

在他坐定之後，我說，「海利拉。」

「改口啦，坦白招供。」

「把殺人的事推給克魯茲？」

「不好嗎？反正克魯茲也不會抱怨。人可能是克魯茲殺的，但誰知道真正動手的人是誰？沒人在乎。反正你給了我們很好的工具。」

「送給克魯茲。」我說，「讓他自殺。」

「你也幫了海利拉，還有他在波多黎各的孩子。杜找到海利拉的律師，海利拉的律師再把消息傳給他：喂，行竊總是事實吧？說不定還有謀殺罪。但是，你話說對了，總比你亂說，刑期來得短一點。更好的是：狄樂瑞先生表示既往不究，每個月還會寄張支票給你在桑圖爾西家鄉的老婆孩子。」

在吧台，有兩個老頭子口沫橫飛的重現路易士大戰史邁林（譯註：Louis-Schmeling，一九三八年六月二十二日在洋基體育館舉行的經典大戰）的拳賽。第二回合，路易士刻意修理德國冠軍。其中一個老小子，揮出一記弧形重拳，連比帶說。

我說，「誰殺了你太太？」

「其中一個。我想是克魯茲，他有一對亮晶晶的小眼睛，貼近點看，你就知道他是會動手殺人的。」

「你什麼時候這麼近看過他？」

「他們到我家的時候。第一次，他們替我清地下室跟閣樓。我告訴過你，他們幫忙拖垃圾不是？」

「你告訴過我。」

「不是第二次。」他說，「第二次連我都掃地出門了。」

他放肆大笑，但我目不轉睛看著他，他的笑容變得有點僵。「到你家清理垃圾的是海利拉，」

我說：「你從沒見過克魯茲。」

「克魯茲那時候有來幫忙。」

「你以前沒提過。」

「我一定有！馬修。要不就是我漏了，那又怎麼樣？有什麼差別嗎？」

「克魯茲不是那麼勤快的人。」我說：「他不可能去幫忙拖垃圾。你到底是在什麼時候看過他的眼睛？」

「天老爺啊，可能是我在報紙上看到照片，也可能是我誤以為見過。你別再追究了好不好？不管他眼睛長什麼樣子，反正現在都看不見了。」

「誰殺了你太太？湯米。」

「嘿，我不是說別再追究了嗎？」

「回答我的問題。」

「我已經回答過了。」

「是你殺了她，對不對？」

「你瘋了是不是？拜託你，聲音低一點好不好？你想讓大家都聽到嗎？」

「你殺了你太太。」

「克魯茲殺的，海利拉都發過誓了。你鬧夠了沒有？你那警察朋友像是猴子在挑虱子一樣，檢查過我的不在場證明。我哪裡有辦法殺她？」

「當然有辦法。」

「呃？」

針織品蓋住的一張椅子。梟首公園的景致。灰塵的味道，掩蓋住小白花的一縷幽香。

「鈴蘭。」我說。

「啊？」

「你就是這麼殺的。」

「你胡說些什麼？」

「在三樓，她孀孀生前住的房間。我聞到她的香水味。我在臥室聞到過，所以一直以為那是我鼻孔殘留的餘香；但其實，我聞到的是她留下來的氣味。也難怪我會一直留在那裡，我感覺到她的存在。那房間想要告訴我實情，我卻一直聽不懂。」

「我還是不知道你在說些什麼。你自己知道你在胡言亂語吧？馬修，你大概喝醉了，明天早上你就——」

「你那天下班的時候離開辦公室，趕回灣脊，把她藏在三樓。你做了什麼？下藥？還是灌了她摻迷藥的酒？也許你把她捆起來，扔在閣樓。五花大綁，塞住她的嘴，讓她昏迷不醒。然後連忙趕回曼哈頓，跟凱若琳共進晚餐。」

「我不想聽你的屁話。」

「海利拉跟克魯茲午夜前後出現，根本就是你的一手安排。他們以為他們是在闖空門。你的太太嘴裡塞了東西，被扔在三樓，他們有什麼理由上去？為了安全起見，說不定你還把門給鎖上了。他們大肆劫掠，平安回家，還以為這是他們有史以來最輕鬆、最安全的非法勾當。」

我拿起杯子，隨即想起這杯酒是湯米買的，又把它放了下來。我覺得這很荒謬。錢，不認識主人；威士忌又怎麼知道錢是誰付的？

我喝了一口酒。

我說，「兩個小時之後，你跳上車，再度趕回灣脊。可能你又在飲料裡放了點東西，讓你女朋友昏睡不醒。你現在只需要一個小時到一個半小時就夠了。在你的不在場證明裡，要找出九十分鐘的空檔，並不是難事。車程沒那麼久，在那種時段沒問題。沒人看見你開車回家。你現在只要爬上三樓，把她拖下來，刺她幾刀，再開車進城就行了。你就是這麼幹的，湯米，對不對？」

「你放屁！你自己知道。」

「告訴我你沒殺她。」

「我已經告訴你了。」

「再說一遍。」

「我沒有殺她，馬修，我沒有殺過人。」

「再說一遍。」

「你是怎麼了？我沒有殺她。天啊，不就是你幫我洗刷冤屈，現在又信口雌黃，反過來誣賴我。我對天發誓，我沒有殺她！」

「我不相信你。」

吧台的那個人講到洛基．馬西安諾（譯註：Rocky Marciano，重量級拳王，保持四十九勝零敗的拳擊史紀錄）。有史以來，最偉大的拳手。洛基出拳平淡無奇，姿勢也不華麗，但在拳賽結束之後，站在台上的總是他，而不是對手。

「哦，天啊。」湯米說。

他閉上眼睛，雙手蒙住他的臉。他嘆了一口氣，抬頭仰望，「你知道嗎？有件事我一直覺得好滑稽。在電話裡，我戰無不克，跟洛基一樣。我有多棒你絕想不到，我可以把砂子賣給阿拉伯人，在冬天推銷冰塊。但是，跟人面對面，我就沒那麼行了。要不是有電話，我沒法靠推銷過日子。你是怎麼想到的？」

「你告訴我的。」

「我發誓我真的不知道。我想是我的臉，眼睛、嘴角，我不知道。用電話就容易了。我可以跟陌生人侃侃而談，我不用知道他是誰，長什麼樣子，他看不見我，我大可放手大幹。面對面、面對一個熟人，就是另外一回事了。」他面對著我，卻不敢直視我的眼神，「如果我們在電話裡討論這件事情，我說什麼，你就得信什麼。」

「有可能。」

「我非常確定。講沒兩句話，我推銷的東西你照單全收。馬修，假設，假設我殺了她，也是意外。一時衝動，我們兩個為了家中遭竊，鬧得不可開交，我喝得半醉，就——」

「這是你一手策畫的，湯米。大家都掉進陷阱裡，你得手了。」

「故事是你編的，雖然合情合理，但你無法證實。」

我沒說話。

「你還幫過我，這點別忘了。」

「我以後不會了。」

「不管有沒有你的幫忙，反正這起案子扯不到我了，馬修。不會開庭，就算開庭，我也不會輸。你就省省力氣吧。你知道一件事嗎？」

「什麼？」

「我們今晚只是醉話而已。你的酒瓶跟我的酒瓶，兩個威士忌酒瓶在對話。就這樣。明天太陽一出來，我們就把今晚的話忘個精光。我沒殺人，你也沒說我殺過人，什麼事也沒發生，我們還是兄弟，對吧？對吧？」

我只冷冷的看著他。

25

那是星期一晚上的事。我不記得我是星期二還是星期三去找傑克·戴柏德。我先到警局去找他，沒找到，一路找到他家去。我們鬥了會兒嘴，然後我說，「你知道嗎？我想到一個他有機會動手的可能性。」

「你是失神了嗎？嫌犯一個死了，一個招供，這案子已經是歷史了。」

「我知道。」我說，「但你聽我說。」我用邏輯推演，逐步解釋湯米·狄樂瑞是怎麼謀殺了他太太。我講解好幾遍，他才弄明白，不過還是一副意興闌珊的模樣。

「我不知道，」他說：「聽起來有點複雜。你說她被綁在閣樓上多久？八到十個小時吧？這時間好長，沒人在一旁監視。假設她醒過來，自己掙脫了呢？那他不是惹禍上身？」

「又不能告他謀殺，頂多告他非法綁縛妻子。上次為了這個罪名，被關進監獄的先生，是哪年哪月的事情啦？」

「是啦，在動手殺人、太太斷氣之前，他其實沒有什麼風險。我知道你的意思。即便如此，你的理論也有些牽強，你不覺得嗎？」

「我推論出一種可行的殺人手法而已。」

「現實生活裡不會有這種事吧？」

「沒錯。」

「就算真是這樣，你也不見得能取得什麼進展。看你剛剛跟我解釋了老半天，我還算支持你的假設。你想在陪審團面前試試看嗎？滑頭律師每三十秒就喊一次『異議』？陪審團是什麼德性？油油的頭髮，膚色鐵青，一隻手握把刀，襯衫上有滴血，他們就長這樣子。」

「是啊。」

「不管了，反正這事已成歷史。你知道我手上是什麼案子嗎？市府公園滅門血案，你在報紙上讀到了吧？」

「正統猶太家庭？」

「三個正統猶太人，父親、母親、孩子。父親留鬍子，孩子耳邊留一縷頭髮，團團坐在餐桌邊，全部都是腦後一槍。我只知道這麼多。至於湯米．狄樂瑞，就算是他殺了知更鳥（譯註：Cock Robin，有一首英國的童謠，名為〈誰殺了知更鳥〉）、甘迺迪兄弟，我現在也管不了。」

「那只是一種想法而已。」我說。

「挺可愛的，我沒騙你，就是不太實際，就算是真的，誰有時間去辦它？你知道的。」

8

我覺得是該好好醉一場的時候了。兩個案子都結了，儘管不太圓滿。我的孩子要去夏令營。我的房租付了，酒吧帳單全部清掉，銀行戶頭裡還有點存款。就我看來，這世上所有的勸誡在接下來一個禮拜內，全都派不上用場，我大可喝到酩酊大醉。

但是，我的身體卻感覺還有大事要發生。我沒有刻意保持清醒，但也沒有發現自己醉到不省人事，儘管我有足夠的理由可以放蕩一番。一天之後，我在阿姆斯壯那張桌子前，細啜我那摻了波本的咖啡，史吉普．戴佛進來了。

他在門口，跟我點點頭，隨後走到吧台，很快的點了一杯，頭一仰，還站了一會兒。之後，他走到桌邊，拉開面對我的椅子，一屁股坐下來。

「拿去。」他把一個褐色的牛皮紙信封，放在他跟我之間。小信封，銀行在用的那種。

我說，「這是什麼？」

「給你的。」

我打開來看，裡面是一疊錢。我拿了出來，扇子一般的攤開。

「拜託你好不好？」他說，「別這樣。你是想把壞人招回家是不是？放口袋，回家再數。」

「這是什麼？」

「你的那一份。收起來好不好？」

「我的哪一份？」

他嘆了口氣，有些不耐煩我。他點了根菸，狠吸了一口，偏過頭去，免得把煙噴在我臉上。

「一萬塊的那一份。」他說，「你拿一半。一萬塊，一半是五千。信封裡就是五千塊。拜託幫個忙，把它收起來好不好？」

「這是什麼的那一份？史吉普。」

「懸賞。」

「懸什麼賞？」

他的眼神在挑戰我。「我得討點什麼回來，不是嗎？那些王八蛋可別想占盡我的便宜，對吧？」

「我不知道你在說什麼。」

「艾特伍跟凱特勒，」他說：「我把他們賣給提姆．佩特．摩里西了。這就是賞金。」

我看著他。

「我沒法找他們去討錢。他媽的盧斯藍德把錢花個精光，半毛錢我也搾不出來。我就到摩里西酒吧去，找到提姆．佩特，問他賞金的事，還算不算數。他的眼睛亮得跟星星似的。我把名字和地址跟他說的時候，我覺得他要親我了。」

我把褐色信封袋放回到我們之間，朝史吉普那邊推過去。我說，「這不是我的，史吉普。」

「這是你的，我跟提姆．佩特說過了，一半的錢是你的。案子是你破的，拿著吧。」

「我不想要，你們已經給過我錢了。這消息是你的，你買的，你賣給提姆．佩特，懸賞當然是你的。」

他又猛吸一口菸，「我把一半拿給卡沙賓了，因為我欠了他五千塊。他也不要，我跟他說，聽著，這錢你拿了，我們就扯平了。他拿了，剩下的是你的。」

「我不想要。」

「這是錢啊。錢是可以花的，你知不知道？」

我沒說話。

「喂，」他說：「拿去，好不好？你不留著，就別留著。燒掉、扔掉、散掉，我吭都不吭一聲。因為這筆錢我不能拿，不能拿，你明不明白？」

「為什麼不？」

「他媽的，」他說：「幹，我真不知道我為什麼要這麼做。」

「你在說什麼？」

「下一次我還是會這麼做。就是這麼瘋狂，吞噬了我，但是，如果還有下一次，我一定會做。我他媽的還會再幹。」

「幹什麼？」

他看著我，「我給提姆·佩特三個名字，」他說，「三個地址。」

他把菸夾在拇指跟食指中間，瞪著它。「你千萬別這麼做。」他說，順手把菸屁股往我面前的咖啡杯裡一扔。然後他說，「哦，天啊，我在幹什麼？你還剩了半杯咖啡。我還以為這是我的杯子，可是我根本沒有杯子，我是怎麼了？對不起，我再替你叫杯咖啡。」

「不要管什麼咖啡了。」

「那是反射動作，我根本沒在想，我——」

「史吉普，別管那杯咖啡了，坐下！」

「你確定你不要——」

「不要再提咖啡了。」

「哦，好吧。」他說。他取出另一根菸，還在手腕背上敲了敲。

我說，「你給提姆．佩特三個名字。」

「對。」

「艾特伍、凱特勒，還有——」

「還有波比，」他說：「我出賣了波比。」

他把菸放嘴裡，拿出打火機點著，眼睛半睜半閉，避開他吐出的煙霧。他說，「我出賣他了，馬修，我最好的朋友。不過，他已經不是我的朋友了。現在，我還把他賣了。我告訴提姆．佩特說，波比是內奸，全都是他一手策畫的。」他看著我說。「你覺得我是混蛋嗎？」

「我沒有什麼想法。」

「我非做不可。」

「也成。」

「你現在明白我不能收下這筆錢。」

「是，我想我明白了。」

「他說不定能逢凶化吉，你知道的。那傢伙就是運氣好，總有辦法脫身。前幾天晚上，天啊，他從辦公室走出去的模樣，好像酒吧是他的一樣。演員，咱們看看他要怎麼演這齣戲。」

我沒搭腔。

「有可能。他就是有死裡逃生的狗屎運。」

「可能吧。」

他用手背擦了擦眼睛。「我愛這個傢伙，」他說，「我想。我想他也愛我。」他又深深吸了一口菸，「從現在開始，」他說，「我不會再愛任何人了。」他站起來，「生死各有一半機會。也許他逃得過。」

「可能吧。」

∞

但他沒逃過。沒有一個人逃過。週末之前，所有人——葛雷・邁克・艾特伍、李・大衛・凱特勒、羅伯特・喬伊爾・盧斯藍德的屍體，先後在城中的三個地方被找到。臉被黑布蒙住，手被電線縛在背後，後腦門被一顆點二五口徑的子彈貫穿。麗妲・朵妮珍的屍體躺凱特勒的旁邊，也是被蒙住、縛住，挨了一槍。我想她是想要救她男友，被一道殺了滅口。

我在讀這些新聞的時候，錢，擠在那個褐色的信封裡，我還沒決定要怎麼處理。我不知道要過多久，我才會想明白；但是，到了第二天，我就把五百塊塞進聖保羅教堂的濟貧箱。畢竟，我有好多蠟燭要點。一部分錢我寄給安妮塔，一部分我存進銀行。在這過程的某一個點上，這筆錢褪去了血腥，就只是一筆普通的錢。

我想事情應該是到此為止了。我愈這麼想，錯得就愈厲害。

∞

電話在午夜時分響起。我那時已經睡了一兩個小時，被鈴聲吵醒，我還是翻身接起電話。我花了好久的時間，才弄清電話那端的人是誰。

凱若琳．曲珊。

「我一定要打電話給你，」她說，「因為你是喝波本的紳士，我欠你這通電話。」

「怎麼啦？」

「我們共同的朋友甩了我，」她說：「還把我趕出公司，以後他就不用在辦公室裡面對我了。不需要我，只要把繩子割斷。你知道他是用電話通知我的嗎？」

「凱若琳——」

「事情的原委寫在紙條上，」她說，「我留了一張紙條。」

「喂，你不要衝動。」我說。跳下床來，胡亂抓了兩件衣服，「我馬上過去，我們坐下來好好談一談。」

「你阻止不了我的，馬修。」

「我沒有想要阻止你。我們聊一聊，然後你愛幹什麼都可以。」

我的耳際傳來掛電話的聲音。

我匆匆套上衣服，衝到她家，希望她是吃安眠藥，藥效發作還需要時間。我一拳打破公寓大門的一小片玻璃，伸手進去，扭開門把；再用一張舊信用卡，撬開彈簧鎖。我在想，如果她把門反鎖，我也只好破門而入。但她沒有，簡單多了。

門還沒開，我就聞到無煙火藥的味道，屋內，氣味更濃。她蜷在椅子上，頭側向一邊，槍還握手裡，手臂軟綿綿的放在身邊，太陽穴上有一個黑圈的血洞。

有張紙條，從筆記本上撕下來，用一個美格波本的酒瓶，壓在咖啡桌上。空瓶旁有一個空酒杯。從紙條上的字跡看來，這份遺書是她在爛醉中寫成的。濃濃的酒意展現在她的字跡上，也能從字裡行間嗅得出憂鬱。

我讀了字條。站了幾分鐘，不太久，到廚房拿條抹布，把瓶子跟酒杯擦乾淨。我又取過另一個同款的杯子，洗好，擦乾，放回餐櫃裡的杯盤架上。

我把紙條收進口袋，掰開手指，取出那把小槍，例行性的試了試她的脈搏，找了個枕頭裹住手槍消音。

我朝凱若琳胸腔的軟組織開了一槍，又朝她張開的嘴裡開了一槍。

我把槍扔進口袋裡，離開現場。

∞

他們在狄樂瑞殖民路家中客廳沙發的座墊中間，找到了那把槍。槍枝表面的指紋早就擦掉了，卻在裡面找到一枚可以辨識的指紋，在彈匣上，證明是湯米的無誤。彈道分析確認無誤。子彈打在骨頭上，可能會被撞得粉碎，但是打進凱若琳腹部的那發，沒有撞上任何骨頭，取出來之後，完整無缺。

在這條新聞上了報紙之後，我拿起電話，打給杜·卡普倫。「我不大明白，」我說：「他好不容易才免去牢獄之災，到底為什麼要跑去把他女朋友給殺了呢？」

「你自己問他吧。」卡普倫說。他的聲音聽起來很不高興，「想知道我的想法嗎？他是神經病！坦白說，我不大認為他是殺人狂。他太太可能是他殺的，也可能不是，查明真相並不是我的責任，對吧？只是我不認為他是殺人狂就是了。」

「他殺了那個女的，有疑點嗎？」

「我看不出什麼疑點。那把槍是相當強的證據。一個人手裡拿把冒煙的槍，要怎麼辯護？只是這個案子是放在湯米的椅墊裡罷了。這白癡。」

「他留著那把槍幹什麼？」

「也許他還有什麼想殺的人。哪裡會知道神經病想幹什麼？除了那把槍之外，還有人打電話給警方提供線索。槍擊案之後，有人見到他急匆匆的離開大樓。那人描述的特徵，活脫脫就是湯米的長相，比講他的服裝還準確。事實上，他的服裝也符合那個人的追憶。如果他穿的是那件紅色襯衫，看起來就會像是布魯克林老派拉蒙劇院的服務生了。」

「聽起來是很肯定了。」

「換別人去試吧，」卡普倫說：「我告訴他說，這次我不適合替他辯護。不管怎樣，我是不想再沾惹他了。」

∞

在我讀到安吉爾．海利拉出獄的消息之後，又想起這段往事。五到十年的刑期，他整整服了十年，因為他在牢裡惹是生非的程度，比起在外面的行徑，也好不到哪裡去。

湯米．狄樂瑞以過失殺人的罪名，入獄兩年三個月，刑期服滿之後，他被人用一把自製利刃殺死。我一度懷疑是海利拉挾怨報復，但真凶是誰，我想我是弄不清楚了。也許是因為他再也沒有寄支票到桑圖爾西，海利拉卻不明就裡。也許是他又在什麼棘手的案子裡講錯話，面對面，沒用電話。

許多事變了，許多人也不見了。

安塔爾與史畢羅，街角的那家希臘酒吧不見了，現在是一家韓國人開的水果攤。寶莉酒吧現在是五十七咖啡，揮別舊日的俗豔，風格變得優雅起來，豔紅點壁紙跟霓虹燈鸚鵡早就不見了。火焰收了，還有藍樫鳥。以前的麥高文酒吧，開了一家叫做戴斯蒙的牛排館。小貓小姐在他們拿回帳本之後的一年半關門。約翰跟史吉普把店面頂了出去，新主人在原地開了個同性戀俱樂部，「小羊皮手套」，兩年之後關門，換手經營。

我看著史吉普用健身器做滑輪下拉的健身房一年之內就關門了。有人在那裡開了一家現代舞蹈教室。兩年前，那棟樓被拆了，蓋了一棟新大樓。兩間連在一起的法國餐廳，其中我跟法蘭共進晚餐的那家，現在也沒了，取而代之的是一家時髦的印度餐館。另外一家法國餐廳倒還在，我到現在還沒進去吃過。

滄海桑田。

傑克·戴柏德死了，心臟病。死了六個月之後，我才知道消息。狄樂瑞案以後，我們很少聯絡。

把小貓小姐賣掉之後，約翰·卡沙賓離開紐約。我聽說他在漢普頓開了一家類似的酒館，結了婚。

摩里西酒吧在七七年底關門大吉。提姆·佩特被控聯邦罪，走私軍火，在他棄保潛逃之後，他的兄弟也不見了。一樓的劇場倒還在經營，挺古怪的。

史吉普死了。收了小貓小姐之後，他有點失魂落魄，待在公寓裡的時間愈來愈長。有一天，急性胰臟炎發作，死於羅斯福醫院的手術台上。

七六年初，比利・奇根離開阿姆斯壯酒吧，如果我沒記錯，他也揮別了紐約市。我最後一次聽到他的消息，是有人說，他完全戒酒了，在舊金山的北邊，賣蠟燭、絲花或者其他難以想像的類似商品。一個月前，我在第五大道一家書店裡碰到丹尼斯，他手裡抱著一疊瑜伽、身心靈療法的古怪書籍。

艾迪・柯勒兩年前從紐約警察局退休。頭兩個聖誕節，我還接到他的卡片，從佛羅里達鍋柄〔譯註：Florida panhandle，指佛州西北部的區域〕一個小漁村寄來。去年，我沒有收到聖誕卡，或許他把我從親友清單中刪掉了，大部分的人在寄出卡片之後，沒有收到回信，都會這麼做。

天啊，真的過了十年了嗎？我的一個孩子上大學，一個在軍隊裡服役。我完全不記得上一次我們是什麼時候一起去看球，甭說是逛博物館了。

安妮塔再婚了。她還住西歐榭區，只是我不再寄錢給她。

這麼多的變化，滴水穿石，逐漸侵蝕了原本的世界。豈有此理的是，去年夏天，神聖的酒吧關門了，如果你想用這個詞的話。又來一家煩人的中國餐館開在老酒吧的原址上。吉米在五十七街跟第十大道的轉角處重新營業，已經不在我這陣子的活動範圍了。

在許多方面都是如此。因為我不再喝酒了，隨遇而安，過一天算一天，也不需要酒吧了，神聖也好，褻瀆也罷。我很少再去點蠟燭，但卻常常待在教堂地下室裡，用保麗龍的杯子喝沒摻波本的咖啡。

當我回顧這十年的往事，我相信如今的我會用不同的方法來處理；但是現在，一切都不同了。所有事情，全變了。徹底的變了。我住在相同的旅館，走在相同的街道，還是跟以前一樣去看球賽或是拳擊。十年前我喝酒，現在我滴酒不沾。我不會為我喝進去的任何一滴酒感到後悔，但我感謝上帝，我不再喝了。

因為，你看，我發現我這一陣子踏上了人跡罕至的道路，眼前的景致為之一變。喔，是的，全都不一樣了。